Günter von Lonski
Gewissenlose Gier

Im Verlag CW Niemeyer sind bereits folgende Bücher des Autors erschienen:

Alarm im Pfannkuchenhaus (Kinderkrimi)
Bittere Medizin
Das letzte Lied
Eis!
Elend
Ich, Zwölf
Lange Finger in der Klassenkasse (Kinderkrimi)
Mord auf dem Schützenfest
Royal Flash
Teufelskralle
Tödlicher Wind

Bibliografische Information der Deutschen Nationalbibliothek
Die Deutsche Nationalbibliothek verzeichnet diese Publikation in der Deutschen Nationalbibliografie; detaillierte bibliografische Daten sind im Internet abrufbar über http://dnb.ddb.de

www.niemeyer-buch.de

Druck und Bindung: CPI books
Printed in Germany
ISBN 978-3-8271-9436-7

Günter von Lonski

Gewissenlose Gier

Hubert Wesemanns 5. Fall

CW Niemeyer

Auch Wesemanns 5. Fall spielt natürlich wieder an allseits bekannten Orten des Weserberglands, doch bleiben die Geschehnisse reine Fiktion. Sämtliche Handlungen und Charaktere sind frei erfunden. Ähnlichkeiten mit lebenden oder verstorbenen Personen und Ereignissen sind rein zufällig.

Über den Autor:
Günter von Lonski wurde 1943 in Duisburg-Laar geboren. Er studierte an der Hochschule der Künste in Berlin. Seit 1981 schreibt er Romane, Krimis, Jugend- und Kinderbücher, Hörspiele, Kurzgeschichten, Glossen, Satiren und Schulbuchbeiträge. 2010 erhielt er den Rolf-Wilhelms-Literaturpreis der Stadt Hameln. Günter von Lonski ist verheiratet, hat zwei Kinder und lebt in der Nähe von Hannover. „Mord auf dem Schützenfest", „Eis", „Elend", „Royal Flash" und „Ich, Zwölf" sind fünf Hannover-Krimis aus der Feder von Günter von Lonski. Er ist außerdem Autor von bereits vier erschienenen Weserbergland-Krimis „Das letzte Lied", „Tödlicher Wind", „Bittere Medizin" und „Teufelskralle", in denen der akribische Journalist Hubert Wesemann ermittelt - spannend, unterhaltend, mit einem Schuss Humor und Ironie.

Mehr über Günter von Lonski und seine Aktivitäten erfahren Sie unter www.vonlonski.net

Es gibt keine großen Entdeckungen und Fortschritte,
solange es noch ein unglückliches Kind auf Erden gibt.

Albert Einstein (1879–1955)

„Wesemann, wie würde dir ein kleiner Schleier gefallen?", fragt Karola. Sie gießt die Kräutertöpfe auf der Fensterbank.

„Wobei?" Wesemann sitzt am Küchentisch und reinigt mit einem Wattestäbchen und einem Ceran-Putzmittel seinen Handrekorder.

„Bei unserer Hochzeit natürlich."

„Ne, ist schön."

„Oder lieber ein Hütchen?"

„Hm."

„Für ein Diadem habe ich zu dünne Haare und ein Krönchen finde ich affig."

„Natürlich."

„Oder einfach eine Blume?"

„Blumen finde ich auch sehr schön."

„Du hast es einfach, du ziehst deinen schwarzen Anzug an und fertig ist es."

„Wo ist der Anzug überhaupt?"

„In der Reinigung."

„Du denkst auch an alles."

„Oder ein aufgestecktes Haarteil?"

Wesemann schaut von seinem Handy auf, muss erst einmal Hochzeit, schwarzen Anzug, Reinigung und Haarteil in die richtige Reihenfolge bringen.

„Warum siehst du mich so an? Soll ich mich für unsere Hochzeit vielleicht nicht hübsch machen?"

„Doch, ja, natürlich. Ich sehe dich nur immer gerne an."

„Wesemann, ich werd nicht schlau aus dir."

Wesemanns Handy klingelt. Baxmann am anderen Ende der unsichtbaren Leitung. Wesemann zögert, das

Gespräch anzunehmen. Dann denkt er an die Hochzeit und sein Konto und ist auch schon am Apparat.

„Wir haben da gerade eine Meldung hereinbekommen."

„Ich habe mir den Fuß verstaucht, muss ihn hochlegen und mindestens acht Tage kühlen. Das sind Schmerzen."

„Sie sollen doch nicht laufen, nehmen Sie Ihr Auto. Aber schauen Sie vorher auf den Tankanzeiger, bevor Sie losfahren."

„Bei dem Spesensatz für meine Radioberichte muss ich immer auf dem letzten Tropfen fahren."

„Haha. Lustig. Aber im Stift Hollenbusch ist ein toter Mann gefunden worden. Im Rosenrondell des Kreuzgangs. Der Polizeifunk meldet eine unklare Todesursache."

„Im Rosenrondell?", fragt Wesemann, nur um etwas zu fragen.

„Wesemann, Sie haben doch einen grünen Daumen nach Ihren Erfahrungen mit den Kleingärtnern. Fahren Sie raus und ermitteln Sie. Aber piano, sehr piano - Stift Hollenbusch ist schließlich ein Damenstift."

Wesemann beendet das Gespräch, schaut Karola an, Karola schaut ihren Wesemann an, sie wartet ab. Schließlich hat er ihr einen entspannten Sonntagnachmittag versprochen. Wesemann wäre jetzt gerne einen Kopf größer als sie und irgendwie dominanter. Er muss es mit Diplomatie versuchen. „Eine Blume im Haar fände ich sehr schön, vielleicht eine … mir fällt der Name nicht ein. Kann man aber auch trinken."

„Trinken? Vielleicht eine Malve?"

„Richtig. Malve passt. Ich muss los."

Karola seufzt. „Wesemann, wenn du nicht so eine Granate im Bett wärst, wüsste ich gar nicht, warum ich dich heiraten sollte."

Wesemanns Corsa müsste auch mal wieder durch die Waschstraße. Ob das auf Spesen geht? Er wird Baxmann fragen. Quatsch, er wird ihm die Quittung einfach zum Abzeichnen vorlegen. Da werden ganz neue Zeiten anbrechen in ihrem Arbeitsverhältnis. Nicht mehr Baxmann befiehlt und Wesemann folgt. Er wird sich online bei ver.di über die Mitbestimmung in einem privaten Radiosender informieren und auch über einen Mindestlohn für freie Mitarbeiter.

Gartenstraße, Süntelstraße, B 83. Wohngebiet, Gewerbegebiet, links die Weser, schöner Fluss. Wesemann dreht die Seitenscheibe herunter, schließt für einen Moment die Augen, atmet tief ein und aus. Im Augenblick ist wenig Verkehr, aber für selbst verschuldete Unfälle übernimmt seine Versicherung keine Kosten. Also Augen auf im Straßenverkehr. Es riecht. Rechts die Kläranlage, links geht's nach Wehrbergen. Dann viel Grün, direkt aus dem Boden oder an Stängeln und Ästen. Hollenbusch rechts ab. Bald kommt der wehrhafte breite Turm mit dem aufgesetzten putzigen Glockentürmchen ins Blickfeld. Wesemann versucht, auf direktem Weg ans Stift heranzufahren. Ein unauffälliger schwarzer Dienstwagen versperrt die Zufahrt. Wesemann tippt auf Kripo Hameln-Pyrmont. Er setzt das Auto zurück, parkt auf einem Grünstreifen und schlendert zu Fuß in Richtung Stiftskirche.

„Ach, der Wesemann, mal wieder auf Entdeckungstour durchs Weserbergland?"

Wesemanns Lieblingsermittler, Hauptkommissar Bertram.

„Genießen Sie doch lieber den Ausblick von der Schaumburg oder setzen Sie sich ans sagenumwobene Ufer der Weser“, spottet HK Bertram, „da gibt es etwas zu sehen. Hier jedenfalls nicht.“

„Und warum ist die Kripo vor Ort?“

„Fehlalarm.“

„Wollten Sie sich nicht der Öffentlichkeit gegenüber informativer zeigen?“

Wesemann schaltet seinen Handrekorder ein und hofft, dass die Akkus noch ein wenig durchhalten.

„Selbstverständlich!“

„Ich bin die Öffentlichkeit.“

„Man munkelt, Sie wären mit Ihren privaten Angelegenheiten vollauf ausgelastet.“

Wie soll er sich auch um öffentliche Angelegenheiten kümmern, wenn er sich zu Hause mit Hütchen, Maiglöckchen und Malventee befassen muss.

HK Bertram betrachtet Wesemanns unglückliche Miene. „Also schön, ein Toter im Kreuzgang des Damenstifts.“

„Kann ich mir den Toten ansehen?“

„Natürlich. In der Pathologie. Er wurde bereits abtransportiert.“

„Schade.“

„Es gab nicht viel zu sehen. Keine geplatzte Schädeldecke, kein Messer im Brustkorb, keine Neun-Millimeter-Matsche zwischen Kinnspitze und Haaransatz.“

„Sie verfügen eben über einen reichen Erfahrungsschatz.“ Wesemann schluckt trocken.

„Na schön, lassen wir den weg. Ziemlich intakte Leiche, südländischer Typ, ohne Papiere, keine besonderen Identifikationsmerkmale.“

„Sie kommen doch nicht für einen einfachen Herzinfarkt raus.“

„Ach so: Platzwunde am Kopf, höchstwahrscheinlich vom Sturz auf die Steine der Einfassung des Rosenrondells. Eine Vermisstenmeldung, die auf die Beschreibung des Mannes passt, liegt bundesweit nicht vor. Vielleicht wird er unter Ihren Radiohörern vermisst?"

„Was würden Sie bloß ohne die Mitarbeit der Öffentlichkeit machen?"

„Jetzt? Auto waschen, Käse und Rotwein einkaufen und später nette Gäste bewirten."

Wesemann grinst. Gar nicht mal so unübel der Mann von der öffentlichen Ordnung. Auch wenn er manchmal ein wenig mundfaul ist. Doch in all den Jahren haben sie sich aneinander gewöhnt und wissen, was sie voneinander haben. „Weitere Erkenntnisse?"

HK Bertram zieht ein Notizbuch aus der tiefen Tasche seines dunklen Mantels. „Untersetzter, stämmiger Mann - eher Hand- als Geistesarbeiter, über vierzig, aber unter fünfzig, angemessen, aber nicht luxuriös gekleidet und eben das Loch im Hinterkopf. War sicher erst wenige Stunden tot, als er gefunden wurde, sagt die Spurensicherung. Noch keinerlei Besiedlung der Wunde, nur am Rande erste Ameisen auf dem Weg zu den begehrten Innereien. Wir hatten da mal einen Fall, da kamen die Maden schon …"

„Kein stumpfer Gegenstand in unmittelbarer Nähe gefunden, der die Wunde am Hinterkopf erklären könnte?"

„Leider nicht, Wesemann. Ich weiß, worauf Sie hinaus wollen. Keine zweckentfremdeten Schlagwerkzeuge, nur die zu einem Rondell eingelassenen Backsteine. Und die leichte Fahne."

„Das ist doch schon mal was: Mit einem Fahnenstiel erschlagen. Wo ist die Fahne?"

„Mit dem ganzen Mann bereits abtransportiert worden. Null Komma fast gar nichts nach erster Inaugenscheinnahme. Oder soll ich sagen: Innasenscheinnahme? Der Gerichtsmediziner tippt auf Kirschwasser, er kennt sich gut aus mit den hochprozentigen Wässerchen."

„Also nichts mit Mord und Totschlag?"

„Absolut nichts. Nach ersten Erkenntnissen hat sich der Mann Zugang zum Damenstift verschafft, in der Dunkelheit die Orientierung im Kreuzgang verloren, wollte sich am Rosenrondell neu orientieren und hat zu diesem Zweck den Kreuzgang zur Mitte hin verlassen. Dann ist er ins Straucheln geraten, gestürzt und mit dem Hinterkopf ungebremst auf die Steine geschlagen."

„Hört sich plausibel an. Dann reicht es für Sie doch noch für den Einkauf von Käse und Rotwein."

„Ich hab Rufbereitschaft."

„Also dann, danke auch im Namen unserer Hörer für Ihre bereitwillige Auskunft." Wesemann stellt den Handrekorder ab und verabschiedet sich mit Handschlag von HK Bertram. „Bloß noch eine Frage: Haben Sie eine Ahnung, was der Kerl in einem Damenstift gesucht hat? Schließlich ist keine der Damen unter sechzig und der Zugang zum Gelände ist auch recht kompliziert, wenn Türen und Tore verschlossen sind."

„Ich tippe mal auf rumänischen oder bulgarischen Leiharbeiter. Wollte sich nach Wertgegenständen umsehen oder hat eine mögliche Übernachtungsmöglichkeit im Kreuzgang gesucht. Aber das ist nur meine persönliche Meinung, und die ist noch völlig ungesichert."

Zu Hause erwartet Wesemann beleidigtes Schweigen. Die Hochzeitszeitschriften wurden demonstrativ und dekorativ in den Papierkorb unter Wesemanns Schreibtisch entsorgt.

Karola schaut Fernsehen. Tatort. Irgendwas mit Großschlachtereien und Leiharbeitern. Wesemann geht früh zu Bett. Karola umso später.

Am nächsten Morgen erwacht Wesemann wie gerädert. Er hat schlecht geschlafen und den Kaffee muss er sich auch selber kochen. Er stapft zum Sender. Karola sitzt hinter ihrem Bildschirm und tippt Rechnungen. Ein Luftküsschen für Karola, sie antwortet mit einem gequälten Lächeln.

Wesemann klopft an Baxmanns Bürotür.

„Immer hereinspaziert." Baxmann scheint gut gelaunt zu sein. „Was macht unsere Hunderttausendeuro-Story?"

„Unsere was?"

„Mein neuer Ausdruck für ein Superding, das uns ordentlich Werbeeinnahmen einspielt."

„Aha."

„Wesemann, seien Sie doch nicht so destruktiv. Ihre Story hat doch alles, was eine Erfolgsstory braucht. Füllt die Kassen für die nächsten Monate ... und dann noch die Lizenzeinnahmen von den anderen Sendern, das macht locker ... ich kann es jetzt nicht genau auf Heller und Cent berechnen, aber ..."

„Wenn wir schon mal beim Geld sind, können wir auch gleich über meine Honorare sprechen."

Auf dem Ohr scheint Baxmann taub zu sein, er redet einfach weiter. „... Sex and Crime, das wollen die Leute heute hören. Alte Gemäuer, geheimnisvolle

Kammern, finstere Gänge, fromme Nonnen und mittendrin eine männliche Leiche."

„Moderne Stiftsdamen leben in einer religiösen Lebensgemeinschaft ohne Ablegung von Gelübden. Sie brauchen sich nicht vor der Welt zu verstecken, ihnen ist nichts Menschliches fremd."

„Noch besser", sagt Baxmann, „noch besser, dann brauchen Sie mit Ihren Formulierungen nicht übervorsichtig zu sein. Wie weit sind Sie mit Ihren Ermittlungen zu dem Mordopfer?"

„Am Ende", sagt Wesemann. „Nach vorläufigen polizeilichen Informationen handelt es sich um einen Unfall. Der Mann hatte wohl Alkohol getrunken, ist irgendwie in den Kreuzgang des Stifts geraten, umgefallen, auf die Pflastersteine geschlagen und patsch – tot."

„Um das herauszufinden, bedarf es keines gestandenen Journalisten, Wesemann. Es macht mir meine Entscheidung erheblich leichter, die überbordenden Personalkosten des Senders zu reduzieren. Ich werde zwei, drei eifrige Praktikanten einstellen, die zusammen nicht mal die Hälfte Ihrer Honoraransprüche haben. Und glauben Sie mir, ihre Recherchen werden keineswegs unqualifizierter ausfallen. Und warum, Wesemann?" Achtung, Wesemann, jetzt hat er sich in Rage geredet. „Weil sie auf mich hören und sich auf mein Näschen verlassen. Und nicht mit destruktiven Erkenntnissen brillieren wollen, so wie Sie."

„Soll ich an diesem Fall noch dranbleiben", fragt Wesemann, „oder soll ich ihn auch schon abgeben?"

„Ach, Wesemann, Sie sollen sich anstrengen und Sensationen enthüllen, und wenn es keine gibt, auch mal ein bisschen nachhelfen. Sie sind und bleiben doch mein bester Mann. Und für Ihre Ehe mit Karola wünsche ich Ihnen alles Gute." Baxmann steht auf, reicht Wesemann die Hand. Ein Choleriker. „Irgendwie sind wir doch in den letzten Jahren über das Arbeitsverhältnis hinaus zu einer kleinen Familie zusammengewachsen."

Wesemann ist ganz gerührt und will die Gelegenheit nutzen, sein Verhältnis zu Baxmann zu entkrampfen. Dann also Butter bei die Fische: „Wir möchten Sie bitten, bei der Hochzeitszeremonie unser Trauzeuge zu sein." Wesemann, was hat dich denn jetzt geritten?

„Sie überraschen mich." Baxmann schmunzelt geschmeichelt, die nächsten Aufträge scheinen gesichert. „Ich weiß gar nicht, was ich sagen soll. Selbstverständlich übernehme ich gern die kleine Gefälligkeit. Um den Brautstrauß werde ich mich auch kümmern. Ihre Spesenrechnung vom vergangenen Monat geben Sie bitte Frau Weber und lassen Sie sich das Geld sofort auszahlen. Wenn nicht genug Geld in der Kasse ist, soll sie mir Bescheid geben. Aber jetzt habe ich zu tun ..."

Wesemann verlässt das Büro, schließt die Tür hinter sich und stellt sich neben Karolas Schreibtisch. „Seit wann sagt er denn wieder Frau Weber zu dir?"

„Er meint, so eine Duzerei und Klüngelei unter Mitarbeitern hätte einen schlechten Einfluss auf die Arbeitsmoral. Hat er von seinem letzten Motivationsseminar."

„Hattest du mal was mit ihm?"

„Aber, Hubert ..."

Mittagspause. Karola hatte keine Lust auf Käsebrot mit Spreewaldgurke aus der Tupperware. Wesemann hat sie zu einem kleinen Imbiss in den Grünen Reiter eingeladen. „Ich habe mich entschieden", sagt Karola zwischen zwei Bissen vom Salat mit Meeresfrüchten. „Ich nehme ein kleines Blumengesteck."

„Wozu?"

„Hast du vergessen, dass wir heiraten werden?"

Wesemann lächelt gequält. „Ich denke nur noch an unsere Hochzeit, aber manchmal huschen so kleine Gedankenschnipsel durch mein Gehirn, die von meinen Arbeitsaufträgen übrig geblieben sind."

„Maiglöckchen."

„Sind die nicht giftig?"

„Ich will sie schließlich nicht essen. Über das Menü für unsere Gäste müssen wir auch noch reden." Eine nächste Gabelspitze Salat findet den Weg zwischen ihre dezent geschminkten Lippen. Sie hat so etwas Elegantes, das alle fasziniert. „Jetzt habe ich nur noch ein Problem." Ein Schlückchen vom Mineralwasser. „Das Hochzeitskleid passt nicht zu den Maiglöckchen."

„Vielleicht kannst du Mimosen oder Röschen nehmen."

„*Die* Blumen passen doch überhaupt nicht."

„Dann lass sie weg, ohne alles bist du mir sowieso am liebsten."

„Dir ist also egal, wie ich zu unserer Hochzeit aussehe?" Das Wasserglas zittert in ihrer Hand.

„Eigentlich nicht." Wesemann winkt dem Kellner, bestellt sich noch ein Glas Wein.

„Noch ein Glas?" Karola stellt ihr Glas ab.

„Sind wir schon verheiratet?"

„Du hast wohl keine Lust mehr dazu?"

„Auf nichts habe ich mehr Lust als auf dich."

„Das ist schön. Ich werde mir zu den Maiglöckchen ein anderes Hochzeitskleid kaufen, mit schmalen Trägern und knielangem … aber das darfst du alles nicht wissen. Du sollst dich am Hochzeitstag überraschen lassen."

„Und was wird aus dem alten Hochzeitskleid?"

„Siehst du, du sagst es selbst. Es ist alt und nicht besonders attraktiv. Aber für kleinere Anlässe reicht es sicher. Ich werde es umfärben lassen."

Wesemann nippt an seinem Weinglas. Sein Handy klingelt. Er sieht Karola an. Karola legt ihre Serviette auf den Tisch. „Geh ran. So ein neues Hochzeitskleid ist nicht billig."

Wesemanns Handy meldet sich. „Baxmann?", vermutet Wesemann. Karola steht auf und drückt Wesemann einen Kuss aufs lichte Haar. „Ich habe zwei Tage Sonderurlaub für unsere Hochzeit bei ihm rausgeschlagen." Karola winkt dem Kellner einen Gruß zu und geht hinüber zum Sender.

Doch nicht Baxmann ist am Handy. Ein anonymer Anrufer. Wesemann nimmt endlich das Gespräch an.

„Felicitas Vogelsänger", sagt sie Anruferin.

„Wer?" Hat Baxmann bereits eine neue Sekretärin eingestellt?

„Felicitas Vogelsänger. Ich habe Sie im Gespräch mit diesem Kommissar gesehen, war gerade bei den Vorbereitungen für die nächsten Führungen durchs Stift."

„Sie meinen, der Kommissar lässt sich verführen?"

„Haha, Sie sind ein Spaßvogel, Herr Wesemann."

„Humor kostet extra."

„Wobei?"

„Bei allem."

„Nun ja, Herr Wesemann, ich habe da ein Problem."

Wieder eine dieser Anruferinnen, die Wesemanns bekannten Ermittlungsspürsinn für einen verlorenen

Zwanziger, ihren entflogenen Wellensittich oder die Fußspuren im Vorgarten in Anspruch nehmen wollen.

„Bei Problemen empfehle ich immer, sich an einen Arzt des Vertrauens zu wenden."

„Schon wieder ein Scherz. Unter uns: Mein Hausarzt ist eine Quatschtüte, aber Sie sollen ein diskreter Mensch sein, sagt man."

Als Radiojournalist verdirbt man es sich nicht mit seinen Hörern. „Man sagt viel - Sie wollen mir wohl schmeicheln? Was soll's denn werden, ein Vorbericht zu einem besonderen Konzert, ein Bericht über hohen Besuch im Stift oder allgemeine Veranstaltungshinweise?"

„Es ist alles ein bisschen komplizierter", sagt Felicitas Vogelsänger.

„Man sagt mir eine schnelle Auffassungsgabe nach."

„Es ist nichts Offizielles und schlecht am Telefon zu besprechen. Ich würde gern mit Ihnen unter vier Augen ..."

„Für die nächsten zwei Monate sind meine Termine ausgebucht und danach wird es eng."

Der Kellner schaut Wesemann fragend an, ob er noch etwas bestellen möchte, Wesemann schüttelt den Kopf.

„In einer Minute könnte ich bei Ihnen sein."

„Sind Sie Lara Croft?"

„Nein, nein", Felicitas Vogelsänger lacht, „ich steh auf der anderen Straßenseite und habe Sie direkt im Blick."

„Wie kommen Sie überhaupt an meine Handynummer ...?"

Diese Frage wird nicht mehr beantwortet, dafür steht nach wenigen Augenblicken eine blonde Frau neben Wesemann am Tisch. Eine gepflegte Erscheinung, gehobenes Mittelalter, flinke Augen, ein verschmitztes Lächeln, dabei Grübchen in den Wangen. Sie muss ihn längere Zeit von draußen beobachtet haben, ihre Wangen zeigen den Anflug einer frischen Röte.

„Die Telefonnummer habe ich von Ihrem freundlichen Sendeleiter."

„So viel zum Datenschutz." Wesemann macht eine einladende Handbewegung, Felicitas Vogelsänger setzt sich, bestellt kurz darauf ein Mineralwasser, disponiert aber noch einmal um und will lieber einen Cappuccino.

Wesemann trinkt einen Schluck von seinem Wein. Ihre Ohrläppchen sind ebenfalls leicht gerötet. Die Tür des Restaurants wird aufgezogen, ein heftiger Windstoß fegt ins Lokal und lässt Hamelns Touristik-Flyer aus den Aufstellern im Eingangsbereich auf den Marmorboden segeln. Schiffsfahrten auf der Weser, Schauglasbläserei Hameln, Automobil-Museum im Hefehof, Münster St. Bonifatius. Noch ein paar Wochen, und es ist Herbst. Und dann Maiglöckchen?

„Es ist eine etwas heikle Geschichte." Felicitas Vogelsänger lehnt sich auf ihrem Stuhl zurück. „Dreimal in der Woche leite ich Führungen durch das Stift Hollenbusch."

„Ich weiß die besondere Atmosphäre des Stifts durchaus zu schätzen", sagt Wesemann, „besonders auch die Konzerte in der Stiftskirche und die Blumengärten der Stiftsdamen. Überall diese himmlische Ruhe, bei den Konzerten eher weniger."

„Ich nenne diese besondere Atmosphäre: Vertrauen ins eigene Leben. Da läuft viel über das Gefühl der sicheren Verlässlichkeit, aber gerade da hat sich bei mir in letzter Zeit eine leichte Irritation ergeben."

Wesemann greift zum Weinglas. Es ist fast leer. Mit Mystik hat er wenig am Hut. „Bleiben wir bei der himmlischen Ruhe", meint er nach einem letzten Schluck Wein, „damit kann ich etwas anfangen, wenn es nicht zu mystisch wird."

„Im Augenblick wohnen sechs Damen im Stift."

„Alle mit besonders langem Namensschild an der Türklingel."

„Das versteh ich jetzt nicht."

„Na ja, damit die ganzen Vons und Zus vor die Doppelnamen passen."

„Das ist doch längst vorbei. Bis in die Zwanzigerjahre des vorigen Jahrhunderts musste eine Stiftsdame sechzehn adelige Vorfahren haben."

„Daran wäre ich glatt gescheitert", sagt Wesemann.

„Nicht nur daran. Heute leben in dem evangelischen Damenstift vornehmlich Frauen, die nicht mehr im Berufsleben eingebunden sind und ihr Wissen und ihre Lebenserfahrung in eine christlich geprägte Lebensgemeinschaft einbringen."

„Hört sich irgendwie gestelzt an", Wesemann winkt den Kellner heran, „es ist auch alles sehr interessant und historisch wertvoll, doch leider habe ich aktuelle Termine."

„Vielleicht können Sie Ihre Ungeduld noch ein wenig zügeln?"

Wesemann bittet den Kellner um die Rechnung, Felicitas Vogelsänger lächelt Wesemann an – und für so ein charmantes Lächeln … Wesemann, denk an die Maiglöckchen. „Ich muss wirklich aufbrechen."

„Dann also in aller Kürze: Für Stiftsdamen ist das evangelische Bekenntnis Voraussetzung. Sie müssen alleinstehend sein und über eine gesicherte finanzielle Grundlage zur Lebensführung verfügen. Stiftsdamen sollten bei ihrem Eintritt möglichst nicht über fünfundsechzig Jahre alt sein. Für Bewerberinnen gibt es die Möglichkeit, einige Zeit die Ferienwohnung des Stifts zum Probewohnen zu mieten."

Der Kellner bringt die Rechnung, Wesemann sucht nach seinem Portemonnaie und sagt halb abgewandt zu Felicitas Vogelsänger: „Ich höre aufmerksam zu."

„Und genau eine solche Bewerberin stürzt mich gerade in eine undefinierbare Irritation. Laurena von Kuttler. Eine dunkle Wolke umgibt sie."

Wesemann bezahlt inklusive einem kleineren Trinkgeld und steht auf. „Wenn Sie Ihre Irritation dann einmal genauer definieren können, rufen Sie mich einfach an."

„Sie ist in einer dunklen Wolke gefangen. Ein dunkles Geheimnis umgibt sie."

„Wenn sich die Wolke verzogen hat - Sie haben meine Handynummer."

Man verabschiedet sich. Felicitas Vogelsänger muss ihren Kaffee selber bezahlen. Ihre Grübchen werden ein wenig flacher. Wesemann verlässt den Grünen Reiter, kein Wölkchen am Himmel. Er wird mit Karola den Abend auf dem Balkon genießen.

ZWEI

Wesemann schaut nach dem Weinvorrat. Vier Flaschen stehen zur Auswahl, drei weiße und ein roter. Er wählt einen leichten weißen und stellt ihn in den Kühlschrank. Der Vorrat müsste auch mal wieder aufgefüllt werden.

Karola kommt nach Hause, fragt Wesemann, was er zum Abendessen vorbereitet hat. Wesemann bietet Nudeln mit Bologneser Soße. Aus dem Tiefkühlfach. Karola ist einverstanden und setzt sich auf den Balkon.

Wesemann demonstriert seinen guten Willen, stellt den Kochtopf mit etwas Wasser und der gefrorenen Soße auf den Herd. Als er zurück auf den Balkon kommt, ist seine angestammte Ruheliege belegt. Wesemann, denk positiv. Karola hat ihre Schuhe ausgezogen und sich ein Kissen in den Rücken gelegt. Sie strahlt Wesemann an, er setzt sich auf den harten Klappstuhl, mehr passt neben den kleinen Tisch nicht auf den Balkon.

„Ich habe beim Standesamt angerufen."

„Geht das in letzter Zeit nicht alles ein bisschen schnell?"

„Wir müssen persönlich erscheinen. Beide. Aber einen Termin habe ich uns schon mal reservieren lassen. Samstag, den dreiundzwanzigsten November."

„November?"

„Vorher war kein Samstagstermin im Hochzeitshaus mehr frei."

„Na ja, dann brauchst du wenigstens kein neues Hochzeitskleid."

„Wieso nicht?"

Das klang jetzt ein wenig spitz. Wesemann, sag jetzt nichts Falsches. „Weil du im November doch bestimmt einen Mantel tragen wirst."

„Auf der Straße, aber nicht im Trauzimmer, du Sparfuchs."

„War auch nur ein Scherz." Wesemann entkorkt den Wein und schenkt ein.

„Kurz vor Feierabend hat sich Baxmann neben meinen Schreibtisch gestellt."

„Hatte er mal wieder was an meiner Spesenrechnung auszusetzen?"

„Er wollte wohl über unsere Hochzeit sprechen. Hat auch so etwas wie einen Glückwunsch gemurmelt, aber so richtig erfreut schien er nicht zu sein. Er hat irgendwie verbiestert gewirkt, aber dann hat er mich zu einem gemeinsamen Essen eingeladen. Wir sollten die Gelegenheit nutzen und unser Arbeitsverhältnis noch einmal überdenken und neu ordnen."

„Das klingt nach Gehaltsaufbesserung."

„Ich weiß nicht ..."

Wer wälzt schon Probleme an solch herrlichem Sommerabend? Wesemann und Karola prosten sich zu und streichen Baxmann aus ihrer Abendunterhaltung. Und dann wird aus dem entspannten Abend ein ganzes Wochenende voller Wohlbehagen, ganz ohne Baxmann.

Montag. Karola ist bereits im Sender, Wesemann genießt eine Tasse Tee und sein Brot mit Nutoka. Ab jetzt wird wieder gearbeitet. Er soll eine neue Satire über L'Ondit verfassen. Hat Baxmann gesagt - wenn das schon nichts wird mit der heißen Klosterstory, dann wenigstens einen L'Ondit zum Ärgern der Obrigkeit. Einen fiktiven Bericht aus Hamelns imaginärer Partnerstadt mit dem riesigen Teppich auf dem Marktplatz, unter den man ungestraft Skandälchen aller Art fegen kann. Diesmal will er das Management von L'Ondit ins Visier nehmen, eine wild wuchernde Organisationspflanze.

Wesemann klappt sein Laptop auf, das Gerät startet, startet, startet, doch der Bildschirm bleibt schwarz. Akku zu schwach? Wesemann schließt das Gerät ans Stromnetz an. Der Adapter wird heiß, doch der Laptop zeigt sich unbeeindruckt. „Dich umgibt wohl auch eine dunkle Wolke?" Kann nicht so schlimm sein, die Powertaste leuchtet. Wesemann tippt wahllos auf Buchstaben und Befehlstaste, der Bildschirm leuchtet endlich auf, Wesemann ist selbst überrascht, wozu er fähig ist. Der Bildschirm wechselt die Farbe von Blau auf Rot, strahlt plötzlich grellweiß und dann ist wieder alles schwarz. Auch die Powertaste. Jetzt ist Umsicht gefordert. Der Laptop scheint seinen Geist aufgegeben zu haben, vielleicht weiß nachher Karola, was zu tun ist, aber erst einmal den Stecker des Adapters aus der Steckdose ziehen, damit das Gerät nicht überhitzt. War in der Bedienungsanleitung zu lesen.

Das Handy klingelt. Karola? Baxmann?

„Felicitas Vogelsänger."

Aha, die Frau mit den Grübchen.

„Was kann ich für Sie tun?"

„Ich bin beunruhigt. Ich kann nachts kaum noch schlafen."

Nein, Wesemann, überhör die Vorlage, bleib neutral: „Was beunruhigt Sie denn so?"

„Ich weiß es nicht genau. Die angehende Stiftsdame und der Tote im Kreuzgang. Mir ist, als gäbe es da eine Verbindung."

„Unter der dunklen Wolke?"

„Spotten Sie nicht. Es gibt Sachen zwischen Himmel und Erde …“

„Dunkle Wolken, weiße Wolken, rosa Wolken …“

Das war jetzt doch zu viel und wird mit der Beendigung des Telefongesprächs quittiert.

Wesemann greift zur Teetasse. Erneutes Klingeln des Handys. „Wie kommen Sie darauf?“

„Was?“ Baxmann am Apparat.

„Nichts.“

„Auf nichts sollte ich kommen, Wesemann? Vielleicht sollten Sie sich in Zukunft ein wenig konkreter ausdrücken. Unsere Hörer lieben die klare, direkte Sprache.“

Wesemann ist überfordert. „Haben Sie sonst noch was?“

„Meinen Sie, ich würde Sie anrufen, um Sie zu belehren?“

„Ja.“

„Nein.“

„Ja.“

„Nein. Jedenfalls brauche ich Ihre Hilfe. Ganz privat. Aber die Spesen werden selbstverständlich erstattet. Sie kennen doch Ferdinand zu Falkenborn, den Galerist vom Pferdemarkt? Einer unserer besten Werbekunden. Er braucht unsere Hilfe.“

„Sind ihm die Rembrände ausgegangen?“

„Witzig, Wesemann, sehr witzig, aber ich weiß es selber nicht. Er hat nach einem grünen Daumen gefragt und da sind Sie mir gleich eingefallen, bei Ihren Erfahrungen mit den Kleingärtnern an den Tönebons Teichen. Sie sind genau der richtige Mann.“

„Da bin ich jetzt aber gespannt.“

„Was es genau ist, weiß ich nicht. Ich habe ihm Ihre Handynummer gegeben. Wimmeln Sie ihn aber um

Himmels willen nicht ab. Indirekt bezahlt er auch Ihr Honorar."

Aber erst einmal L'Ondit. Laptop kaputt, er wird seinen Beitrag auf dem Smartphone speichern. Wer sagt denn, dass er mit der modernen Technik auf Kriegsfuß steht?

Eine dieser Nächte, in denen man keinen Hund vor die Tür jagen möchte, doch am Marktplatz von L'Ondit treffen sich einige dunkle Gestalten. Vorsichtig sichernd verlassen sie die dunklen Häuserschatten und nähern sich dem ausgelegten Teppich. Einer hebt eine Ecke an, die andern stehen Schmiere. So kurz vor dem letzten Schritt ist ihnen doch verzagt ums Herz. Dabei hatte alles so überzeugend begonnen.

Im Rathaus von L'Ondit herrscht Heiterkeit. Man hat Oberwasser und für die armen Kollegen im griechischen Urlaubsland nur Häme und üble Witze. Dort sollen die künstlich geschaffenen Posten unter Heulen und Zähneklappern abgeschafft werden, die Kollegen müssen wohl oder übel hinaus in die freie Wirtschaft oder werden gar … nein, da sind L'Ondits Ratsherren doch aus einem anderen Holz geschnitzt. Gerade ist man dabei, voller Energie und guter Laune kreative Stellen zu schaffen, schließlich müssen die vielen Neffen und Nichten im Rathaus der Kreisverwaltung untergebracht werden. Das Management der Verwaltung muss neu gestaltet werden. L'Ondit braucht einen Energiemanager. Dieser gut bezahlte Mitarbeiter geht dann am späten Nachmittag durch sämtliche Räume und kontrolliert, ob auch jeder Angestellte den Computer heruntergefahren und das Licht ausgeschaltet hat. Mit dieser verantwortungsvollen Aufgabe kann man auf keinen Fall den Hausmeister betrauen, der aufgrund konsequenter Sparmaßnahmen übrigens schon längst entlassen wurde.

Dann noch einen Touristikmanager. Einer muss schließlich die Tür zum Touristik-Infocenter morgens öffnen und abends abschließen.

Und einen Eventmanager mit Organisationstalent und dem Blick für neue Trends. Meier sollte er heißen, denn keine Feier ohne …

Und einen Klimamanager, der dafür Sorge trägt, dass eine etwas heruntergekommene, aber viel befahrene Hauptstraße nur mit noch einer bei der Stadt gekauften Klimaplakette befahren werden darf.

Und damit alles miteinander verzahnt und synergetisch bestens genutzt werden kann, braucht es einen Stadtmanager, der Energiemanagement, Touristikmanagement, Eventmanagement und Klimamanagement gewissenhaft kontrolliert.

Man war sich einig und zufrieden, wäre da nicht dieser weltfremde Antrag eines opponierenden Kollegen gewesen, einen ehrenamtlichen Sparmanager für alle Bereiche zu ernennen. Doch schnell war man sich mit allen Stimmen bei einer Enthaltung einig, den Antrag umgehend unter den großen Teppich … und jetzt ist er auch schon weg.

Ein Bericht von Ernst-August zu Klüt für radioTOTAL – undercover.

Jetzt erst einmal ein paar Tomaten mit Mozzarella. Ohne Mozzarella. Und ohne Tomaten. Dann eben ein Brot mit Schinken. Sein Handy meldet sich mit dem Klingelton eines uralten Bakelit-Telefons. Ein unbekannter Anrufer. Ist am Klingelton nicht zu unterscheiden. Warum eigentlich nicht?

Wesemann meldet sich. Auf der anderen Seite Ferdinand zu Falkenborn. Wesemann schweigt, grummelt, murmelt etwas von falsch verbunden, doch Ferdinand zu Falkenborn lässt nicht locker. Er hat Baxmann nach einem fähigen Floristen gefragt und Baxmann habe ihm Wesemanns Nummer gegeben.

„Fähiger Florist?", Wesemann will seine Chance nutzen. „Ich kann kaum eine Geranie vom Gummibaum unterscheiden."

Das reiche völlig aus. Ferdinand zu Falkenborn müsse für ein paar Tage weg, da brauche er jemanden für seine Blumen. Er würde die Pflegeanweisungen detailliert vorgeben.

„Ich bin da nicht so zuverlässig", versucht es Wesemann noch einmal, „ich würde mir meine Blumen jedenfalls nicht anvertrauen." Was war das denn für eine Argumentation?

„Sie schaffen das schon. Auf Baxmanns Empfehlungen verlasse ich mich unbesehen. Jetzt hat er zwölf Werbeeinblendungen für unsere Galerie ins aktuelle Informationsprogramm vorgeschlagen, wir wollen den Vertrag nach meiner Entlassung aus dem Krankenhaus sofort unterschreiben.

„Erpressung", murmelt Wesemann.

„Wann können Sie denn vorbeikommen? Es pressiert ein wenig, das Taxi, das mich zur Klinik bringen soll, ist für drei bestellt."

Wesemann schaut kurz auf seine Uhr. „Dann reicht es doch noch ... wenn ich gleich komme."

„Ich erwarte Sie."

Im Kühlschrank steht nur noch ein Möhreneintopf von gestern. Er wird sich gleich auf den Weg machen zu Ferdinand zu Falkenborn und später am Pferdemarkt eine Pizza essen.

Wesemann geht zu Fuß. Es sind nur ein paar Minuten bis zum Pferdemarkt. Die Tür der Galerie ist abgeschlossen, Wesemann hebt die Hand, um zu klopfen, entdeckt neben der Eingangstür einen Klingelknopf, der aussieht wie eine halbe Zitrone mit Brustwarze, und der Hausherr öffnet. Überschlank, kanariengelber Anzug, Brille mit rotem Leuchtgestell und auf dem Kopf … Haare, die aussehen, als ob sie bellen könnten.

„Taxi? Sie sind schon da?", fragt Ferdinand zu Falkenborn, dreht sich um und geht zurück in die Galerie. „Ich muss nur noch auf den Blumengießer warten, den ich bestellt habe."

„Da muss ein Missverständnis vorliegen", sagt Wesemann, „ich bin nicht der Taxifahrer, Baxmann schickt mich."

„Ach, Sie sind das, Herr Wesemann. Ich hätte Sie beinahe nicht erkannt." Er kommt zurück und gibt Wesemann die Hand. „Ich bin ein bisschen aus der Spur, vielleicht kein Wunder bei der Aufregung vor der Operation."

Wesemann betritt die Galerie. Sein Blick fällt auf deckenhohe Plastikwürfel, in denen er sich in verschiedenen Winkeln spiegelt. Taxifahrer? Er? Nun, ja. Irgendwie könnte er sich in seiner alten Lederjacke selber mit einem Taxifahrer verwechseln, wenn er sich nicht besser kennen würde. Früher mit Schnauzbart haben ihn alle für einen Künstler gehalten, aber Karola mochte den Schnauzbart nicht. *Mehr Haare unter der Nase als auf dem Kopf.* Früher war er auch sportlicher, doch als Athlet ist er nicht durchgegangen. Er braucht keinen Waschbrettbauch, weil er schon immer genügend Geld hatte, um sich eine Waschmaschine leisten zu können. Oft eine gebrauchte. Außerdem kommt es auf Äußerlichkeiten sowieso nicht an, weder bei Waschmaschinen noch beim Menschen. Er ist ein kleiner Mann mit einem großen Herzen, hat einmal jemand über ihn gesagt, und es war nicht der Kardiologe.

Achtzehn milchweiße Plastikwürfel. Wozu? „Eine angesagte Lichtinstallation", erklärt Ferdinand zu Falkenborn, „aber die Sicherungen sind bereits ausgeschaltet." Er geht voraus in einen angrenzenden Raum, die Absätze seiner Schuhe klacken auf dem Marmorboden. Hier brennt noch Licht. Der Raum ist karg möbliert, Tisch, Sitzgruppe, Hocker, Regale mit Büchern und Flaschen, ein riesiger leerer Rahmen und alles in Weiß. Wesemann schaut sich um. „Und die Blumen?"

„Man merkt, dass Sie für den Rundfunk arbeiten, Ihre Augen sind sehr oberflächlich."

Jetzt sieht Wesemann es auch. Seitlich, halb von einem Paravent verdeckt, steht auf einer weißen Steinsäule ein weißer Blumentopf, und in dem Blumentopf ein Kaktus mit mageren grünen Armen, eingeflochten in ein Kletterspalier. Sieht ein bisschen mickrig aus, Wesemann würde ihn entsorgen.

„Und die anderen Pflanzen?"

„Es gibt keine anderen Pflanzen, nur diese eine. Meine Selenicereus grandiflorus! Für den Laien eine Königin der Nacht. Ich habe Ihnen die Pflegehinweise ausgedruckt." Er reicht Wesemann ein gefaltetes Blatt Papier. „Bitte nur nach Anweisung gießen, destilliertes Wasser verwenden, steht drüben neben dem Waschbecken."

„Könnte man den Kaktus für die Zeit Ihrer Abwesenheit nicht einfach ins Waschbecken mit Wasser stellen?"

„Baxmann hat etwas von einem erfahrenen Blumenliebhaber gesagt." Ferdinand zu Falkenborn schaut Wesemann skeptisch an. „Sie müssen gut auf sie aufpassen."

„Natürlich."

Ferdinand zu Falkenborn deutet auf einen grünen Knubbel mitten im Gewirr der mageren Pflanzenarme. „Diese vielversprechende Knospe beinhaltet eine Sensation. Eine Blüte, die nur in einer einzigen Nacht erblüht und dann einen unbeschreiblichen Duft aussendet. Wer schon einmal das faszinierende Schauspiel erlebt hat, wie sich die Knospe über Stunden öffnet, weiß, dass die Pflanze ihren majestätischen Titel sehr zu Recht trägt."

„Vielleicht geben Sie sie besser zur professionellen Pflege in den botanischen Garten."

„Eine anonyme Pflege. Niemals! – Schauen Sie sich um, ob Sie zurechtkommen. Der Taxifahrer wird gleich hier sein."

Wesemann ist nicht besonders beunruhigt von seiner Aufgabe, hat kein Interesse an weiteren Detailinformationen, will an seine Pizza. Zur Beruhigung des Hausherrn widmet er dem Raum noch einen globalen Blick. *Zwölf Werbeeinblendungen!* Für einen Moment bleibt sein Blick an der Wand hinter der nächtlichen Königin hängen. Vor der weißen Wand schwebt in Augenhöhe ein schmales weißes Regal, fast unsichtbar, und auf dem Regal steht eine einzige Figur. Bronze, tippt Wesemann, so was hatte seine Mutter früher in der Vitrine im Wohnzimmer, das waren allerdings richtig dralle Figuren und nicht solche Hungerhaken. Ferdinand zu Falkenborn muss ein Faible fürs Magere haben. Er macht sicher zweimal im Jahr Heilfasten und Fleisch isst er bestimmt nur an runden Geburtstagen. Wenn er die überhaupt feiert. Ob die Plastik nach Ferdinand zu Falkenborn getöpfert wurde … ist auch egal.

„Eine sentimentale Erinnerung an meine Studienzeit", sagt Ferdinand zu Falkenborn, „eine Reminiszenz an diesen begnadeten Künstler aus dem schweizerischen Bergell-Tal."

„Kurt Felix?"

„Alberto Giacometti." Ein mitleidiger Blick trifft Wesemann. „In meinen tastenden Versuchen habe ich mich bemüht, seinen Schaffensprozess nachzuvollziehen und mich in seine kreative Welt hineinzufühlen."

„Hübsch", sagt Wesemann. „Bronze?"

„Natürlich, und der Guss war nicht gerade billig. Ich habe ihn mir als Student vom Munde abgespart."

Vielleicht hat er vergessen, nach der Sparperiode wieder mit dem Essen anzufangen, überlegt Wesemann. Jetzt eine Pizza Bomba - mit Tomatensoße, Salami, scharfen Peperoni und Käse.

Jemand klopft an die Glastür, und diesmal ist es der Taxifahrer.

Wesemann verabschiedet sich, Ferdinand zu Falkenborn reicht ihm einen kleineren Schlüssel, sagt „Kurt Felix", schüttelt den Kopf und schiebt ihn zur Tür hinaus. Am Schlüssel hängt ein Zettel: *Hintertür.*

„Auf Wiedersehen und alles Gute für die Operation! Prostata?" So viel Gemeinheit musste jetzt sein, ihn als Kunstbanausen zu entlarven.

„Mandeln!"

„Na, dann ..." Wesemann geht hinaus, bleibt mitten auf dem Pferdemarkt stehen und dreht sich um die eigene Achse. Welche Pizzeria ist die nächste?

„Herr Wesemann, Herr Wesemann ...", Felicitas Vogelsänger.

„... wie schön, dass ich Sie treffe. Unser Gespräch ist mir nicht mehr aus dem Kopf gegangen."

„Gespräch?

„Kommen Sie, ich gebe einen aus", sagt Felicitas Vogelsänger, „einen Espresso." Sie hakt sich bei Wesemann unter und schiebt ihn zum Brunnen-Café hinüber. Eine Pizzeria liegt in entgegengesetzter Richtung. Kupferschmiedestraße.

Wesemann bestellt sich zumindest einen Cappuccino. „Ich habe Ihnen doch von unserer angehenden Stiftsdame berichtet?"

„Und der dunklen Wolke."

„Genau. Ich habe einen Blick in ihre Wohnung werfen können, obwohl sie akribisch darauf bedacht ist, ihre Privatsphäre zu schützen. Aber die Priorin von gegenüber hat in der ersten Etage so einen Außenspiegel an ihrem Küchenfenster, mit dem sie sehen kann, wer unten an der Haustür klingelt. Sie ist die Priorin und will informiert sein. Leider hat der Wind den Außenspiegel verstellt und jetzt kann man nur noch ins Wohnzimmer der Neuen schauen."

„Der Wind, der Wind ..." Wesemann will das Gespräch so schnell wie möglich beenden. Er wird sich eine Pizza Bomba bestellen - und wenn sie noch so scharf ist.

„Mehrmals hat die Neue bereits die gemeinsame Andacht in der Stiftskirche versäumt, außerdem hat sie ihre Wohnung mit jeder Menge technischem Krempel ausgerüstet: Computer, Großbildschirm, Drucker, Laptop, Scanner, Video-Kamera und so weiter. Bisher haben die Stiftsdamen bevorzugt in der Luther-Bibel gelesen und sich nicht im fragwürdigen Internet herumgetrieben."

„Sie können doch froh sein, so eine moderne Frau im Stift zu haben, die eine Menge Verwaltungsarbeit übernimmt und sich bestimmt schnellstens in den Führungsdienst durch die Stiftskirche eingliedert." Wesemann knurrt der Magen.

„Ich will Sie nicht aufhalten", Felicitas Vogelsänger bezahlt ihren Espresso, „aber um einen kleinen Gefallen bitten. Vielleicht können Sie über einen kleinen Radiobeitrag in Erfahrung bringen, ob jemand etwas über Laurena von Kuttler weiß. Inoffiziell natürlich. Ein Handyfoto habe ich auch für Ihre Recherche." Sie schiebt Wesemann einen Fotoausdruck neben seine Cappuccino-Tasse. „Obwohl so ein Foto beim Rundfunk wohl nicht allzu viel bringt. Aber vielleicht Ihnen."

„Ausgesprochen gut aussehend", stellt Wesemann fest, „für eine Siebzigjährige."

„Sie ist Ende sechzig."

„Und wenn ich jetzt nichts zu essen bekomme, erlebe ich meinen eigenen Geburtstag bestimmt nicht mehr."

Felicitas Vogelsänger gibt ihm die Hand, schenkt ihm ein Lächeln, „Lassen Sie sich nicht über den Tisch ziehen, der Espresso ist bezahlt." Sie geht.

Zu Hause schaltet Wesemann seinen Sender ein. *RadioTOTAL. Unsere grünen Nachrichten aus der Welt der Natur.* Die Sendereihe kennt er noch gar nicht. Muss eine Idee von Baxmann sein. Karolas Stimme. Hat sie jetzt eine eigene Sendung? Warum hat sie nichts davon erzählt? Sie verliest Hörermeinungen zu alternativen Themen. Hier Dürre, da zu viel Regen und keine Idee, was mit dem Kernkraftwerk Grohnde passieren soll. Vielleicht eine zentrale Biogas-Anlage draus machen?

Dann eine beiläufig eingestreute Nachricht:

… dass der Wolf in Niedersachsen wieder heimisch wurde, ist laut Umweltministerium ein großer Erfolg für den Artenschutz …

Karola sollte ein bisschen neutraler sprechen, nicht so sinnlich, sonst ruft noch einer an, um ihr einen Heiratsantrag zu machen.

… zählt das Ministerium niedersächsische Regionen auf, denen nicht nur gute, sondern sogar ideale Lebensbedingungen für Wolfsrudel bescheinigt werden. Wegen des hohen Wald- und Wildtierreichtums findet der Wolf ideale Lebensbedingungen zum Beispiel in der Lüneburger Heide, im Wendland, im Harz und im Weserbergland.

Karola, das war spitze! Journalistisch gesehen. Ich bin stolz auf dich! Plötzlich hat Wesemann einen Kloß im Hals. Eine solche Frau für ihn. Sie werden ein gutes Team sein, und so eine Hochzeit tut doch gar nicht weh. Aber nicht so überschwänglich, euphorisch, sonst steigen die Ansprüche. Wesemann trocknet die Teller vom Abendessen ab.

„Warst du in der Galerie?", fragt Karola nach dem Begrüßungskuss.

„Die Schöne, Wunderbare, Einzigartige hat bestimmt ausreichende Aufbaunahrung von ihrem adligen Liebhaber bekommen."

„Fahr lieber hin und sieh nach. Baxmann hat mich mehrmals gefragt, ob man sich auf dich verlassen kann, und unsere Einnahmen sind in diesem Quartal äußerst mies."

Wesemann stellt die Teller in den Geschirrschrank. „Irgendwie ist mir die ganze Galerie suspekt. Ich habe das Gefühl, seine Königin macht sich lustig über mich und seine Plastik belauert mich bei jeder Bewegung."

„Wesemann, das Sensibelchen."

„Komm doch einfach mit, dann wäre mir wohler und danach könnten wir noch ein Eis essen."

„Ich habe noch eine Menge zu tun, außerdem störe ich doch nur bei eurem trauten Tête-à-Tête." Karola zieht zwei, drei Frauenzeitschriften aus ihrer Handtasche und wirft sie auf den Couchtisch.

„Also schön, bevor ich mir Nachlässigkeit nachsagen lasse, gehe ich freiwillig und kontrolliere den Gemütszustand der sensiblen Dame."

„Auf dich ist eben Verlass!"

Wesemann entert seinen Corsa und fährt los. Jetzt hat er doch glatt vergessen, sie nach ihrer Umweltsendung zu fragen. Läuft alles nicht weg, die Umweltsendung nicht und hoffentlich Karola auch nicht. Ach, Karola!

Ein heller warmer Abend. Heute könnte es klappen mit dem Aufblühen der Königin. Vielleicht sollte er dann ein hämisches Lächeln aufsetzen, ein Selfie von dem großen Ereignis machen und das Foto ins Krankenhaus schicken? Aber erst morgen. Dazu eine spaßige E-Mail: *Blüte war gestern Nacht. Wunderschön. Jetzt ist sie hin.*

Lieber nicht, damit würde er sich keine Freunde machen. Vielleicht würden sie ihm sogar anhängen, er hätte die Königin zum Frühblühen animiert. Den Job beim Sender könnte er knicken und sein Auftraggeber würde ihm eventuell sogar einen Rechtsanwalt auf den Hals schicken. Also rein in die Galerie, das Wasser holen und die Königin pipettiert. Die Knospe hat sich keineswegs vergrößert, sieht eher ein wenig kraftlos aus. Wesemann entschließt sich auf eigene Faust zu einer zusätzlichen Wasser-Dünger-Gabe. – Keine Veränderung. Dann sicher morgen.

Er will die Plastikflasche zurück zum Handwaschbecken bringen, stellt sie dann aber neben die Blumensäule. Für ihn der kürzere Weg, aber ein künstlerisches Arrangement von eigenwilliger Schönheit: *Gießkanne huldigt Königin der Nacht.* Könnte Ferdinand zu Falkenborn durchaus gefallen.

Er schaut sich noch mal um, bevor er geht. Alles wie gehabt, nur … die nachempfundene Giacometti-Skulptur steht ziemlich weit am Rand des weißen Regals. Bevor da etwas passiert und man es ihm in die Schuhe schiebt …

Wesemann geht hinüber, greift nach der Figur. Er ist überrascht. Sie ist merkwürdig leicht für eine Bronzeskulptur. Er will sich das markante Stück etwas genauer ansehen. Plötzlich erhellt ein greller weißer Blitz den Raum. Ein Gewitter? Wesemann geht zurück in den Ausstellungsraum, schaut durchs

Schaufenster zum Pferdemarkt hinaus. Nichts. Kein Tropfen Regen. Wieder ein Blitz. Diesmal in seinem Rücken. Aber wieder kein Donner. Eine Installation? Oder hat er unbewusst die Alarmanlage ausgelöst? Im angrenzenden Raum klingelt das Telefon, Wesemann eilt zurück, will die Skulptur zurück aufs Regalbrett stellen, kommt mit der Hand gegen die Brettkante, die Figur rutscht ihm aus der Hand und zerschellt auf den weißen Marmorfliesen. Einige größere Scherben und viele kleine Bruchstücke liegen auf dem Boden. Das soll Bronze sein? Das ist astreiner Gips! Kann nicht allzu viel wert sein und sicher wird Ferdinand zu Falkenborn eine Versicherung haben, wenn er nicht alles in die avantgardistische Blitzinstallation investiert hat.

Wesemann findet in einem winzigen Abstellraum Kehrschaufel und Handfeger, unter der Spüle hängt eine leere Plastiktüte von Mode Brockmann. Komisch, das Telefon hat nur einmal geklingelt. Vielleicht Bestandteil der Installation. Er entsorgt die Überreste der Gipsfigur in die Plastiktüte, und genau in diesem Augenblick blitzt es zum dritten Mal.

Wesemanns Handy klingelt. Ferdinand zu Falkenborn. Ob alles in Ordnung sei? Ihm ginge es besser, die Blinddarmoperation wäre bestens verlaufen, er könne schon übermorgen die Klinik verlassen. Hat er nicht etwas von einer Mandeloperation gesagt? Egal, wenn er die Pipette bloß bald loswird.

Alles bestens, seine Königin der Nacht ließe sich mit dem Erblühen sicher Zeit bis zu seiner Rückkehr. Und gute Besserung auch!

Wesemann schließt die Tür hinter sich ab, einmal wird er sich noch um die stachelige Dame kümmern müssen, dann kann sie blühen oder es auch lassen – wie sie will.

Karola wartet auf dem Balkon mit einem Gläschen Rotwein auf ihn. Sie hat ein kleines Radio auf die Fensterbank gestellt. Nur als unterhaltsame Geräuschkulisse, doch plötzlich greift sie nach hinten und dreht an der Lautstärke. Karolas Stimme aus dem Äther. Sie versucht sich ein zweites Mal an den *Grünen Nachrichten aus der Welt der Natur.* Eine fast beiläufige Meldung:

... aus ökologischer Sicht ist also das Weserbergland mit seinen hügeligen Waldgebieten als Lebensraum für Wölfe durchaus geeignet. Doch dieser Faktor ist bekanntlich längst nicht mehr der entscheidende im Leben unserer Wildtiere. Vielmehr ist es die Frage, inwieweit wir Menschen wieder bereit sind, den Wolf in unserer Landschaft zu tolerieren. Daher startet radioTOTAL eine Umfrage unter seinen Hörern: Wie stehen Sie zur Rückkehr der Wölfe ins Weserbergland? Rufen Sie an unter der Telefonnummer null-fünf-eins-fünf-eins und sechsmal die Fünf.

„Dazu sind viele Anrufe eingegangen." Karola strahlt. „Baxmann ist auch sehr zufrieden." Sie steht auf und holt zwei Gläser mit Tiramisu aus dem Kühlschrank. „Baxmann hat alle eingegangenen Wolfssichtungen gesammelt und auf einer Karte eingetragen." Wesemann macht es sich auf seiner Ruheliege bequem. „Du sollst dir die Anrufe morgen im Original anhören und ein Feature daraus machen." Sie wird ihm den Auftrag aufschreiben und an die Landkarte mit den rot eingetragenen Punkten heften müssen. Wesemann ist eingenickt.

Wesemann hat länger geschlafen als geplant. Sein Handy klingelt. Ferdinand zu Falkenborn – fast atemlos. Sie behalten ihn hoffentlich nicht noch länger im Krankenhaus.

„Herr Wesemann, ich bin gerade nach Hause gekommen."

„Sie wollten doch morgen erst ..."

Darauf geht Ferdinand zu Falkenborn nicht ein. „Nein, ich kann es einfach nicht fassen. Wollen Sie sich einen Scherz mit mir erlauben?"

„Ich bin mir keiner Schuld bewusst, ich hab immer nach Ihren Anweisungen pipettiert und wollte heute Abend noch einmal ..."

„Lassen Sie den Blödsinn, Wesemann. Beantworten Sie mir nur eine Frage: Wo ist mein Giacometti?"

„Ein kleines Malheur. Ich war gestern Abend in Ihrer Wohnung, da kippelte die Figur auf dem Rand des Regals. Ich wollte sie zurückschieben, dabei ist sie mir heruntergefallen ..."

„Sie ist Ihnen was?"

„Kein Grund zur Sorge. Mir ist nichts passiert. Die Gipsreste der Skulptur sind in einer Tüte von Mode Brockmann unter der Spüle."

„Gips? Sagten Sie Giiips? Das war ein original Giacometti. Ich glaube, ich verliere den Verstand."

„Sie hatten etwas von einem nachempfundenen Giacometti ..."

„Ich werde meinen Giacometti wohl besser kennen als Sie. Ich wollte Sie nur nicht beunruhigen. Hätten Sie gewusst, dass es sich um ein Original handelt, hätten Sie die Wartungsaufgabe doch gar nicht übernommen. Wesemann, Wesemann, geben Sie mir meinen Giacometti wieder."

„Ich bin mir keiner Schuld bewusst. Vielleicht sollten Sie bei der Polizei eine Vermisstenanzeige aufgeben, wenn Ihnen der Giacometti abhandengekommen ist."

„Das werde ich tun, Herr Wesemann. Das werde ich tun. Sie hören von mir."

Wesemann geht ins Bad, duscht ausgiebig, kocht sich einen Kaffee und liest die Morgenzeitung. Er hat die Weltpolitik gerade abgearbeitet, da klingelt es an der Haustür und gleichzeitig wird ein Schlüssel ins Schloss gesteckt. Die Tür fliegt auf, Karola stürmt herein. „Wieso erreiche ich dich nicht …"

„Ich weiß auch nicht … ich war unter der Dusche …"

„Hast du das schon gesehen?"

„Was?"

Karola tippt auf irgendwelche Tasten ihres Handys und legt Wesemann einen aufgerufenen Facebook-Beitrag vor die Nase:

Die Polizeiinspektion Hameln-Pyrmont/Holzminden bittet um Ihre Hilfe. Wer kennt diesen Mann? Aus einer Galerie am Pferdemarkt in Hameln wurde eine wertvolle Giacometti-Skulptur gestohlen. Die Schadenssumme wird von dem Eigentümer auf einen sechsstelligen Betrag beziffert. Im Zusammenhang mit dem Diebstahl sucht die Polizei nach dem Mann, der auf dem Foto abgebildet ist. Es könnte sich um den Täter oder einen Zeugen handeln. Hinweise bitte an …

„Es war also doch kein Gewitter", sagt Wesemann.

„Was hast du nur getan?" Karola sinkt auf einen Stuhl. „So schlecht geht es uns nun auch nicht."

„Das war doch ein abgekartetes Spiel." Wesemann schaut wieder auf das Display des Handys. „Außerdem bin ich gar nicht zu erkennen. Das könnte doch auch irgendein …"

Es klingelt wieder an der Haustür. Wesemann und Karola sehen sich an. „Geh schon", sagt Karola, „mach es nicht noch schlimmer, als es ist."

Wesemann geht zur Türsprechanlage.

„Die Polizei, machen Sie bitte auf."

Es dauert nur wenige Augenblicke, bis drei Beamte vor der Wohnungstür stehen. Der erste ist Hauptkommissar Bertram. Für Wesemann fast schon ein Freund. Mit ihm hat er so manches …

„Hubert Wesemann?", fragt HK Bertram mit versteinerter Miene.

„Aber wir kennen uns doch."

„Dürfen wir reinkommen?"

Wesemann tritt verwirrt zur Seite und lässt die drei Beamten in die Wohnung.

„Herr Wesemann, wir müssen Sie wegen des Verdachts eines schweren Diebstahls bitten, mit zur Polizeiinspektion zu kommen. Widerstand ist zwecklos."

„Wieso sollte ich Widerstand leisten, ich habe nichts verbrochen."

„Es geht um einen Kunstdiebstahl erheblichen Ausmaßes."

Redet HK Bertram immer so geschwollen, wenn er amtlich wird?

„Meinen Sie die Gipsfiguren in der Galerie am Pferdemarkt?"

„Bei dem gestohlenen Gegenstand handelt es sich um eine original Skulptur von Alberto Giacometti. Expertisen liegen der Polizei vor."

„Gips. Alles Gips." In Wesemann steigt die Wut hoch, angefangen in den linken Zehen und nicht unähnlich einem beginnenden Tobsuchtsanfall. „Untersuchen Sie die Mülltonne von Ferdinand zu Falkenborn. Da finden Sie die Scherben einer Figur, die mir unglücklicherweise aus der Hand gefallen ist. In einer Tüte von Mode Brockmann."

„Als Beschuldigter können Sie selbstverständlich einen Anwalt hinzuziehen. Aber glauben Sie mir, Wesemann, Sie haben schlechte Karten. Überlegen Sie sich, ob ein umfassendes Geständnis nicht ganz sinnvoll wäre. Würde sich im Strafprozess bestimmt strafmindernd für Sie auswirken."

„Ich habe nichts verbrochen."

„Kommen Sie."

Wesemann greift nach seiner Jacke, er will Karola noch dramatisch in die Arme schließen, wird nur ein flüchtiger Kuss, HK Bertram drängt ihn zur Wohnung hinaus.

„Sie bestreiten also nicht, in der Galerie von Ferdinand zu Falkenborn gewesen zu sein?"

HK Bertram sitzt Wesemann in einem kahlen grauen Raum gegenüber, den Wesemann in der Inspektion noch nie gesehen hat. Nicht mal beim Tag der offenen Tür. Eine Art Zelle ohne Fenster und ohne Toilette. Könnte eine der Ausnüchterungszellen sein. Und so riecht es auch. In der hinteren Ecke steht ein blauer Eimer mit Deckel.

„Natürlich nicht", sagt Wesemann. „Ist doch kein Verbrechen."

„Was haben Sie überhaupt in der Galerie gemacht?"

„Ich sollte eine *Königin der Nacht* nach genauesten Anweisungen von Ferdinand zu Falkenborn pflegen."

„Wesemann, in der ganzen Galerie steht nicht eine einzige Pflanze. Ferdinand zu Falkenborn hat eine, äh, Floral-Allergie, ärztlich belegt."

„Eine Floral-Allergie?"

„Was weiß ich, den genauen Namen konnte ich mir nicht merken."

„Aber, Herr Hauptkommissar."

„Ich habe jedenfalls bei der Staatsanwaltschaft Haftbefehl wegen Verdunklungsgefahr gegen Sie beantragt. Die gestohlene Skulptur ist einiges wert und eine Plastiktüte von Mode Brockmann haben wir nirgendwo gefunden. Weder in den hauseigenen Mülltonnen noch in den Tonnen der umliegenden Häuser."

„Das ist doch alles Blödsinn. Gestern habe ich die Königin zum letzten Mal gegossen, dann bin ich gegangen."

„Mit leeren Händen?"

„Selbstverständlich."

„Sie sind aber beobachtet worden, wie Sie eine Figur vom Regal geräumt haben."

„Ich wollte die Figur vom Regalrand ... ach was, das ist doch alles Quatsch."

„Ist das auch Quatsch?" HK Bertram nimmt zwei Fotos aus einer Mappe, schiebt sie Wesemann zu. „Das sind doch Sie, oder wollen Sie das auch leugnen?"

Fotos von ihm, mit Blitzlicht aufgenommen. Wesemann schiebt die Fotos zurück. „Wenn Sie es sagen."

„Und was machen Sie auf den Fotos?", fragt HK Bertram, lässt Wesemann aber nicht zu Wort kommen: „Sie räumen den Giacometti vom Regal. Hatten Sie Helfer?"

„Wozu?"

„Sie waren also allein", sagt HK Bertram. Er notiert sich etwas in ein schwarzes Büchlein. „Wohin haben Sie die Skulptur gebracht?"

„Ich habe keine Skulptur nirgendwohin gebracht."

„Wesemann, in diesem Augenblick ist die Spurensicherung mit einem Hausdurchsuchungsbeschluss zu Ihrer Wohnung unterwegs. Wenn Sie ein größeres

Chaos verhindern wollen … noch kann ich den Trupp zurückpfeifen."

„Ich kann doch nichts gestehen, was nicht stattgefunden hat."

„Wie Sie meinen." HK Bertram erhebt sich. „Ich warte noch auf den Haftbefehl, dann werden Sie ins Untersuchungsgefängnis nach Holzminden überstellt."

„Das können Sie nicht machen. Sie kennen mich doch. Ich habe nichts verbro…" HK Bertram verlässt grußlos den beklemmenden Raum, die Tür wird von außen abgeschlossen.

Es kann doch nicht so schlimm sein, ein bisschen Zeit in so einem trostlosen Raum zu verbringen. Er wird schon keinen seelischen Schaden nehmen. Einfach die Augen schließen und an etwas Schönes denken. Ihm fällt nichts Schönes ein. Nur Frauen, die sein Gemüt erheitern könnten. Daran darf er nicht denken, er soll bald heiraten. Allerdings ... in seiner ersten Ehe hat er sein Seelenheil auch gelegentlich in der Fantasie gesucht. Und in dieser muffigen Zelle ist doch wohl jede Ablenkung erlaubt. Wie es wohl Lina geht? Lina Franitzki aus Pyrmont. Lange nicht mehr gesehen. Eine tolle Frau, hatte nur einen Fehler, sie musste morgens um vier Uhr aufstehen, um Obst und Gemüse vom Großmarkt für ihr kleines Geschäft in der Brunnenstraße zu besorgen.

Wesemann legt sich auf die Pritsche, er wird die Augen schließen und einfach ein wenig in Erinnerungen schwelgen. Ja, Lina ... Ob es in den Räumen der Polizeiinspektion auch Ungeziefer gibt? Ihm ist, als hätte er soeben im Hintergrund ein leises Scharren und Trippeln von flinken Füßen ... Wesemann, du bist übersensibel. Kein Wunder, bei den Ereignissen. Außerdem riecht es nicht nur muffig, es stinkt nach Kotze und Pisse. Einfach schlafen, die Augen zu und durch. Es wird schon nicht allzu lange dauern, bis Karola seine Freilassung bei HK Bertram durchgesetzt hat. Andererseits ist HK Bertram Beamter und hat seine Vorschriften, die Karola wohl kaum daran hindern werden ... plötzlich sitzt Lina in der Radioredaktion. Auf dem Schoß von Baxmann. Sie lachen ihn aus, Karola ist an den Heizkörper des Empfangsraums gefesselt, ganz in Schwarz gekleidet, Baxmann fasst Lina an den Busen und Lina wirft mit Weintrauben nach Karola ... Karola murmelt nur noch entkräftet einen Namen. Wesemann versucht, ihr seinen Namen von den Lippen abzulesen, doch Karola flüstert voller Verzweiflung: „Baxmann, mein Baxmann ...“ Wesemann ist eingeschlafen und könnte später nicht sagen, ob der Albtraum über Minuten oder Stunden ging. Wesemann sitzt in einem riesigen Schwan und treibt das Plastiktier mit kräftigen Pedalbewegungen über die Weser. Felicitas Vogelsänger lehnt an seiner Schulter. Einteiliger Bikini, nur der untere Teil. Mit zärtlichen Fingern durchkämmt sie sein Brusthaar. Wesemann hat überhaupt keine Brustwolle. Ihre Hand tastet sich talwärts, umspielt den Bauchnabel und erreicht spielerisch den Rand der Badehose. Da wird die Zellentür aufgestoßen. Wesemann öffnet verwirrt die Augen. HK Bertram steht im Türrahmen. Scheint aufgewühlt zu sein. In einer Hand hält er sein Handy. „Sie können gehen, Wesemann. Ereignisse sind eingetreten, die den Fall in einem neuen Licht erscheinen lassen. Ich muss los und ... Kopf hoch!“

Wesemann ist augenblicklich hellwach. Etwas Spektakuläres muss sich ereignet haben.

„Was ist geschehen?“

„Wir ermitteln noch. Zur gegebenen Zeit werde ich Sie informieren!“

„Haben Sie den wahren Täter ermittelt?“ Jetzt unbedingt das Gespräch in Gang halten.

„Schlimmer.“

„Der Giacometti war B-Ware?“

„Werden Sie nicht albern, Wesemann.“ HK Bertram eilt hinaus.

So leicht lässt sich Wesemann nicht abschütteln, doch dann muss er in eine Umleitung einbiegen und dringend auf die Toilette. Als er schließlich wieder im Empfang der Polizeiinspektion steht, will ihm niemand sagen, wo HK Bertram geblieben ist.

Wesemann geht nach Hause. Ein früher Sonntagmorgen in Hameln. Ein sehr früher. So ein kleiner Spaziergang tut gut nach der bedrückenden Nacht. Klare Luft, ein leichter Wind durchzieht vom Klüt her die engen Gassen, lässt Zeitungsreste auffliegen, eine Pommes-Packung rutscht über den Asphalt, findet Halt an der Steinstufe einer Kneipe, die Stufen sind noch feucht, sie sind wohl gerade erst aufgewischt worden.

Karola wird ihn erwarten. Karola. Karola. Karola … bloß dass er da nichts durcheinanderbringt.

Wesemann sucht seine Schlüssel, hat er wohl beim überstürzten Aufbruch vergessen. Er klingelt, es dauert nur Sekunden, bis der Türsummer die Freigabe der Tür signalisiert.

Karola erwartet ihn am Treppenabsatz. Sie scheint nicht geschlafen zu haben. Als Wesemann sie in die Arme schließen will, zieht sie ihn in die Wohnung und schiebt ihn gleich durch zum Badezimmer. „Bevor du an irgendetwas anderes denkst, solltest du unter die Dusche gehen und frische Sachen anziehen! Du riechst ziemlich streng."

„Ach, Li…, Lieeebling", stöhnt Wesemann, „ich bin gleich zurück", und verschwindet im Badezimmer.

Es wird ein sehr liebevoller Empfang. „Was du durchgemacht hast!" Wesemann braucht sich nicht einmal anzukleiden, Karola hilft ihm in den Bademantel. Es gibt einen gemischten Salat mit Putenstreifen, einen leichten Weißwein und Liebe in homöopathischer Dosierung, wie sie gerade noch für einen Rekonvaleszenten verträglich ist. Es wird ein angenehm weicher Nachmittag, oberflächlich gelingt es Wesemann, sich zu entspannen, doch im Untergrund brodelt und rumort es. Als er sich schließlich die Bettdecke zu nächtlichem Schlummer bis unter die Arme zieht, fällt er sofort in tiefen Schlaf, der die Anspannung des Tages und die Sorgenfalten vertreibt.

Die Tage vergehen undramatisch und Wesemann schlägt sich mit Beiträgen der zweiten Kategorie durch die Zeit. *Kampf gegen den Riesenbärenklau, Geheimnisse des Balkonkastens, Großreinemachen im Zwergenland.* Und schon ist wieder Sonntag. Sonntagmorgen. Fast schon Mittag. Wesemann will erst zum Start des Formel-1-Rennens die Augen öffnen, hat er sich zumindest vorgenommen – die vergangene Woche war einfach zu ermüdend.

„Wesemann, wach auf."

„Wer steht auf der Poleposition?" Wesemann gähnt.

„HK Bertram erwartet dich."

„Mit ihm will ich nichts mehr zu tun haben …" Wesemann reißt die Augen auf, „… und wenn er auf Knien …"

„Er gibt eine Pressekonferenz in der Galerie am Pferdemarkt."

Augenblicklich sitzt Wesemann aufrecht auf der Couch, windet sich aus der Zudecke. „Am Sonntagmittag? Dann muss es dringend sein."

„Baxmann hat auch schon angerufen, ob ich zum Sender kommen könnte. Außergewöhnliche Ereignisse würden meine Anwesenheit erfordern."

„Wie lange hab ich denn geschlafen?“

„Zum Diskutieren ist jetzt keine Zeit. Ich muss los und du auch. Aber erst duschen. Saubere Sachen hab ich dir aufs Bett gelegt.“

Karola steht auf, schnappt sich ihre Handtasche, gibt Wesemann einen Kuss auf die Wange und läuft los.

Wesemann will hinter ihr her, zumindest bis zur Wohnungstür, doch so schnell ist er nicht auf den Beinen. Er verschwindet unter der Dusche.

„Auch schon da?“, fragt HK Bertram mit einem ironischen Lächeln. „Die Pressekonferenz wurde vor einer halben Stunde beendet.“

„Welche Kollegen waren denn da?“

„Die drei bis vier Top-Journalisten des Landkreises Hameln-Pyrmont. Nur Sie haben gefehlt.“

„Verschonen Sie mich bitte mit Ihren Anzüglichkeiten. Wo ist was passiert?“

„Kommen Sie, kommen Sie“, sagt HK Bertram und geht zu seinem Dienstwagen. „Sie Mimöschen. Die Kriminaltechnik hat den Tatort noch nicht freigegeben, ich konnte nur kurz rein und ein paar Fotos machen.“

Ihm ist sicher wieder schlecht geworden, vermutet Wesemann.

„Die allgemeine Pressekonferenz ist erst für morgen elf Uhr terminiert“, sagt HK Bertram, „als Top-Journalist des Landkreises werden Sie bevorzugt behandelt.“

HK Bertram setzt sich seitlich auf den Fahrersitz, er weiß genau, dass er noch etwas gutzumachen hat. Die Nacht in der Ausnüchterungszelle wird ihm Wesemann so schnell nicht vergessen.

HK Bertram angelt nach seinem Tablet. Das Gerät ist nicht das Neuste, braucht eine Weile, bis es hochgefahren ist. Dann eine Aneinanderreihung von Fotos. HK Bertram klickt das erste Foto an. „Nicht schön", murmelt HK Bertram, „gar nicht schön."

„Das ist doch …" Wesemann hat sich halb über HK Bertram gebeugt und schaut auf die Fotos.

„Richtig", sagt HK Bertram, „Ferdinand zu Falkenborn."

Die Fotos zeigen den Mann in seinem Privatzimmer direkt vor der Hintertür, er liegt auf dem Rücken, in seinem Gesicht maßloses Erstaunen. Vielleicht hat seine Königin der Nacht gesungen statt geblüht?

„Schrecklich", sagt HK Bertram, aber den Gesang kann er nicht gemeint haben.

Ein Mann in weißem Ganzkörperanzug kommt aus der Galerie. „Wollen Sie wieder rein, wir sind fast fertig." Er steckt sich eine Zigarette an, zögert einen Augenblick, zieht dann zwei Plastikbeutel aus seinem Anzug und gibt sie Wesemann. „Überschuhe", sagt HK Bertram, „ich habe meine eigenen."

„Kommen Sie mit", sagt HK Bertram.

„Ich werde also nicht mehr verdächtigt?"

HK Bertram sieht Wesemann kurz an, schaltet das Tablet aus und geht voraus. Bertram im feinen Zwirn. Macht den Eindruck, als wäre er auf direktem Weg zu einem offiziellen Empfang. Leichter Tuchmantel, heller Schal mit dezentem Muster, dazu ein Anzug in Nachtblau. Aber die Schuhe, ziemlich abgelatscht und eines Hauptkommissars nicht würdig. Passt denn keiner auf ihn auf?

HK Bertram hebt das rot-weiße Band der Polizeiabsperrung in Schulterhöhe und Wesemann kann mit leicht eingezogenem Kopf darunter hindurchschlüpfen. Ein uniformierter Kollege grüßt HK Bertram, lacht

Wesemann an. Volker Kienbaum. „Du hier?" – „Und du erst."

Sie kennen sich vom Flohmarkt am Weserufer, Volker Kienbaum verkaufte Kinderspielzeug und Tupperware, Wesemann hatte eine Brotdose gebraucht. Man ist ins Gespräch gekommen, Wesemann hat zwei Flaschen Bier geholt und dann auch noch ein Eis für jeden. Es macht sich bezahlt, wenn man freundlich ist zu den Leuten.

Nichts Auffälliges in der Galerie, im Raum dahinter arbeiten unwirkliche Gestalten in weißen Ganzkörperanzügen. Kleine, nummerierte Schilder markieren die Stellen, an denen die Spurensicherung Auffälligkeiten entdeckt hat. Ein Beamter fotografiert. Auf dem Boden eine heruntergefallene Tasse. Rot. Ein Beamter sichert die Fingerabdrücke. Dann wird die Tasse in einen Plastikbeutel gesteckt, um sie im Labor auf Speichelreste und Hautpartikel untersuchen zu lassen. Wesemanns DNA wird nirgends zu entdecken sein. Eventuell ein paar Abdrücke an der Gießkanne, doch eine Gießkanne ist nirgendwo zu sehen. Die Leiche liegt direkt vor der Hintertür, von einer weißen Linie umgeben. Für Wesemann sieht es aus, als hätte Ferdinand zu Falkenborn die Tür öffnen wollen, als er … und wie ist der Täter hereingekommen? Die Tür scheint unbeschädigt, wird aber noch untersucht.

Plötzlich bleibt HK Bertram stehen, und Wesemann läuft beinah auf ihn auf. HK Bertram tritt einen Schritt zur Seite. Der Tote trägt einen weißen Pullunder und Jeans, auf dem Pullunder zeichnen sich ein unregelmäßiges Muster roter Punkte und neben dem Kopf eine größere Blutlache ab. Neben dem Toten eine Pistole, wie aus der Hand gefallen.

HK Bertram geht in die Knie, Wesemann reicht ein leichtes Vorbeugen, er will es nicht so genau wissen. Der Tote liegt auf der Seite, eine Hand verdeckt halb Wange und Auge. Im Hinterkopf ein winziger roter Fleck, wohl das Einschussloch, das Blut um die Wunde ist bereits angetrocknet. Am Rand sitzt eine Schmeißfliege. Wie die wohl in diese Räume gekommen ist … hat vielleicht ein Techniker in seiner Kleidung eingeschleppt.

HK Bertram vertreibt die Fliege mit einer Handbewegung, schnüffelt am Gesicht des Toten. „Ein Dunst von Whiskey", sagt HK Bertram, „aber nur ganz schwach."

Plötzlich brüllt jemand in den Raum: „… bis ein neuer Tag erwacht. Atemlos einfach raus. Deine Augen ziehen mich aus." Helene Fischer. Einer der Beamten ist versehentlich auf die Powertaste der Stereoanlage gekommen. Ein Klick und es herrscht wieder Stille.

„Können Sie uns schon etwas zu den Umständen sagen?", fragt HK Bertram den Techniker.

„Ende vierzig, Anfang fünfzig, gute körperliche Verfassung, wenn man einmal davon absieht, dass er tot ist."

„Und die Kopfwunde?"

„Neun-Millimeter-Projektil. Vollmantelgeschoss. Kleines Einschussloch, aber durchschlagende Wirkung. Passt zur Pistole."

„Ist er an der Kopfwunde gestorben?"

„Etwas Gegenteiliges ist mir nicht aufgefallen."

„Todeszeitpunkt?"

„Hab ich bereits vor einer halben Stunde gesagt und noch immer kann ich nichts hinzufügen: Irgendwann letzte Nacht."

HK Bertram erhebt sich. „Geht es wirklich nicht genauer?"

„Zwischen Mitternacht und etwa drei Uhr, aber nageln Sie mich bitte nicht fest, wenn es eine halbe Stunde früher oder später war. Genaueres kann ich erst nach der Obduktion sagen."

HK Bertram nickt, betrachtete aufmerksam den Toten. „Sieht insgesamt ziemlich komplett aus."

„Warten Sie ab, bis wir ihn umdrehen, dann gibt es Arbeit für den Tatortreiniger."

HK Bertram verzieht das Gesicht. „Spuren vom Täter?"

„Noch nicht."

„Aber irgendwie muss er doch reingekommen sein."

„Durch die Tür." Wenn sie Wesemann nicht hätten.

„Und dann hat sich Ferdinand zu Falkenborn gegen den Angriff nicht gewehrt?"

„Es war vielleicht ein angekündigter Besuch", fährt Wesemann fort. „Ferdinand zu Falkenborn hat die Tür geöffnet, man hat irgendetwas besprochen und einen Whiskey getrunken. Als Ferdinand zu Falkenborn seinen Besucher verabschieden wollte und zur Tür brachte, hat der übellaunige Besucher eine Waffe gezückt und abgedrückt, noch bevor sich Ferdinand zu Falkenborn schützen konnte."

„So könnte es gewesen sein", sagt der Techniker, „wir melden uns, sobald wir so weit sind."

Vom Pferdemarkt dringen aufgebrachte Stimmen bis ins Hinterzimmer.

„Die Gaffer und Facebook-Berichterstatter sind eingetroffen", stellt HK Bertram lakonisch fest. Vorsichtig geht er noch einmal neben dem Toten in die Hocke. Er durchsucht behutsam die Taschen des Opfers, ohne die Leiche übermäßig zu bewegen. Ein Schlüsselbund, ein Smartphone und eine kleine Plastikpackung *tic tac*.

„Die Brieftasche haben wir schon eingepackt", sagt der Techniker, „lag auf vier." Er meint sicher das Schild mit der Nummer 4.1 neben dem Toten.

Karola ruft an. Ob er einen ersten Bericht liefern könnte?

„Ich melde mich, sobald ich so weit bin." Fachjargon, hat er gerade gelernt.

„Baxmann würde mich jetzt gern zum angekündigten Gespräch bei Kaffee und Kuchen einladen. Statt Abendessen, der Geizkragen. Wann ist dein Bericht fertig?"

„Gut Ding muss Weile haben."

„Will Weile haben."

„Na, siehst du."

„Ich würde den Nachmittag lieber mit dir verbringen, aber abschlagen kann ich unserem gemeinsamen Arbeitgeber die Einladung wohl kaum. Er will mit mir über die Hochzeit sprechen, das würde doch so einiges ändern. Hast du eine Ausrede? Du hast doch sonst immer genug Ausreden. Ich werde so schnell wie möglich nach Hause kommen. Wenn es doch später wird – Abendessen steht im Kühlschrank, du brauchst es nur noch aufzuwärmen. Wir sollten uns mal eine Mikrowelle anschaffen."

„Wie, aufwärmen, im Topf oder in der Pfanne?"

„Egal, schalt dein Handy ein, dann gebe ich dir online die Anweisungen."

„Für dich ist mein Handy doch immer eingeschaltet."

„Das will ich dir auch geraten haben."

Wesemann steckt sein Handy in die Jackentasche, muss es aber gleich wieder herausnehmen. Felicitas Vogelsänger am Apparat. „Sie erinnern sich doch noch an den Toten im Kreuzgang des Stifts, Wesemann?"

„Muss ich?"

„Sie können über den mysteriösen Todesfall doch nicht einfach hinweggehen. Wo bleibt da Ihre Berufsehre?"

„Als was?"

„Als ... als ... Columbo des Weserberglands!"

Wesemann muss lachen. „Sie lassen wohl nie locker?"

„Was verlangen Sie von mir? Endlich mal was los im Stift und ich soll häkeln oder Unkraut zupfen?"

„Was gibt es denn Neues."

„Ich hab mit unserer Priorin zusammengesessen, um den Führungsplan für die nächste Woche durchzugehen, und da sind wir im Gespräch irgendwie beim Rosenrondell gelandet. Der Tote gibt als Gesprächsstoff eben noch so einiges her."

„Bei der Polizei liegt der Fall längst auf der Ablage."

„Kann ich mir vorstellen. Aber die Priorin will etwas Merkwürdiges beobachtet haben."

„Na ja, er war ein Mann."

„Lieber Herr Wesemann, ich sagte Ihnen schon einmal, unseren Damen ist nichts Menschliches fremd und manch ein Besucher unserer Führungen riskiert sicher auch mal ein unfrommes Auge."

„Ach."

„Die Priorin hat den Fund der Leiche der Polizei gemeldet und als sie dann zurück ist in den Kreuzgang ... also, sie könnte Stein und Bein schwören, dass sie den Toten auf dem Rasen vor dem Rondell gefunden hat, und als sie zurückkam, lag er mit dem Kopf auf der Steinumrandung des Rondells."

„Das könnte etwas zu bedeuten haben, aber was? Ich werde umgehend HK Bertram informieren, wir sind gerade in einem intensiven Diskurs."

„Lassen Sie sich nicht stören, aber was die Priorin gesehen hat, hat sie gesehen. Obwohl sie nächsten Monat dreiundneunzig wird."

Wesemann lässt das Handy wieder in seine Jackentasche gleiten und wendet sich an HK Bertram. Beiläufig berichtet er dem Hauptkommissar von seinem Gespräch mit der aufmerksamen Beobachterin der Ereignisse im Stift.

HK Bertram grinst: „Was glauben Sie, was alleinstehende Damen mit ausgedehnter Freizeit alles hören und sehen, besonders, wenn sie sich in Gruppen gegenseitig beobachten."

„Wenn der Mann aber gar nicht auf die Steine gefallen ist, wie ist er dann zu der Wunde …"

„Wesemann, ich habe nur einen Kopf und die anderen Köpfe sind in Pension, Urlaub oder wegrationalisiert. Und jetzt mache ich erst einmal eine Pause. Kommen Sie mit auf einen Espresso?"

„Gern."

FÜNF

Auf der Weserpromenade herrscht Hochbetrieb. Die Touristen sind los, Gekicher, Geschrei und kein freier Platz auf den Bänken mit Blick auf die Weser. Dabei ist es so ein schönes Panorama. Auf der anderen Seite das ansteigende Gebirge mit dem Klüt als markantem Berg. Wald, Aussichtsturm, Restaurant und kreisende Bussarde. Hier am Wasser fühlt sich Wesemann eingebunden in eine jahrhundertealte Tradition der Fischer, Kaufleute und Handwerker. Wahrscheinlicher der Gaukler, Spielleute und Bettler oder anderes fahrendes Volk.

HK Bertram folgt seinen eigenen Gedanken.

Der Rattenfänger kreuzt mit einer Touristengruppe ihren Weg. Man kennt sich, grüßt sich im Vorübergehen. Vor einiger Zeit hat der Rattenfänger Wesemann gefragt, ob er nicht einige der Stadtführungen übernehmen könnte. Es herrsche Mangel an Rattenfängern mit ausreichenden Stadtkenntnissen. Wesemann war nicht abgeneigt, aber dann haben sie Anna Lea Mundhenk genommen, eine Sechzehnjährige. Am Geschlecht sollte es nicht scheitern und am Alter auch nicht. Sie konnte Klarinette spielen. Wesemann nur mäßig Blockflöte.

Er wird angerempelt, ein Kinderwagen fährt ihm in die Hacken, ein Roller fast über die Füße. Sie schwimmen mit im Strom der Touristen und lassen sich ins Museumscafé treiben. HK Bertram bestellt ein Kännchen Kaffee und ein Stück Stiftsherrentorte, Wesemann einen Cappuccino und ein Stück von der Rattenfängertorte. „Jetzt merkt niemand mehr, dass wir

Einheimische sind." Wesemann grinst. HK Bertram schweigt, hängt seinen Gedanken nach. Wesemann plant schon einmal seinen Radiobericht. Der erste Satz ist das Entscheidende. Nein, das erste Wort. Brutal oder schockierend oder mysteriös?

HK Bertram hat sein Stück Torte noch nicht zur Hälfte verspeist, da entringt sich ihm ein tiefer Seufzer, er steht auf, sucht nach der Bedienung, bezahlt, klopft auf den Tisch, an dem Wesemann sitzt. „Ich muss los, muss an meinen Computer."

Wesemann nickt, HK Bertram geht, Wesemann folgt ihm mit einem Blick, draußen regnet es in Strömen, scheint ein Gewitter zu sein. Bei dem Stimmengewirr im Café ist kein Donner zu hören. HK Bertram kommt nicht zurück, wird den Jackenkragen hochgeschlagen haben und zum Auto geeilt sein. Der Mord hat ihn in seiner Gewalt, der Fall muss systematisch aufgearbeitet werden, um ihn greifen zu können. *Was? Wer? Wo? Wann? Wie? Warum?*

Wesemann braucht zum Denken keinen Computer. Er bestellt sich einen Espresso corretto, klein, schwarz, bitter, mit einem Schuss Grappa. Dann noch einen Grappa solo und noch einen. Mit dem Denken kommt er bis zum Warum, warum geschah es, und ist ganz froh, dass sich sein Handy meldet.

Wesemann putzt sich den Mund ab, schaltet das Display ein. Karola. *Ich bin zu Hause. Total fertig. Komm bitte rasch.*

Ständig wird er aus seiner Konzentration gerissen. Er liest die E-Mail noch einmal. Sieht nicht gut aus, gar nicht gut. „Ober, zahlen bitte."

Er eilt in die Gartenstraße. Beim Überqueren des Kastanienwalls muss er sich sputen, weil die Ampel den Autofahrern ihre Jagd freigibt auf Zebrastreifen-Ignoranten.

Karola sitzt am Küchentisch, vor sich ein Glas mit Cognac, die Flasche in Griffweite auf dem Tisch.

„Was ist denn passiert?" Wesemann beugt sich über Karola, um sie zu küssen. Er hätte besser nicht gefragt. „Was passiert ist?" Karola genehmigt sich einen Schluck Cognac. „Ich wäre beinah vergewaltigt ...!"

„Um Gottes willen!" Wesemann setzt sich ebenfalls.

„Nun krieg dich wieder ein. Beinah hab ich gesagt!"

„Macht es die Sache leichter, wenn ich mir auch ein Glas genehmige?"

„Nichts, gar nichts macht die Sache leichter. Baxmann ist ein Arsch. Ein Schwein. Ein Drecksack."

Jetzt schüttet sich Wesemann auch einen Cognac ein.

„Er hat mich in seinem Auto mitgenommen nach Flegge ... Fleggessess ..., also B 217 und dann links. Im Lokal Baguette aus der Mikrowelle. Hat allerdings gut geschm ... Dann wollte dieser Arsch mit mir Junggesellenabschied feiern, weil ich doch jetzt ... du weißt schon. Und er hätte mich all die Jahre verehrt, jetzt könnte ich so kurz vor der Hoch... Hoch..., vor der Heirat könnte ich ... ob ich mir vorstellen könnte ..."

Wesemann schiebt die Cognacflasche unauffällig aus Karolas Reichweite.

„... also, ob ich mit ihm in die Kiste steigen wollte. Wir brauchen dir davon auch nichts zu ... nichts zu sagen und mein Gehalt wollte er auch aufbess ... aufbess ..." Karola erhebt sich ruckartig. Wesemann schaltet blitzschnell und geleitet Karola zur Badezimmertür.

Nach ihrer Rückkehr legt sie sich im Wohnzimmer auf die Couch, Wesemann stellt in der Küche den Wasserkocher für die Zubereitung des Kamillentees an.

Es wird eine unruhige Nacht. Erst kann sich Karola nicht beruhigen, und als sie endlich eingeschlafen ist, fehlt Wesemann die nötige Entspannung. Er wird sich Baxmann zur Brust nehmen. Gleich morgen. Oder ... einfach mal abwarten, was der Morgen bringt. Wenn ihm Baxmann keinen Beitrag mehr abnimmt, bleibt die Suppe ohne Einlage. Sogar ohne Salz, einfach nur Wasser. Es gibt zu wenige Radiosender im Weserbergland. Karola schläft tief und fest, morgen früh sieht die Welt sicher schon wieder ganz anders aus.

Nicht für Karola, sie sitzt am Küchentisch, ignoriert Wesemanns Kaffeeangebot und kühlt die Stirn mit einem feuchten Waschhandschuh.

„Hast *du* den ganzen Cognac ausgetrunken?", fragt sie nach einem kurzen Blick auf die Anrichte.

„Nein", sagt Wesemann, und damit ist das Thema erledigt.

„Gehst du heute nicht ..."

„Keinen Schritt ..." Karola nimmt den Waschhandschuh von der Stirn, beugt sich weit über den Tisch, und Wesemann wird leicht übel von ihrem Atem. Er lässt sich natürlich nichts anmerken. „... keinen Schritt setze ich mehr in den Sender, und wenn du ein richtiger Kerl bist, ist der Sender auch für dich erledigt."

„Aber wovon wollen wir leben?"

„Lass dir etwas einfallen. Ich leg mich wieder hin, der Wetterwechsel schlägt mir auf den Magen."

Wesemann irrt durch die Stadt. Was soll er machen, und vor allem wie? Soll er Baxmann kündigen oder ihm lieber eins auf die …

Karola ruft an. Er soll Kopfschmerztabletten mitbringen. Ob er schon mit Baxmann gesprochen habe, wie es mit seinem neuen Job aussehe. „Was willst du denn jetzt machen, du kannst doch nichts anderes als Geschichten erzählen?"

Wesemann verspricht, einen neuen L'Ondit-Beitrag fertigzustellen, den er über einen Mittelsmann beim Sender einreichen werde. Er habe alles bereits vorbereitet, es müsse nur noch feingeschliffen werden.

Wesemann denkt dabei an seinen guten Bekannten Dieter Try, Dr. Dieter Try. Informatiker, Ehrenmann, Ehemann, Vater und Tischtennisspieler mit einer gefürchteten Vorhand. Er hat Wesemann mit seiner Fachkompetenz geholfen, einen Internetbetrüger aus Groß Berkel zu überführen. Außerdem hat er ein Gedächtnis wie Helmut Schmidt und ein privates Archiv, das sich hinter keinem offiziellen Zeitungsverlag verstecken muss. Was er nicht weiß, findet er heraus.

„Du bist ein Spinner", sagt Karola, „Baxmann weiß doch sofort, von wem die Beiträge kommen, auch wenn ein anderer Name darunter steht."

„Dann lass ich mir eben etwas …" Weiter kommt Wesemann nicht. Das Telefongespräch ist beendet. Wesemann ist sauer, er hat schon genug Probleme mit dem Mord in der Galerie, da braucht er zu Hause nicht auch noch Zoff. Er steuert die nächste Apotheke an, hat dann aber keine Lust auf eine Begegnung mit Karola. Mit ihren Kopfschmerzen kann es auch nicht so schlimm sein, immerhin hat sie ihn gerade ganz schön aufgemischt. Er hat sich in der Apotheke einen Energiedrink gekauft und trinkt ihn im Eingang zum Niemeyer-Verlag. Sein Blick fällt auf den gepinselten Spruch an der gegenüberliegenden Wand: *Kirsten, du bißt die Beste!*

Jetzt wird er zum Sender hinübergehen und den Stier bei den Hörnern packen, oder vielmehr den Ochsen. Der Empfang ist verwaist. Kein Wunder, Karola liegt zu Hause im Bett und Personal zum Einspringen kann sich der Sender nicht leisten.

Die Tür zu Baxmanns Büro steht offen, damit Baxmann wichtige Kunden abfangen kann, bevor sie wieder abdrehen.

Wesemann stürmt in das Büro, ohne anzuklopfen. „Was haben Sie sich dabei gedacht?"

„Wesemann, Sie wissen, ich denke mir bei allem etwas."

„Ich lade Sie ein, unser Trauzeuge zu sein, und Sie rücken meiner zukünftigen Frau auf den Leib …"

„Nun setzen Sie sich mal, Wesemann, es ist doch überhaupt nichts passiert."

„Das sieht meine Frau aber ganz anders."

„Nun ja, die Situation ist ein wenig entglitten. Wir haben ein bisschen viel getrunken, rumgealbert und dann ist Frau Weber sentimental geworden. Schließlich haben wir jahrelang sehr vertrauensvoll zusammengearbeitet."

„Frau Weber ist *sentimental* geworden?"

„Nicht, wie Sie jetzt vielleicht meinen. Darf ich Ihnen einen Cognac anbieten?"

„Wollen Sie mich jetzt … pfui!"

„Ach, Wesemann, rüsten Sie ab. Ich kann Ihnen in die Hand versprechen, dass mich Ihre zukünftige Frau nicht interessiert."

„Und warum nicht? Sie ist schließlich eine Ihrer besten Mitarbeiter."

„Mitarbeiterinnen, Wesemann, so viel Zeit muss sein. – Nun setzen Sie sich doch!"

„Ich will nicht abrüsten und mich auch nicht setzen, ich will …"

„Ja, was wollen Sie dann, Wesemann?"

„Ich will, dass Sie sich bei Frau Weber entschuldigen, und bei mir auch."

„Auch bei Ihnen? Warum?"

„Weil ich … auf alle Fälle aber bei Frau Weber. Sofort, unverzüglich und ohne Firlefanz."

„Einverstanden. Wir könnten uns nach Feierabend zu einem kleinen Gläschen zusammensetzen und alle Missverständnisse aus dem Weg räumen."

„Ich glaube kaum, dass das der richtige Weg ist. So leicht wird sich Frau Weber nicht besänftigen lassen."

„Meinen Sie? Vielleicht würde es ihr bei einer Gehaltsaufbesserung leichterfallen, die Sache zu vergessen?"

„Das kann ich nicht beurteilen. Da müssen Sie Frau Weber schon selber fragen."

„Mit Blumenstrauß und so?"

„Könnte ein Anfang sein."

„Ich kann den Laden hier doch nicht unbeaufsichtigt lassen – da könnte doch jeder kommen und irgendwas senden."

„Das ist ein Problem."

„Wesemann, können Sie nicht für ein paar Minuten meinen Schreibtisch übernehmen? In höchstens einer halben Stunde bin ich zurück und dann sind die Schwierigkeiten aus der Welt."

„Ich weiß nicht …"

„Kommen Sie, setzen Sie sich mal in den Chefsessel, dann wissen Sie, wie das mit der Verantwortung so ist."

„Ich weiß nicht, ob Frau Weber das recht ist."

„Wir werden sehen." Baxmann schlüpft in seine Jacke und prüft, ob er sein Portemonnaie eingesteckt hat.

Wesemann setzt sich, atmet durch, aber irgendwie will die Beklemmung nicht weichen. So richtig hat er die Faust nicht auf den Tisch geknallt. Er ist eben ein Mann der Vernunft, das wird auch Karola akzeptieren.

Er lehnt sich zurück. Der Sessel ist nicht allzu bequem, schon ein wenig durchgesessen, der Computerbildschirm müsste mal abgeputzt werden, und dann die ganzen Krümel in der Tastatur. Egal, solange Geld reinkommt.

Baxmanns Telefon klingelt. Wenn es ein direkter Anruf ist, wird sich Wesemann nicht melden, kann aber auch sein, dass alle Anrufe von der Zentrale auf Baxmanns Apparat umgeleitet werden. Dann könnte er vielleicht doch … „Wesemann."

„Hier spricht Felicitas Vogelsänger."

„Ich habe leider keine Zeit, ich vertrete den Chef und einige wichtige Geschäftspartner haben sich angesagt."

„Herr Wesemann, Sie werden mir für meine Anrufe noch dankbar sein."

„Ich ruf Sie an, wenn es so weit ist."

„Lassen Sie den Quatsch. Ich habe ein Foto von Ihnen im Internet gesehen."

„Im Internet?"

„Auf Facebook. Sie im Kreis der Kripo in der Galerie am Pferdemarkt."

„Ich bin doch überhaupt nicht bei Facebook."

„Darauf wird keine Rücksicht genommen."

„Es geht auch nicht um Sie", sagt Felicitas Vogelsänger, „sondern um das Opfer. Ferdinand zu Falkenborn. Er war oft und gern zu öffentlichen Veranstaltungen in unserem Stift, war zu allen Stiftsdamen nett und freundlich. Natürlich in unterschiedlicher Ausprägung."

„Dann hat er sicher innige Fürsprecher auf seinem Weg nach oben."

„Wieder ein Wesemann-Scherz? – Ferdinand zu Falkenborn hatte sich in letzter Zeit besonders mit Laurena von Kuttler, also der neuen Stiftsdame auf Probe, angefreundet. Sehr zum Unwillen der Priorin."

„Ach, ich dachte, die Damen wären mehr dem Himmlischen als dem Irdischen zugetan."

„Sie wissen doch, Herr Wesemann, die Liebe, die Liebe ist eine Himmelsmacht. Wie steht es denn mit der Liebe bei Ihnen?

„Himmlisch", knurrt Wesemann.

„Ich will Sie auch nicht weiter aufhalten. Die Priorin will nun beobachtet haben, dass die beiden beim letzten Besuch von Ferdinand zu Falkenborn keineswegs zärtlich miteinander umgegangen sind."

„Das hat sie also beobachtet?"

„Rein zufällig in dem dummerweise verstellten Außenspiegel. Sie sollen gestritten haben und Ferdinand zu Falkenborn ist im Zorn gegangen. Draußen hat er sogar zuerst die falsche Richtung eingeschlagen und musste dann noch mal umkehren, um zu seinem Wagen auf dem NP-Parkplatz zu gelangen. So einen flachen silberfarbenen Oldtimer. Vielleicht sollten Sie einmal mit Laurena von Kuttler sprechen, bei Mord hört schließlich jede Freundschaft auf."

„Zuerst möchte ich mit der Priorin sprechen."

„Gern. Jetzt gleich? Sie ist bestimmt zu Hause."

„Heute nicht, vielleicht morgen, ich rufe vorher an."

„Tun Sie das, Herr Wesemann. Könnte doch vielleicht wichtig sein für die Aufklärung des Mordes, und dann kommen Sie groß in die Zeitung und nicht mehr nur versteckt auf einen Facebook-Post."

Das Telefongespräch ist beendet. Facebook-Post – also Post auf Deutsch oder Englisch? Ist jetzt erst einmal egal. Die Eingangstür des Senders wird aufgestoßen, das muss Baxmann sein, Wesemann geht ihm im Flur entgegen. „Wie ist es gelaufen?"

„Gut. Sehr gut." Ein rotes Blütenblatt hat sich in einem Knopfloch verfangen, ein weiteres Rosenblättchen klebt auf seinem Schuh. „Frau Weber hat mir die Tür aufgemacht, ich hab ihr den Blumenstrauß überreicht, sie hat ihn mir auf den Kopf geknallt und die Tür war zu. Aber sonst … gut. Sehr gut!"

„Das heißt …"

„Ich beziehe wieder mein Büro und Sie klären die Sache mit Ihrer zukünftigen Frau. Ich bin nicht nachtragend. Wenn sich Frau Weber bei mir entschuldigt, können Sie beide gern wieder für den Sender arbeiten."

„Karola soll sich bei Ihnen …"

„Wesemann, ich will es einmal zugespitzt formulieren: Die einen haben die Aufträge und die andern brauchen das Geld."

„Sie sind doch ein … ein Mensch ohne Ehrgefühl! Keine zehn Pferde bringen mich dazu, noch einmal einen Fuß in diesen Sender zu setzen. Sie, Sie … Sie Golfer Sie."

Wesemann misst Baxmann mit einem verachtenden Blick, dreht sich um, macht sich groß, inszeniert seinen Abgang.

„Aber das Mikrofon von Ihrem Handrekorder bleibt hier", Baxmann geht in sein Büro, „das war nur geliehen!"

„Ich werde es Ihnen bei Gelegenheit vorbeibringen lassen!"

Wesemann schließt vorsichtig die Wohnungstür auf. Aus der Küche ist leise Musik zu hören, Wesemann schließt die Tür hinter sich, die Musik verstummt, Karola steht in der Tür, sieht ihn herausfordernd an. „Ich hoffe, das Schwein liegt jetzt im Krankenhaus."

„Nicht ganz so schlimm. Als ich mich auf ihn stürzen wollte, hat er sich in seinem Büro verschanzt und nur noch durch die abgeschlossene Tür mit mir gesprochen. Wie hätte ich den Kerl vermöbelt, wenn er mir in die Finger gefallen wäre. – So viel ich verstanden habe, hat er uns beide entlassen."

„Ist vielleicht besser so, aber was willst du jetzt machen?"

„Ich werde schon etwas finden, schließlich kennt man mich in der Branche."

„Ach, Wesemann."

„Und du?"

„Ich habe mit meiner Freundin Agata telefoniert."

„Welche Agata?"

„Welche Agata, welche Agata? Agata Lüdersen! Kenn ich etwa noch eine andere Agata?"

„Jetzt fällt es mir wieder ein. Sie hat die Reinigung in der Baustraße?"

„Außer Ausreden fällt dir gar nichts ein. Agata hat einen Blumenladen, auch nicht in der Baustraße, sondern in der Neuetorstraße."

„Ist doch die gleiche Ecke. Kennst du dich denn mit Blumen aus? Ich hab da Erfahrungen mit einer Königin ..."

„Wesemann, manchmal wäre es besser, du würdest schweigen."

„Dann wäre es dir auch nicht recht."

„Agata hat seitlich an ihrem Blumenladen einen winzigen Anbau, den will sie mir zur Verfügung stellen. Vorerst unentgeltlich. Da werde ich dann hausgemachte Brotaufstriche, Senf-Melangen, Strohsterne, Chutneys und Liköre anbieten."

„Hast du denn Ahnung von solchen Sachen?"

„Agata hat beim letzten Weihnachtsmarkt im Stift Hollenbusch eine Frau mit viel Fachwissen kennengelernt. Agata wollte die Leckereien gern selber herstellen und als Zusatzprodukte zu ihren Blumenarrangements anbieten. Doch ihr fehlt die Zeit und jetzt springe ich ein."

„So schnell wird es bei mir nicht gehen." Wesemann geht zum Kühlschrank, kein Bier, er nimmt sich ein Mineralwasser. „Ich werde mich umhören, schließlich habe ich Berufserfahrung vorzuweisen."

SECHS

Wesemann ruft Felicitas Vogelsänger an, verabredet sich mit ihr im Stift Hollenbusch. Dann ist er zu früh. Macht nichts, er wird sich ein wenig auf dem Gelände umsehen und die Ruhe genießen.

Tut mir auf die schöne Pforte,
führt in Gottes Haus mich ein;
ach, wie wird an diesem Orte
meine Seele fröhlich sein!
Hier ist Gottes Angesicht,
hier ist lauter Trost und Licht.

Zwischen den ehrwürdigen Mauern und dem ausgewogenen Bunt der Stiftsgärten kann Wesemann aufatmen. Doch nicht allzu lang, da hat ihn Felicitas Vogelsänger entdeckt.

„Schön, Herr Wesemann, dass Sie sich Zeit genommen haben."

„Mit der Zeit bin ich im Augenblick nicht so knapp."

„Ich habe die Priorin schon informiert, dass Sie eventuell ein paar Fragen an sie hätten. Sie wartet drüben im Café am Stift. Hier im Stift haben die Wände Ohren."

„Die Wände?"

Felicitas Vogelsänger sieht Wesemann an, lacht, niedlich, die Grübchen in den Wangen. „Nicht nur die Wände, die Bäume natürlich auch und die Blümchen erst. – Kommen Sie." Sie hakt sich bei Wesemann ein, verlässt mit ihm das Stiftsgelände, vorbei am Torhaus, sie überqueren den Hollenbach und die Stiftstraße und setzen sich in den Cafégarten unter einen der großen weißen Sonnenschirme. Die Priorin begrüßt Wesemann mit feinem Händedruck. Sie ist eine kleine, zierliche Frau, schon ein wenig schief in den Knochen, grauer Rock, weiße Bluse, eine Nuance weißer als ihr Haar. Sie lächelt Wesemann zu. Hinter dem Lächeln Zurückhaltung, abschätzende Neugier. Was will Wesemann von ihr? Er weiß es selber nicht.

Felicitas Vogelsänger schiebt ihm einen der weißen Plastikstühle in die Kniekehlen. Wesemann hätte jetzt gern ein Bier, bestellt sich aber einen Cappuccino, nicht auszudenken, wenn ihm auch noch der Führerschein abhandenkäme.

Die beiden Damen beginnen ein Gespräch über das letzte A-cappella-Konzert in der Stiftskirche, der zweite Tenor war leicht verschnupft, die Renovierungsarbeiten in der Wohnung einer Stiftsdame und den verregneten Sommer.

Wesemann wüsste gern etwas über die Verbindung von Laurena von Kuttler und Ferdinand zu Falkenborn. Im Herbst will man sich mit dem Förderkreis zu einem besinnlichen Wochenende ins Kloster Loccum zurückziehen. Ganz schönes Durcheinander: Kloster, Stift, evangelisch, katholisch, den Cappuccino mit Sahne oder Milch?

Das Gespräch ist unter geschickter Führung von Felicitas Vogelsänger bei Laurena von Kuttler angekommen. Laurena von Kuttler ist nach Hannover gefahren. Bekannt. Sie wird zum Nachmittagskaffee zurück sein. Nicht bekannt, aber unwichtig.

Jetzt müsste Felicitas Vogelsänger langsam auf Ferdinand zu Falkenborn zu sprechen kommen. Sie beginnt mit der Neugestaltung des Äbtissinnen-Gartens. Wesemann wird unruhig, vielleicht wäre er besser zum Arbeitsamt gegangen. Doch als die weißhaarige Dame von den neuen Postkarten für den Verkauf im Torhaus anfängt, hält er es nicht mehr aus und mischt sich ins Gespräch ein.

„Ich habe gehört, Ferdinand zu Falkenborn hatte Kontakt mit Laurena von Kuttler?“

Das war wohl ein wenig zu forsch. Ein Blick der Priorin spiegelt Misstrauen. „Ferdinand zu Falkenborn? – Müsste ich ihn kennen?“

„Der Tote aus der Galerie am Pferdemarkt!“, will Felicitas Vogelsänger nachhelfen.

„Wie schrecklich. Doch das Leben ist der Begleiter des Todes, der Tod ist der Anfang des Lebens.“

Mit solchen Sprüchen kann Wesemann so gar nichts anfangen. „Lesen Sie denn keine Zeitung?“

„Natürlich lese ich Zeitung. Am Sonntagmorgen von der vergangenen Woche. Aber da habe ich nichts über … ist das der Ermordete?“

„Genau.“

„Warum sagen Sie das nicht gleich. Aber persönlich kenne ich ihn nicht!“

„Er hat doch Laurena von Kuttler besucht!“

„Hat er? – Der Parkplatz des Stifts soll übrigens erweitert werden.“

„Es kommen immer mehr Besucher“, sagt Felicitas Vogelsänger.

„Wir sind eben gefragt!“ Die Priorin lächelt süffisant. „Auch ein interessanter Aspekt.“

Wesemann steht abrupt auf. „Ich muss mich leider verabschieden, ein wichtiger Termin …“

„Lassen Sie sich nicht aufhalten.“ Der Mund der Priorin lächelt, ihre Augen bleiben ernst. Wesemann reicht ihr die Hand. Ihr Lächeln scheint festgefroren und zeigt eine Spur Überheblichkeit.

„Ich rufe an", sagt Felicitas Vogelsänger, als sie ihm die Hand reicht, wendet sich aber gleich wieder interessiert ihrer Gesprächspartnerin zu.

„Für nichts und wieder nichts", murmelt Wesemann auf seinem Weg zurück zum Auto.

Er hat es nicht eilig, wählt für den Rückweg die romantischere Route über die L 433 auf der anderen Weserseite. Mit der Fähre Großenwieden setzt er über ans linke Weserufer. Fähren sind für Wesemann ein Stück Freiheit, etwas zurücklassen, Neues beginnen, den Ballast über Bord werfen.

Wenig Verkehr auf der Landstraße. Wesemann schaltet das Radio ein. Schon zucken seine Finger, die Voreinstellung zu verlassen, doch er will *radioTOTAL* noch eine Chance geben. Nein, er will hören, wie der Sender kläglich scheitert. Das Musikband kennt er bereits, es folgen Joe Cocker, Robbie Williams, Xavier Naidoo, jetzt die Werbeeinblendungen für Milchschnitten und das Haarstudio und jetzt der aktuelle Bericht.

Na, kommt schon, der aktuelle Bericht! Jetzt! Pause. Kein aktueller Bericht heute? Sind dem Sender vielleicht die Reporter ausgegangen? Baxmann, du wirst noch auf den Knien angerobbt kommen …

RadioTOTAL mit den neuesten Grünen Nachrichten aus der Welt der Natur. Heute mit unserem Jungjournalisten Ben Baxmann:

Unsere Umfrage unter den Hörern ‚Wie stehen Sie zur Rückkehr der Wölfe ins Weserbergland?' brachte einiges Unbehagen zutage. Und dieses Unbehagen könnte sich durchaus verstärken. Die Wölfe scheinen nur noch einen Tagesmarsch vom Weserbergland entfernt. Nach Angaben der niedersächsischen Wolfsbeauftragten Britta Habbe ist jetzt im Landkreis Celle ein weiteres Wolfspaar nachgewiesen worden – in einem Gebiet rund 50 Kilometer Luftlinie vom Weserbergland entfernt. Die beiden Tiere wurden an der Grenze zum Nachbarkreis ‚Region Hannover' im Raum Fuhrberg gesichtet – und sind damit näher am Weserbergland als je zuvor in der jüngeren Vergangenheit. Als Beweis dienen sowohl Genanalysen als auch Filmaufnahmen eines Jägers. Damit sei der Nachweis erbracht, dass sich in der Region ein Wolfspaar längerfristig aufhält, heißt es. Allerdings: Einen ‚Hinweis auf Reproduktion' für dieses Jahr gebe es bei diesem Paar bislang nicht.

Mit der neuesten Sichtung sind insgesamt fünf Wolfsrudel und zwei Paare in Niedersachsen bekannt. Ihre Ausbreitung wird wissenschaftlich dokumentiert. Das Niedersächsische Umweltministerium hat die Landesjägerschaft Niedersachsen e. V. mit dem Wolfsmonitoring beauftragt. Neben der offiziellen Wolfsbeauftragten Britta Habbe sind rund 100 ehrenamtliche Wolfsberater in den Regionen tätig.

Ben Baxmann? Natürlich, der Sohn! Dass der überhaupt schon ein Mikrofon halten kann. Wesemann erinnert sich noch an das Interview, dass er auf Wunsch des Vaters mit dem pickligen Gymnasiasten über seinen ersten Einsatz bei der Jungfeuerwehr führen musste. Danach hat er nichts mehr von dem jungen Mann gehört und gesehen, hat keinem geschadet.

Das Handy klingelt. Wesemann schaut kurz in den Rückspiegel, keine Polizei in Sicht, nimmt das Handy ans Ohr, HK Bertram.

Ihm sei zu Ohren gekommen, dass Wesemann auf eigene Faust Ermittlungen in dem Damenstift anstelle.

Das könne durchaus üble Folgen für ihn haben, wenn er der Polizei Informationen verheimliche, er erinnere sich doch an die Nacht in Polizeigewahrsam?

Wesemann erinnert sich noch sehr gut und schießt eine kurze Gerade zum Gegenschlag heraus. Ob es neue Ermittlungsergebnisse zum Fundort des toten Mannes im Kreuzgang des Stifts gäbe?

„Alles zu seiner Zeit, Wesemann."

Wesemann muss drei Radfahrern ausweichen, die nebeneinander den Verkehr behindern. Er legt HK Bertram aus der Hand, überholt die Gruppe, hupt, zeigt im Rückspiegel den Scheibenwischer vor seiner Stirn und hat HK Bertram wieder am Ohr. Ob er noch lebe?

Natürlich.

„Ich wollte Sie nur warnen, sich in die Ermittlungen der Kriminalpolizei einzumischen."

„Mein kürzliches Treffen mit den beiden Damen im Café am Stift war rein privat. Wollte mich nur nach den Übernachtungspreisen für die angeschlossene Ferienwohnung des Stifts erkundigen. Aber woher wissen Sie …"

„Wesemann, ich bin bei der Kripo! Was haben Sie also herausbekommen?"

„Keinerlei neue Erkenntnisse", sagt Wesemann, „und was haben die polizeilichen Ermittlungen im Fall Ferdinand zu Falkenborn ergeben?"

„Keine gravierenden Fortschritte, ehrlich gesagt, gar keine. Bloß …", hier muss Bertram lachen, „… die Gerichtsmedizin hat festgestellt, dass Ferdinand zu Falkenborn wohl ein ganz Süßer war. Nicht so, wie Sie denken. Er hat kurz vor seinem Tod noch ein paar Alkoholpralinen zu sich genommen, wahrscheinlich Mon Chéri oder so."

„Die werden in der warmen Jahreszeit doch gar nicht verkauft."

„Was weiß denn ich. Schönen Tag noch, war nett, mit Ihnen zu plaudern, und melden Sie sich, wenn Ihre Recherchen etwas ergeben."

HK Bertram beendet das Gespräch, ohne Wesemanns Abschiedsfloskeln abzuwarten.

Ein Holztransporter wird auf die Landstraße eingewiesen, dafür muss der Verkehr kurzzeitig angehalten werden. Was die Gerichtsmedizin heutzutage alles feststellen kann. – Jemand klopft gegen das Seitenfenster, Wesemann wendet den Kopf, erkennt sofort einen der Radfahrer von seinem letzten Überholvorgang. Wesemann senkt die Scheibe um wenige Zentimeter.

„Was sollte das?", fragt der Radfahrer und wedelt mit der flachen Hand vor seinem Gesicht herum. „Sollte das eine Beleidigung sein?"

Der Mann sieht ziemlich kräftig aus, durchtrainiert, kein Gramm Fett am Leib und stechende Augen.

„Was? Wie?", Wesemann will Zeit gewinnen, „ich?" Der Mann reißt die Wagentür auf, schlägt Wesemann spontan die Faust auf die Nase und Wesemann fällt zur Seite. Die Nase schmerzt heftig, Wesemann schmeckt Blut, er rappelt sich hoch, die Radfahrer kurven gerade um den Holztransporter herum. Wesemann sucht nach einem Taschentuch, hinter ihm wird gehupt, auf die Schnelle findet er nur das Tuch zum Scheiben säubern. Dann eben so. Scheiß Tag!

Eine SMS. Die kann bis zur nächsten Parkmöglichkeit warten. Diesmal Baxmann mit einer Frage: *Eingeschnappt oder arbeiten Sie noch für den Sender?*

Was soll er darauf antworten? In seinem oder Karolas Sinn? Karola wird immer ihr Auskommen haben, aber er? Artikel für die Wochenblätter schreiben. Zeilenhonorar zum Davonlaufen? Radio, Fernsehen, regional, überregional? Wo kann er sich mit einiger Aussicht auf Erfolg bewerben? Er beantwortet Baxmanns SMS: *Neuer L'Ondit ist unterwegs. Absender muss vertraulich bleiben. Neue Kontonummer wird umgehend übermittelt. W.* Kein Gruß!

Natürlich wird Karola sofort wissen, woher der Beitrag kommt. Doch bis dahin ist Zeit gewonnen, vielleicht erfährt Karola auch nichts von dem Bericht, und dann kann Wesemann immer noch auf das Radio-Archiv verweisen, in dem der Bericht schon vor längerer Zeit gespeichert wurde.

Schließlich ist sein L'Ondit auch nicht mehr ganz frisch.

Karola steht am Herd, vor sich ein Topf, in dem sie rührt. Es dampft, Karola schwitzt. Sie sieht süß aus, Wesemann will ihr einen Kuss auf den Nacken geben, sie beugt sich vor. „Warst du erfolgreich?", fragt Karola. Später ist auch noch Zeit für einen Kuss.

„Was gibt's denn heute zu essen?"

„Käsebrote. Ich muss gerade noch die zweite Fuhre Fruchtaufstrich aufkochen."

„Was wird es denn?"

„Wonach riecht es?"

„Tja, wonach ..."

Karola dreht sich um, erschrickt über Wesemanns geschwollene Nase, in einem Nasenloch steckt ein blutiger Papierpfropfen. „Was ist denn mit dir passiert? Hattest du einen Unfall? Tut es weh?" Sie stellt die Herdplatte ab, schiebt den offenen Topf von der Flamme und legt ein Spritzsieb darauf. „Setz dich hin, ich verarzte dich sofort."

„Nicht so schlimm." Das war zu viel des Abwiegelns. „Obwohl es noch scheußlich wehtut."

„Hast du dich geprügelt?", fragt Karola aus dem Bad.

„Fast", sagt Wesemann, doch er will Karola nicht unnötig beunruhigen. In nächster Zeit wird er bestimmt ihr wohlwollendes Entgegenkommen brauchen. „Ich bin gegen einen Türrahmen gelaufen, weil ich an dich gedacht und nicht aufgepasst habe."

„Ach, du!", sagt Karola. Sie drückt ihn auf einen Stuhl, entfernt den Papierpfropfen aus der Nase, wäscht ihm das Gesicht vorsichtig mit einem nassen Waschlappen ab und drückt ihm einen sanften Kuss aufs Haar.

„Ruh dich ein wenig aus", sie geht zurück an den Herd, „mein Fruchtaufstrich muss fertig werden. Himbeer-Prosecco-Geschmack!"

„Prost!", sagt Wesemann. Er könnte den ganzen Nachmittag so sitzen und Karola zuschauen. Sicher wird sie ihm zur Stärkung gleich ein Glas Rotwein reichen, da fällt ihm Baxmann ein, er rappelt sich zusammen und erhebt sich.

„Willst du dich hinlegen?"

„Dafür ist jetzt keine Zeit, ich muss mich um … äh, meine Aufträge kümmern."

„Kümmre dich! Und wenn es nicht so schnell klappt, koche ich eben noch ein paar leckere Sachen mehr."

Wesemann geht ins Wohnzimmer, startet seinen Laptop. „Du kannst mein Tablet nehmen, dein Laptop ist doch kaputt."

Überraschenderweise erscheint der Eröffnungsbildschirm. Auch der Cursor lässt sich bewegen. Wesemann öffnet ein Dateiverzeichnis. War wohl bloß ein temporärer Akkufehler. „Funktioniert wieder", ruft er in Richtung Küche. Aber wieso, weiß ich auch nicht. Er klickt im L'Ondit-Ordner auf den Sende-Button.

Die Nacht ist hereingebrochen über L'Ondit. Die Turmuhr schlägt, das Käuzchen schreit und Hinz Kunz wankt vom Goldenen Lamm hinüber aufs Gehöft.

Da nähern sich aus einer Seitengasse zwei dunkle Gestalten. Als sie kurz von einer Laterne beschienen werden, hätten sie Einheimische sofort als Männer von Stand erkannt. Den Herrn Kassier und den Herrn Revisor.

Zielstrebig steuern sie den riesigen Teppich auf dem Marktplatz an, unter dem sie noch vor der Jahreswende ein paar Buchungen verschwinden lassen wollen, um mit reinem Gewissen ins neue Jahr gehen zu können. Prosit! Sie kamen vom kleinen Rundgang auf dem Weihnachtsmarkt. Gekauft hatten sie nichts, gesungen auch nichts, aber so manchen Becher Glühwein geleert. Zurück im Büro, stand nur noch die Vorauszahlung der Gehälter für die Rats- und Ortsratsmitglieder an. Nach dem Vier-Augen-Prinzip leisteten die Zahlmeister ihre Klicks am Computer und schon war alles erledigt. Die Korken konnten knallen, das neue Jahr unbeschwert beginnen.

Vielleicht kreisten die Gedanken der Herren bereits um Silvesterschmaus und Ski-Urlaub oder ihr Erinnerungsvermögen wurde vom Glühwein benebelt – jedenfalls legten sie ein paar Stunden später noch einmal Hand an den Computer und es machte noch einmal klick und klick. Da waren sie aber auf einmal wach. Waren das vielleicht … das waren zwei Klicks zu viel! Die Transaktionen mussten schnellstens rückgängig gemacht werden. Feiertage hin oder her. Es wurde die größte Rückrufaktion der Stadtverwaltung, und will man den Herren der Zahlen auch weiterhin korrektes

Arbeiten unterstellen, muss man davon ausgehen, dass sämtliche doppelt bezahlten Bezüge inzwischen zurückgebucht wurden. Und jetzt? Weg mit den aufdringlichen Nachfragen der Opposition, ab damit unter den Teppich und so tun, als hätte es sie nie gegeben. Aber leise, leise – man soll nicht leichtfertig die Bürger aus ihrem Schlaf reißen.

Die Stunden ziehen sich wie Honig. „Langweilst du dich?“, fragt Karola.

„Nö.“ Wesemann reinigt die Rillen seines Handrekorders mit einem Zahnstocher, gleich will er sich seinen Laptop vornehmen, um den Bildschirm zu reinigen. Die Packung Brillenputztücher liegt schon griffbereit.

Karola kocht für ihr kleines Angebot an Selbstgemachtem. Ihre neueste Kreation: Herzhaft roter Brotaufstrich: 500 ml passierte Tomaten, 1 Zwiebel, 1 Tl Currypaste (scharf), 30 ml Balsamico, 50 ml Gemüsebrühe, 200 g Tomaten (frisch), 1 Glas getrocknete Tomaten, Chilipulver, Basilikum, Liebstöckel, ein bisschen hiervon, ein bisschen davon und 1 kg Gelierzucker. Alles klein geschnitten, gedünstet. Mit dem Passierstab pürieren, 4 Min. kochen und in Gläser abfüllen.

„Du könntest schon mal die Wäsche sortieren.“ Wesemann mutiert noch zum Hausmann. Hubert Hausmann – *HH* – das wär's noch.

Er geht ins Bad und sortiert die Wäsche auf Karolas Zuruf: Kleine Teile, große Teile, ganz große Teile – helle Sachen, bunte Kleidung, Dunkelblau, Schwarz, danach könnte er Kartoffeln schälen, „Nicht so dick!“, den Müll raustragen und die Reklame aus dem Briefkasten mit hochbringen. Wesemann will sich in den Hausalltag einordnen und möglichst nicht auffallen.

Altersteilzeit? Den restlichen Teil des Tages könnte er mit einem ausgiebigen Spaziergang durch die Fußgängerzone und an der Weser entlang verbringen. Vielleicht sollte er dem Verein der Hamelner Fotofreunde beitreten oder alte Ansichtskarten seiner Heimatstadt sammeln.

Karola hat etwas gerufen, Wesemann kann es nicht verstehen, das Radio ist plötzlich so laut. Wesemann geht in die Küche zurück. Ohne zu wissen, was ihn erwartet, beginnen seine Knie zu zittern. Karola starrt auf das Radio:

... die Bürger aus ihrem Schlaf reißen.

Ein Bericht von Dieter Try – und nicht vergessen, Satire darf alles!

„Was war das denn?" Ganz ruhig sieht Karola Wesemann an. Ihr Blick ist Frage und Verachtung zugleich.

„Das war doch ein uralter...!"

„Lüg mich nicht an! Wenn es ein alter Bericht wäre, hättest du dich als Ernst-August zu Klüt verabschiedet. Du hast dich bei Baxmann eingeschleimt, statt ihm entgegenzutreten. Dafür bist du mir in den Rücken gefallen. Von meinem Partner erwarte ich keinen Verrat, sondern Solidarität. Und Schutz! Du bist einfach nur ein mieser Feigling! Auf einen solchen Partner kann ich verzichten!" Sie pfeffert den Holzlöffel in den Kochtopf. Roter Fruchtaufstrich spritzt bis an die Dunstabzugshaube.

„Ich hab doch nur an uns gedacht, wir müssen doch von etwas leben."

„Es gibt Tausende von Jobs und davon sicher auch ein paar gute in Hameln." Karola bindet sich ihre Schürze ab und wirft sie über die Stuhllehne. „Aber die sind alle unter deiner Würde. Ich halte das nicht aus, ich muss hier raus!"

Karola eilt in den Flur, greift sich ihre Jacke. „Ich gehe und versuch bloß nicht, mich aufzuhalten!" Die Wohnungstür knallt ins Schloss und Wesemann dreht die Herdplatte unter dem herzhaften Brotaufstrich aus.

„Scheiß Radio!" Er reißt den Radioapparat vom Regal und schmettert ihn auf den Boden. „Scheiß Sender!"

Das Radio quakt munter *Sasha: Good Days* trotz einiger fehlenden Teile.

In Ermangelung weiterer handlicher und nicht allzu teurer Geräte, die er zerstören kann, muss er einen anderen Ausweg für seine überschäumende Wut finden. Er wird hinunter an die Weser gehen und in die Wellen schauen. Es klingelt. Hat sich Karola die ganze Sache noch einmal überlegt? HK Bertram steht vor der Tür. Er lächelt. „Darf ich hereinkommen?"

„Ich wollte gerade los …"

„Das macht nichts", sagt HK Bertram, schiebt Wesemann zur Seite und steuert das Wohnzimmer an. „Ich habe Ihnen etwas mitzuteilen, aber setzen Sie sich, damit Sie nicht umfallen."

Wesemann nimmt sich einen der Stühle und setzt sich an den Couchtisch.

„Heute ist mein großer Tag", sagt HK Bertram, „Lange genug habe ich darauf gewartet, jetzt ist die Bestätigung eingetroffen. Meine Karriere macht einen Sprung. Ich habe ein eigenes Ressort in der Polizeidirektion Hannover bekommen. Sie brauchen nicht zu gratulieren, vielleicht sind Sie auch ganz froh, mich loszuwerden."

„Ich? Ich weiß nicht."

„Brauchen Sie auch nicht, Wesemann, brauchen Sie auch nicht." HK Bertram steht auf, ein seliges Lächeln auf dem Gesicht. „Jedenfalls gebe ich am Samstag ein kleines Fest, zu dem Sie herzlich eingeladen sind. Sie brauchen auch nichts mitzubringen, kein Blümchen oder so, es gibt ein kaltes Buffet und ausreichend Getränke."

„Ich weiß noch nicht …"

„Sie sind wohl sehr überrascht? Na, macht nichts, bis Samstag werden Sie sich schon wieder gefangen haben. Wir sehen uns." HK Bertram reicht Wesemann die Hand und dann umarmt er ihn. Aber nur ganz kurz. Er steuert die Wohnungstür an. „Beim nächsten Mal lassen Sie mich aber auch zu Wort kommen."

„Ich habe doch gar nichts …"

HK Bertram schließt die Wohnungstüre hinter sich.

Es brodelt in Wesemann, HK Bertrams Besuch hat er gar nicht richtig mitbekommen. Noch immer sieht er die wütende Karola vor sich. Dabei müsste doch eigentlich er sauer sein. Schließlich hat er es nur gut gemeint. Ja, ja, gemeint ist nicht gemacht. Aber so springt man einfach nicht mit ihm um. Mieser Feigling! Er! Wütend sieht er sich um, entdeckt die verhasste Porzellanfigur eines farbenfrohen Papageien, mit zwei Schritten ist er an der Anrichte und die Figur zerbricht in tausend Einzelteile. Jetzt aber nichts wie raus, sonst vergreift er sich noch an Karolas heiß geliebter Teekanne mit dem Delfter Muster auf dem weißen Stövchen.

Er läuft durch die Altstadt, wird mehrmals gegrüßt, zweimal angesprochen und dreimal von Touristen nach dem Weg gefragt.

Um sich in Ruhe zu entspannen, müsste er vor der Pfortmühle den Weg nach links wählen zu einer der jetzt sicher unbesetzten Bänke. Es regnet leicht. Doch Wesemann schlägt den Weg nach rechts ein, überquert die Fußgängerbrücke mit der goldenen Ratte auf dem blauen Brückenbogen. Die Weser unter seinen Füßen. Gern würde Wesemann auf der Brücke stehen bleiben und in das aufgewühlte Wasser schauen, doch dann wird ihm wieder schwindelig und seine wenigen Haare sind auch schon nass. Die Stärke des Regens nimmt zu. Wesemann beschleunigt seine Schritte, um das schützende Café auf der Werderinsel zu erreichen. Oder das Restaurant. Kaffee oder Bier? Im Café sitzen sicher wieder Damenkränzchen bei Torte und Milchkaffee und tauschen den neuesten Hamelner Klatsch aus. Wesemann entscheidet sich für das Restaurant und bestellt sich zum großen Bier gleich auch einen großen Schnaps.

Eine kleine runde Kellnerin serviert Bier und Schnaps, und sie hat sich noch nicht umgedreht, da befindet sich der Schnaps bereits hinter den Mandeln und das Bier versucht, ihn einzuholen.

Die Welt ist ungerecht. Er hat es doch nur für Karola getan. Baxmann, ach, Baxmann kann ihm doch so etwas von gestohlen bleiben, aber er sitzt nun mal am längeren Hebel. Ohne Moos nichts los. Keine Hochzeit, keine Hochzeitsreise und nichts im Kühlschrank. Er könnte bei einem der privaten Radiosender im weiteren Umkreis anheuern. Aber da würde sein Honorar gleich wieder von den Fahrkosten aufgefressen. Natürlich könnte er auch ganz etwas anderes arbeiten, nur ist ihm dazu noch nichts eingefallen und sein Kontostand nähert sich sprunghaft der Grenze von dreistellig auf zweistellig. „Noch ein Bier, bitte, und einen doppelten Obstler."

Die Situation ist ausweglos. Bricht er mit Baxmann, gibt es nichts zu beißen, und wenn Karola weiterfremdelt ... ist doch alles Mist. „Noch ein Bier und noch einen Obstler."

„Einen dreifachen?" Die Kellnerin lächelt, und Wesemann empfindet ihr Lächeln wie einen wärmenden Sonnenstrahl in trüber Wetterlage.

Wesemanns Handy meldet sich. Wenn jetzt ein bestimmter Name auf dem Display erscheint, könnte er seine Bestellung eventuell noch stornieren. *Unbekannter Anrufer.* Vielleicht ein unerwartetes Jobangebot?

Felicitas Vogelsänger!

„Ich will nicht stören."

„Tun Sie aber."

„Das macht nichts. Wichtige Ereignisse erfordern ungewöhnliche Maßnahmen. Da kann man auf persönliche Empfindlichkeit keine Rücksicht nehmen."

„Sie haben also wieder eine Entdeckung getätigt?"

„Sagen Sie das nicht so herablassend. Sie werden noch froh sein, dass ich so hartnäckig bin."

„Nee", sagt Wesemann.

„Wir haben im Damenstift Zuwachs bekommen ..."

„Eine neue Stiftsdame mit einer rosa Wolke?

„Lästern Sie nur, aber hören Sie mir bitte zu. Seit vier Tagen ist unsere Stiftsdame mit den vielen Computern nicht mehr allein, da tobt ein kleines Mädchen von drei bis vier Jahren durch ihre Wohnung, ihr eigenes Kind wird das ja wohl nicht sein. Eventuell ihr Enkelkind, aber die Kleine sagt Lelya oder so zu ihr. Ich habe noch nicht herausgefunden, ob das ein Name oder eine Anrede ist."

„Fragen Sie doch einfach, wer die Kleine ist."

„So indiskret möchte ich nicht sein. Im Stift ist man diskret."

„Natürlich. Und was habe ich damit zu tun?"

„Sie könnten ihr doch ganz unverbindlich auf den Zahn fühlen."

„Ich?"

„Sie sind doch ein geschickter Journalist. Machen Sie ein Interview mit Laurena von Kuttler über diesen WhW - Wir helfen Waisen. Da ist sie mächtig engagiert. Lobenswert, sehr lobenswert, aber irgendetwas stimmt da nicht und jetzt hat sie selber dieses Kind."

„Ich werde sehen, ob ich einen freien Termin finde. Aber ansonsten ..." Wesemann bekommt einen Schluckauf.

„Schriftführer des Vereins ist übrigens ein Peter Berger aus Unna. Haben Sie schon mal von ihm gehört?"

„Aus Unna?"

„Ja."

„Nein!" Wesemann beendet das Gespräch.

Die Kellnerin steht plötzlich wieder an Wesemanns Tisch, sie hat sich umgezogen. Oben herum eine schwarze Spitzenbluse und unten herum, das is egal, Wesemann möchte nur herausfinden, ob sie unter der Spitze einen BH trägt oder eben … hicks. „Ich hätte gern noch mal das …"

„Bei uns wechselt die Schicht. Ich möchte abkassieren."

„Und ich … hicks."

„Na, Sie haben erst einmal genug. Macht …"

Wesemann reicht ihr sein Portemonnaie. „Ich habe mir in der letzten Woche die Augen lasern lassen, und es geht noch nicht so gut mit dem Erkennen."

Die Kellnerin grinst. Oder lächelt sie ihm zu? Sie nimmt das Geld aus dem Portemonnaie, gibt es ihm zurück und Wesemann spendiert ihr einen Schein als Trinkgeld, hicks, er weiß nicht, welchen.

Sie dreht sich um, Wesemann steht mühsam auf, sein Handy macht sich bemerkbar, und Wesemann lässt sich wieder auf den Stuhl plumpsen. Karola! Endlich!

Wesemann öffnet die SMS: *Ich habe meine Sachen aus der Wohnung geholt, für den Rest schicke ich jemanden vorbei.*

Tolle Versöhnung. Hicks. Wesemann erhebt sich wieder. Hicks. Fällt zurück auf den Stuhl, sein Handy fällt unter den Tisch, Wesemann bückt sich, kommt ins Übergewicht und spürt plötzlich eine kräftige Hand unter seinen Achseln und eine auf seinem Oberarm.

„Kommen Sie, ich bringe Sie zum Bus."

„Ich kann alleine gehen und alleine leben. Ich brauche niemanden. Ich komme ganz gut ohne sie zurecht und ihre Klamotten werfe ich aus dem Fenster …"

„Sie hat's aber erwischt!" Die Kellnerin lacht und zieht Wesemann mit sich in Richtung Fußgängerbrücke.

„… Klamotten in die Weser, Stück für Stück!" Jetzt ist Wesemann nicht mehr zu bremsen. Alles sprudelt aus ihm heraus. Baxmanns Unverschämtheit, HK Bertrams falsche Beschuldigungen, Karolas Unterstellungen und überhaupt und alles und die Welt.

„Lassen Sie sich nicht unterkriegen. Mich hat mein Freund vor zwei Wochen verlassen und ich bin froh, dass er mir nicht mehr auf der Tasche liegt. Wo müssen Sie denn hin? Schauen wir mal, ob wir den richtigen Bus erwischen."

„Eigentlich gehe ich immer, hicks, zu Fuß nach Hause, wenn es nicht allzu weit ist. Aber heute gehe ich nicht nach Hause. Ich gehe nie mehr nach Hause. Ich habe sogar schon die Adresse vergessen."

Wesemann spürt ihre Wärme an seinem Oberarm. „Lassen Sie mich einfach hier stehen, hicks, irgendwann geht's schon von selber weiter." Hicks. Ein Schluchzer.

„Schauen Sie doch einmal, ob Sie Ihren Personalausweis finden."

Wesemann setzt sich auf eine der Bänke am Busbahnhof. Er sucht. Hicks. Sucht weiter, der Ausweis bleibt verschwunden, aber plötzlich hält er eine seiner Visitenkarten in der Hand. Die Kellnerin nimmt sie ihm aus der Hand, Wesemann ist ganz froh, dass er nicht schon wieder lesen soll, die Kellnerin studiert die einzelnen Zeilen.

„Gartenstraße, da brauchen Sie nur eine halbe Kehrtwendung und dann immer geradeaus." Plötzlich überrascht: „Sie sind Journalist? Toll! Das würde mich auch interessieren, Kellnerin ist doch kein Beruf, nur ein Broterwerb."

„Hicks!"

„Ich bringe Sie nach Hause, und Sie erzählen mir alles, was ich wissen muss, um Journalistin zu werden."

„Ich will nicht nach Hause! Ich habe kein Zuhause mehr! Ich bin obdachlos!"

„Nun machen Sie es mal nicht so dramatisch, es wird schon wieder." Sie hakt Wesemann unter, zieht ihn hoch und setzt sich mit ihm in Bewegung. „Ich heiße übrigens Hannelore. Aber meine Freunde nennen mich alle Hanni, und Sie sind *der* Wesemann? Der Wesemann von *radioTOTAL?*"

„Jawoll - hicks - der."

Schritt für Schritt kommen sie weiter. „Dann wollen wir zuerst einmal etwas gegen Ihren Schluckauf tun, dann kann ich Sie auch besser verstehen. Meine Oma kannte tausend Rezepte gegen den Schluckauf. Fangen wir mit dem Einfachsten an:

Konzentrieren Sie sich auf eine bestimmte Sache, oder noch besser, Sie überlegen einmal, was Sie den ganzen Tag gegessen haben."

- - -

„Sehen Sie, Wesemann, schon ist der Schluckauf weg."

„Hicks."

„Also dann das nächste Rezept: Schlucken Sie Luft, einfach nur Luft. Konzentrieren Sie sich ganz bewusst aufs Schlucken, dann verschwindet der Schluckauf von alleine."

„Hicks."

„Sie sind aber ein schwieriger Kandidat. Da hilft nur noch eines." Sie kommen gerade an einem Straßencafé vorbei, Hanni nimmt einen Kaffeelöffel von einem abgestellten Gedeck und hält Wesemann den Löffel unter die Nase. Schauen Sie einfach fünf Sekunden lang konzentriert in die Vertiefung des Löffels - wie in einen Spiegel. Dann legen Sie den Löffel zurück auf die Untertasse und während dieser Bewegung müssen Sie den Löffel umdrehen, sodass die Vertiefung zum Himmel zeigt. Ich kann's nicht erklären, was da vorgeht, aber bei meiner Oma hat das immer sofort gewirkt."

Mit hilfreicher Unterstützung folgt Wesemann ihren Anweisungen. Als der Kaffeelöffel auf der Untertasse liegt, sieht Hanni ihren Begleiter erwartungsvoll an. „Und?"

„Hicks."

„Hicks."

„Wieso hicks?"

„Mist, jetzt habe ich auch einen Schluckauf!"

Sie kommen voran, eigentlich könnte es sogar schneller gehen, denn Wesemann fühlt sich wieder ein wenig nüchterner, aber es gefällt ihm, so innig an Hannis Rundungen gedrückt zu sein und sich einfach mitziehen zu lassen. Vor dem Haus in der Gartenstraße sucht Wesemann nach seinen Schlüsseln, doch schon beim ersten Griff in die Jackentasche hat er sich entschlossen, die Schlüssel nicht zu finden. Egal wieso, weshalb, warum, Hanni passt nicht in diese Wohnung. Er sucht und sucht und findet nichts.

„Ich muss die Schlüssel verloren haben", sagt Wesemann.

„Hurra“, meint Hanni, „der Schluckauf ist weg!“

„Meiner oder Ihrer?“

„Beide!“

„Ob mit, ob ohne Schluckauf, der Schlüssel ist weg.“

„Und was machen wir jetzt?“

„Wir könnten uns in den Bürgergarten setzen, vielleicht kommt ein Bekannter vorbei, den ich bitten kann, einen Schlüssel von meiner Ex zu holen. Ich habe viele gute Bekannte“, sagt Wesemann. „Außerdem brauche ich frische Luft, mir ist ganz koddrig im Kopf und im Magen.“

„Sie haben einfach zu viel ge…“

„Stress. Das ist der Stress.“

Sie gehen zum Bürgergarten hinüber, ein paarmal wird Wesemann gegrüßt, begleitet von missbilligenden Blicken, doch das ist ihm egal. Hat sich Karola doch selber zuzuschreiben! Sie setzen sich auf eine Bank.

„Wollen Sie denn nicht nach Hause?“, fragt Wesemann die junge Frau an seiner Seite.

„Mich erwartet niemand.“

„Das ist schön. Vielmehr, schön ist das auch nicht.“

„Wie man's nimmt.“ Sie schweigen eine Weile. „Wesemann“, sagt Hanni und rückt noch näher an Wesemann heran. „Als Journalist sind Sie doch ein Mann des Wortes.“

„Ein Wort, ein Mann. - Umgekehrt!“

„Ich habe schon seit Jahren einen Wunsch“, sie zögert, „weiß aber nicht, ob ich Sie belästigen darf.“

„Sie belästigen mich nicht. Ich würde mich freuen …“

„Ich bin seit Jahren in einer Laienspielgruppe und werde trotz meines Talents gemobbt. Die schönen Rollen bekommen immer die anderen. Familienklüngel. Der Vater führt Regie, die Mutter schneidert die Kostürne und die Tochter spielt die Hauptrollen. Wenn sie nicht in die Rolle passt, wird die Rolle auf sie zugeschnitten oder sie wird passend geschminkt. Dabei sagen alle, dass ich viel besser bin als diese zickige Charlotte. Und mehr Applaus habe ich auch schon bekommen. Sogar schon mitten in der Szene. Aber da bin ich ausgerutscht und in die Zimmerpalme gefallen."

„Auf die Dauer ist das, hicks, sicher auch frustrierend, wenn ich mal so sagen darf."

„Das ist nicht nur frustrierend, das verdirbt mir die ganze gute Laune. Zweimal in der Woche wird geprobt. Montags und donnerstags. Die ganze Zeit muss ich an die Proben denken, ich versuche, möglichst locker zu bleiben, doch kaum betrete ich den Gemeindesaal, beginnt auch schon der Stress. Charlotte agiert und ich darf die Requisiten aufbauen. Meine Rolle wird immer kleiner und ihre immer größer. Einmal, nur ein einziges Mal möchte ich die Möglichkeit haben, sie an die Wand zu spielen."

„Haben Sie sicher auch verdient."

„Sehen Sie! Sie sagen es auch! Und jetzt kommen Sie ins Spiel: Schreiben Sie ein Stück mit einer schönen großen Hauptrolle für mich, oder können Sie so etwas nicht?"

„Wenn ich will, kann ich alles."

Zentimeter weiter und sie sitzt auf seinem Schoß. Wesemann wird es warm ums Herz. Sie ist luftig angezogen, und Wesemann spürt ihren vollen Busen. Wenn er sich ein klein wenig dreht, sogar ihren kleinen harten Nippel. Sie schaut mit einem verschmitzten Lächeln zu ihm auf.

Wesemann gefällt das, und weiter will er jetzt nicht denken. „Ein richtiges Theaterstück mit mir in der Hauptrolle, sexy sollte es sein, aber lachen sollen die

Leute auch, nur nicht über mich. Mich sollen sie bewundern. Darüber können Sie dann auch einen Bericht fürs Radio machen, den werde ich aufzeichnen und meinem ehemaligen Freund Alex schicken. Diesem Idioten!"

„Du kannst übrigens Hubert zu mir sagen."

„Ein schöner Name. Hanni und Hubert. Dann müssen wir uns jetzt wohl küssen?"

Sehr schön eingefädelt, Wesemann. Er sieht sich um, ob sie auch nicht beobachtet werden, dreht sich dann zu Hanni, und schon hat er sie am Hals. Sanfte feuchte Lippen, eine tastende Zungenspitze und ein ganz leichter Geschmack von Sauerkraut und Pfefferminzbonbons. Er könnte es doch durchaus einmal mit einem Theaterstück versuchen, zumindest mit ein, zwei Szenen.

Hanni streicht ihm leicht übers Haar, sagt dahinschmelzend „mein Dichterfürst" und schmachtet ihn an. Jetzt könnte er durchaus … doch für akrobatische Verrenkungen auf einer Parkbank fühlt sich Wesemann nun doch nicht fit genug. Er steht auf. Hanni erhebt sich mit ihm. „Und jetzt?", fragt sie mit verschwommenem Blick.

Lass es, Wesemann! Du kannst nicht plötzlich den Schlüssel finden und sie mit in deine Wohnung nehmen. Das ist Frechheit, Verrat und Betrug in einem. Außerdem könnten sie von Nachbarn gesehen werden, und wenn Karola dann doch …

„Gehen wir zu mir", sagt Hanni. „Meine Wohnung ist klein, reicht aber für zwei Personen, und dieser Idiot ist vorletzte Woche ausgezogen. Also Platz genug für uns beide. Ich mache uns ein schönes Abendessen, du hast die Wahl zwischen Spiegel- oder Rühreiern, und wir können uns ausgiebig über unser gemeinsames Theaterprojekt unterhalten."

„Ist es weit?"

„Wir nehmen den Bus. Unterwegs kannst du dir bei Rossmann schnell noch eine Zahnbürste kaufen."

„Aber nur mit Interdental-Profil!" Wesemann ist wieder da.

Der Bus rollt, Kastanienwall, Erichstraße, Hollenbuschstraße, Weser abwärts. Wesemann freundet sich mit einem Mops an, der Mops knurrt, Wesemann knurrt, der Mops bellt, Wesemann bellt zurück, sein Handy macht sich bemerkbar, Anruf von Unbekannt, Wesemann beschäftigt sich lieber mit dem Mops, Hanni ist sauer, Wesemann sollte sich mit ihr beschäftigen. An der Haltestelle Stiftstraße steigen sie aus. Hanni läuft ziemlich energisch in Richtung Neubausiedlung, Wesemann kann kaum so schnell folgen, außerdem drücken ihn die Schuhe, plötzlich hat Wesemann seine neue Freundin aus den Augen verloren. Er läuft ein paar Schritte nach links, dann in die rechte Seitenstraße, eine Haustür steht einen Spaltbreit offen, wird ganz aufgezogen, und Hanni fordert ihn mit einer energischen Handbewegung auf, hereinzukommen.

Erste Etage rechts, „Pst!", Finger auf den Lippen. Wesemann würde sich gerne setzen, schon wegen der engen Schuhe und dem Karussell im Kopf. Aber im Flur kommt er nicht ohne Küsschen an Hanni vorbei. Eigentlich hat er keine rechte Lust mehr auf die Lust. Allerdings hat sie ein zauberhaftes Mädchenlächeln und ihr Busen lädt geradezu zum Hineinkuscheln ein. Jetzt den Kopf zwischen ihre Rundungen legen und dann hinübergleiten ins Traumland.

Doch so leicht ist Hanni nicht zufriedenzustellen. Sie zieht Wesemann energisch an sich und versenkt ihre Zunge in seinem Rachen. Rotkohl, nicht Sauerkraut! Wesemann war es vorher schon ein wenig schlecht von Bier und Schnaps, aber jetzt kann er sich nur noch mit *Hund angefasst und Hände waschen* herausreden und nach dem Badezimmer fragen. Das wird eng.

Soll er sich nach dem Besuch des Badezimmers mit einem Kuss von Hanni verabschieden? Wäre vielleicht die einfachste Lösung. Doch als er durch die Küche in den Flur will, stellt Hanni gerade zwei Gläser und eine Flasche Mineralwasser auf den Tisch. „Oder möchtest du noch ein Bier?" Die Kartoffeln brutzeln in der Pfanne. Wesemann spürt ein leichtes Hungergefühl, und Hanni hat die oberen vier Knöpfe ihrer Bluse geöffnet, da kann Wesemann doch nicht so einfach nach Hause gehen.

Was Karola jetzt wohl macht? Bei ihrer Freundin Marmelade kochen und auf ihn schimpfen. Aber vielleicht ist sie wieder in der Gartenstraße. Jetzt schon? Für sie ist es noch viel zu früh, um nachzugeben. Sie wird sich drei bis fünf Tage überhaupt nicht mucksen, und dann kann es Wesemann mal ganz vorsichtig mit einem Anruf probieren. Wesemann hat keine Lust zu leiden, außerdem gefällt Wesemann Hannis runde weibliche Art immer mehr, und als sie ihn jetzt von hinten umarmt, kann er seinen Kopf endlich zwischen ihre Brüste betten, und ans Schlafen ist jetzt nicht mehr zu denken. Wesemann dreht sich um und will nach ihr greifen, doch Hanni besteht auf der kleinen Mahlzeit, damit er nicht zur falschen Zeit schlappmacht, wie sie ihm augenzwinkernd gesteht.

Bratkartoffeln und Spiegeleier schmecken prima. Wesemann trinkt vom Mineralwasser und versenkt seinen Blick in Hannis Dekolleté. Mit einem amüsierten Lächeln öffnet Hanni auch noch den fünften und sechsten Knopf ihrer Bluse, zieht dann spontan die Bluse aus und Wesemann erfreut sich an ihrem aparten BH.

Das Essen ist bald beendet. Wesemann, du bist der Mann, ergreif die Initiative! Doch vorher muss er noch gemeinsam mit Hanni das Geschirr abwaschen. Sie hat nur vier Teller, wie sie ihm lächelnd gesteht, und die zwei kleineren sind morgen fürs Frühstück vorgesehen. Er holt doch die Brötchen?

Wie lange will sie ihn eigentlich noch hinhalten. Wesemann hängt das Küchentuch an den Griff des Backofens, hickst verhalten, nimmt Hanni die Spülbürste aus der Hand und zieht sie in seine Arme. Sicher, sie ist nicht sein Ideal, aber muss man immer so anspruchsvoll sein?

Hanni greift nach seinem Hosenbund, löst den Gürtel und zieht den Reißverschluss herunter. Wesemann gerät in … gar nichts. Der kleine Wesemann bläst keineswegs zum Angriff, er schläft tief und fest in der Etappe.

Wesemann, nutz die letzte Chance, bevor die Hose unten ist. Sonst blamierst du dich bis auf die Knochen!

Er greift nach seinem Hosenbund und hält die Hose fest. „Ich muss mich für einen Augenblick entschuldigen", stottert er.

„Näschen pudern?", fragt Hanni amüsiert.

„Bin gleich zurück." Er steuert das Badezimmer an, keine Türklinke? Auf der anderen Seite, kein Schlüssel im Schloss. Erst pinkeln, dann ans Waschbecken. Mit beiden Händen schaufelt er sich Wasser ins Gesicht. Klarer sehen ist nicht, klarer denken auch nicht, er weiß nur eins, er muss hier raus.

Er schließt seine Hose, zieht den Gürtel besonders eng und dreht den Wasserhahn zu. Hanni lümmelt sich einladend auf ihrer Mikrofasercouch, sie hat eine rote Lavalampe zum Blubbern gebracht und trägt nur noch einen schwarzen Slip. Ist da überhaupt noch einer? Oder ist da schon keiner mehr?

So genau will es Wesemann gar nicht wissen. „Ich muss an die frische Luft!"

„Och nö", mault Hanni, „muss das ausgerechnet jetzt sein?" Sie schwingt die Beine von der Couch, kein Slip, Wesemann greift sich seine Jacke und flieht.

Kaum ist er ein paar Treppenstufen hinabgestolpert, geht die Wohnungstür über ihm wieder auf. „Du brauchst dich doch nicht zu schämen, das kann doch jedem Mann passieren. Komm zurück, ich koche uns einen starken Kaffee."

Wesemann nimmt die nächsten beiden Treppenstufen.

„Ich hab dich wirklich gern, Wesemann."

Hoffentlich kommt sie jetzt nicht nach und fängt ihn ab.

„Ich dich auch."

Sie steht bereits auf dem Treppenabsatz. „Aber das Theaterstück schreibst du mir doch?"

Wesemann, sag jetzt nichts Falsches. „Natürlich, klar, selbstverständlich!" Er hat die Haustür erreicht, wirft noch einen Blick die Treppe hinauf, Hanni ist nicht mehr zu sehen.

Draußen muss er sich erst orientieren. Wo hat er nur sein Auto abgestellt? Sein Auto? Er wird mit dem Bus fahren müssen. Nach einiger Zeit findet er die Bushaltestelle. Doch der Bus kommt erst in einer Stunde. Er wird ein Stück des Weges zu Fuß gehen, das macht die Gedanken klar und den Körper fit.

Er landet auf der Bundesstraße, zugelassen nur für Kraftfahrzeuge, entgegenkommende Autos hupen, eins hält, er bittet den Fahrer, ein Taxi zu rufen.

ACHT

Die eigene Wohnung kommt ihm ziemlich fremd vor, zumal einige Einrichtungsgegenstände fehlen. Karola hat ordentlich abgeräumt, aber keine Nachricht hinterlassen. Nur der Anrufbeantworter blinkt. Hanni. Sie wünscht ihm eine gute Nacht und freut sich schon auf das nächste Treffen. Sie hätte da auch schon eine Idee für das Theaterstück. Alles Weitere demnächst.

Aus alter Gewohnheit schaltet er im Vorübergehen das Radio an. *RadioTOTAL*, und wen hört er, den Chef persönlich, Baxmann. Es muss verstärkter Personalmangel herrschen. Doch am Thema *Wolf* scheint sich Baxmann festgebissen zu haben. Die neuesten *Grünen Nachrichten aus der Welt der Natur* berichten von einer Wolfssichtung oberhalb von Aerzen. Doch als unabhängiger, überparteilicher, zukunftsorientierter Sender bringt *radioTOTAL* auch gleich eine kritische Hörerstimme:

„... ich hab das nicht so genau mitbekommen, aber Sie haben etwas über einen Wolf in Aerzen berichtet?"

Baxmann: „Haben Sie den Wolf eventuell gesehen?"

„Ich? Ich doch nicht! Aber ein Angelkollege hat einen richtigen Hass auf den Wolf. Andreas Wolf, der hat ihn beim Schwarzfischen erwischt."

„Er hat was?"

Das Rundfunkinterview bricht ab. Der Sender blendet Musik ein: *Hör mal zu* von und mit Chris Wolff.

Das Handy klingelt. Er sollte sich auch so einen modernen Klingelton zulegen, dann hätte man immer einen Anknüpfungspunkt, um ins Gespräch zu kommen.

Baxmann!

„Was wollen Sie?"

„Ihnen Mut machen. Hat sich Karola oder vielmehr Frau Weber schon wieder beruhigt? Im Sender stapelt sich die Arbeit. Wir brauchen sie."

„Nein!"

„Was heißt hier: Nein? Das werde ich doch wohl besser beurteilen …"

„Sie hat sich noch nicht beruhigt und ich mich auch nicht. Die Vorfälle können nicht so einfach unter den Teppich … äh, vergessen werden. Ich stehe da völlig auf Karolas Seite!"

„Es ist doch überhaupt nichts passiert und Ihr Honorar würde ich auch angleichen."

„Woran?"

„An den Mindestlohn."

„Nein!"

„Zehn Prozent über Mindestlohn?"

„Zwanzig. Und ich arbeite unter einem Pseudonym und meine Texte werden von einer anderen Person eingesprochen."

„Ist ja gut, ist ja gut, wir müssten da etwas über den Wolf in Aerzen …"

„Ich habe noch nicht zugesagt."

„Aber Wesemann, Sie leben doch alle nicht von Luft und … na ja, da will ich mich auch nicht einmischen."

„Ich werde es mir überlegen – es hat geklingelt, ich muss auflegen."

„Rufen Sie an, Wesemann, rufen Sie an. So schnell wie möglich! Fünfundzwanzig Prozent!"

Wesemann geht zur Tür, schaut erwartungsvoll durch den Spion, draußen steht Felicitas Vogelsänger.

„Nun machen Sie schon auf, ich weiß, dass Sie zu Hause sind. Ich hab Ihre Stimme gehört. Ich habe wahnsinnig spannende Neuigkeiten und die können Sie doch sicher jetzt besonders gut gebrauchen."

„Wieso?" Wesemann reißt die Tür auf.

„Ein Journalist kann doch immer Neuigkeiten gebrauchen. Darf ich hereinkommen?"

Wesemann geht voraus ins Wohnzimmer. Felicitas Vogelsänger rümpft die Nase.

„Und?"

„Vielleicht sollten Sie gelegentlich mal den Müll entsorgen?"

„Es gibt Wichtigeres", sagt Wesemann.

„Stimmt", Felicitas Vogelsänger lässt sich auf die Couch fallen, gestern hat noch Karola dort gesessen, genau auf demselben Platz. „Nein danke, keinen Kaffee, auch wenn Sie nicht gefragt haben. Ich bin auch gleich wieder weg."

„Schön." Wesemann lehnt sich an die Anrichte. Die chinesische Vase fehlt.

„Ich hab also gestern eine meiner Führungen durch die Stiftskirche gemacht und die Neue zur Anleitung mitgenommen. Eine der Besucherinnen hat sie kaum aus den Augen gelassen. Nach der Führung ist die Besucherin auf die Neue zugegangen. - Ein Glas Wasser wäre nett, aber bitte Mineralwasser."

Wesemann geht in die Küche und kommt gleich darauf mit einer noch nicht angebrochenen Flasche Wasser und einem Glas zurück. Felicitas Vogelsänger beäugt das Glas kritisch, schenkt sich dann aber ein. Trinkt zwei, drei kleine Schlucke. „Ob sie sich eventuell kennen würden, hat die Besucherin gefragt, sie käme aus Aerzen. Was die Neue richtig bissig verneint hat. Also das Kennen, nicht das Kommen. Aber ihre biestige Antwort war schon sehr übertrieben, als ob sie etwas zu verbergen hätte. Dabei hatte die Besucherin ganz höflich gefragt. Ich habe ihr dann zum Trost eine Postkarte von unserem Gertrudtis-Tafelbild geschenkt."

Felicitas Vogelsänger greift noch einmal zum Wasserglas, stellt es zurück, ohne zu trinken, und steht auf. „Das mögen alles einzelne Tropfen aus der dunklen Wolke sein, aber jeder Tropfen ist ein Teil des Ganzen. Haben Sie schon eine Idee, wie das Unwetter zu verhindern ist?"

„Im Augenblick habe ich überhaupt keine Ideen", sagt Wesemann resignierend.

„Sollten Sie aber. HK Bertram hat Sie mir empfohlen, und jetzt ist er in Hannover und ich kann mich nicht mal beschweren."

„Was hat das denn miteinander zu tun?"

Felicitas Vogelsänger geht in Richtung Wohnzimmertür, bleibt plötzlich stehen und dreht sich noch einmal zu Wesemann um: „Hab ich Ihnen schon gesagt, dass die Kleine unsere dunkle Wolke Lelya nennt?"

„Haben Sie."

„Lelya ist bulgarisch und heißt Tante."

„Na und?"

„Wer spricht seine Tante schon mit dem Verwandtschaftsgrad und ohne Namen an."

Er ruft einen alten Bekannten in Hollenbusch an. Amtmann Raimund Böhmer. Er ist für alles im Stift verantwortlich und kennt sich aus. Ob Laurena von Kuttler etwas mit Aerzen zu tun haben könnte und wenn, was.

„Keine Ahnung. Hier macht doch jeder, was er will, und wer erfährt es als Letzter?"

„Aber wenn du es erfährst …"

„… bist du der Erste, den ich unterrichte. Mit Aerzen haben wir nichts mehr zu tun. Hatten wir aber mal. Oberhalb von Aerzen liegt dieses alte Gut Hilkenbreden, was so viel wie heilige Breite heißt. Das hat einmal zu unserem Stift gehört. Unsere Stiftsdamen sind zwar auch nicht mehr die Jüngsten, aber …", Raimund Böhmer unterdrückt einen Lachanfall, „… es war auch lange vor ihrer Zeit, selbst wenn man die Lebensjahre zusammenzählt."

Noch ein Anruf. Das Gespräch zu früh angenommen. Hanni. Nur sehr schlecht zu verstehen, nachdem Wesemann ein Stück Zeitung auf das Handy gelegt hat. „Na, geht's dir auch gut?"

„Wem geht es gut?"

„Na, mir. Weil ich dich kenne, den großen Hubert Wesemann. Nur den kleinen noch nicht richtig."

„Ich kann dich nur sehr schlecht verstehen, die Verbindung ist …", kratz … kratz … raschel … raschel.

„Ich muss auch gleich auflegen. Kundschaft."

„Das ist nett."

„Ich wollte dich zu einem Eis einladen. Am Donnerstag habe ich frei."

„Diesen Donnerstag? Ist schlecht. Da habe ich einen Auswärtstermin."

„Da kannst du mich doch mitnehmen."

„Ganz schlecht, mein kleiner Corsa ist voll, ich muss mein ganzes Equipment mitschleppen."

„Dein was?"

„Mein … Mikrofon und so."

„Verstehe!"

„Du, ich muss Schluss machen …"

„Ich auch. Vergiss nicht unser Theaterstück. Sind nur noch vierzehn Tage bis zur ersten Probe. Und ich mache schon mächtig Reklame. Wir werden ganz groß rauskommen."

Das will Wesemann jetzt nicht hören und bricht den Anruf ab.

Er könnte, tja, was könnte er, er könnte eigentlich alles, wenn nicht jeder zweite Gedanke bei Karola landen würde. Ob sie ihn vermisst, warum sie sich dann noch nicht gemeldet hat, hoffentlich ist sie nicht krank geworden. Sie nimmt sich solche Missverständnisse immer so zu Herzen. Er nicht so sehr, er steht mehr über der Sache, wird sich alles schon von alleine regeln. Oder auch nicht. Ein bisschen nachtragend ist sie schon. Da muss er wohl den ersten Schritt machen. Er bricht sich doch nichts ab, wenn er die Sache in die Hand nimmt, Karola eine Chance geben, auf sie zugehen. Ein bisschen bewundert Wesemann seine eigene Großzügigkeit.

Nein, aufdringlich wird er nicht sein. Er wird wie zufällig an dem Blumengeschäft vorbeiflanieren; wenn sie ihn entdeckt, wird er ihr kurz zuwinken und dann locker weitergehen. Aber nicht so schnell, damit sie die Ladentür erreichen kann, bevor er vorbei ist. Und dann …

Sie ist in ein Kundengespräch vertieft, offeriert eine Auswahl von mehreren Fruchtaufstrichen, wenn er das richtig sieht. Die Schaufensterscheibe spiegelt unangenehm, er muss fast die Nase an die Scheibe drücken, um etwas erkennen zu können.

Karola sieht ihn nicht, sie spricht, lächelt, nickt.

Er kann doch hier jetzt nicht den Hampelmann machen, nur damit sie ihn endlich entdeckt. Er kann nicht nur, er muss, Karola schaut zum Schaufenster hin, sieht ihn, erkennt ihn.

Sie winkt ihm nicht einmal einen kleinen Gruß zu? Sicher will sie ihre ganze Aufmerksamkeit den neuen Kunden widmen. Es wird abgerechnet, die Kunden bedanken sich und verlassen das Geschäft.

Jetzt!

Karolas Blick bleibt kurz an ihm hängen, kein Lächeln, keine Gefühlsregung, sie dreht sich um und verschwindet hinter einem Vorhang.

Er mag Mist gebaut haben, hätte sich vielleicht ein bisschen energischer für ihre Belange einsetzen können, aber diese Abfuhr hat er nicht verdient. Er liebt sie. Liebt er sie? Natürlich - wie ein Mann eben lieben kann. Aber so kann sie nicht mit ihm verfahren. Er wird nicht ihr Schoßhündchen werden. Pah! Handy raus und Baxmann angerufen. Er bleibt im Boot, sein neues Pseudonym: Benno Bonifaz. Ist ihm bei einem Blick auf das Hamelner Münster-St. Bonifatius eingefallen. Völlig unverfänglich, nur sprechen kann er seine Beiträge nicht mehr selber, wenn das Versteckspiel nicht auffallen soll. Baxmann schickt ihm die Unterlagen zur Wolfssichtung. Wesemann holt sein Auto aus der Gartenstraße, dann springt er doch noch in die Wohnung hinauf und steckt das Handyfoto von Felicitas Vogelsänger ein, das sie von Laurena von Kuttler aufgenommen hat. Man kann nie wissen.

Kastanienwall, Thiewall, Radarkontrolle, Glück gehabt, Pyrmonter Straße, B 1 an der Weser entlang, am Weserbogen rechts ab, Klein Berkel, Groß Berkel, kurz vor Ortsausgang Richtung Königsförde, erster Berg links. Lüningsberg.

Wesemann parkt das Auto, steigt aus, atmet tief durch. Herrlich würzige Waldluft. Hier müsste man mal Pilze suchen. Wesemann kennt sich nicht aus mit Pilzen, aber Karola …

An der höher liegenden Wegkreuzung quer liegende Baumstämme. Darauf hockt ein Mann, Anorak, derbe Schuhe, Rucksack und geöffnete Brotdose. Wenn es Informationen zur Wolfssichtung gibt, dann hier.

„Guten Tag." Wesemann macht seinen Handrekorder startklar.

„Moin."

„Schön hier."

„Hm." Der Mann hebt die Hand, um Wesemann aus seinem Blickfeld zu winken.

Wesemann schaut sich suchend um. „Gibt es etwas Besonderes zu sehen?"

„Immer."

„Ich sehe nichts!"

„Städter!"

Wesemann setzt sich auf den Baumstamm neben den Wanderer. „Verraten Sie mir, was Sie sehen?"

„Die Trauerschnäpper haben Junge."

„Aha. Wer?"

„Städter!

Der Wanderer greift in die Brotdose, nimmt eine Klappstulle heraus, beißt hinein. Wesemann riecht Leberwurst.

„Ich komme von *radioTOTAL*."

„Wollen Sie Vogelstimmen aufnehmen? Da hinten …", er weist mit dem Leberwurstbrot über die rechte Schulter, „… ruft ein Grauspecht."

„Aha." Für Wesemann hätte es auch ein Grün-, Blau- oder Rotspecht sein können. „Es ist in letzter Zeit viel Aufregung um den Wolf im Weserbergland entstanden und unser Sender will der Sache auf den Grund gehen."

„Wollen Sie ein Brot? Sie können wählen zwischen Leberwurst und Leberwurst."

Wesemann ist so gar nicht nach Leberwurst, doch gemeinsames Essen verbindet. „Gern."

Kauen, Schlucken, Luft holen: „Der Sender ist von einer Wolfssichtung am Lüningsberg informiert worden."

„Ich weiß!"

„Wie schön, dann sind Sie wohl der Informant?"

„Ne." Der Wanderer holt eine grüne Trinkflasche aus dem Rucksack, trinkt, hält Wesemann die Flasche hin, „Pfefferminztee - selbst gepflückte Minze." Wesemann schüttelt den Kopf. „Aber ich kenne die Geschichte", sagt der Wanderer."

Wesemann drückt den Aufnahmeknopf seines Handrekorders und hält dem Mann das Mikrofon unter die Nase. „Können Sie unseren Hörern bitte den Hintergrund Ihrer besorgniserregenden Beobachtung schildern."

„Kann ich nicht." Wesemann schaltet das Aufnahmegerät ab. „Weil ich nichts beobachtet habe."

„Schade."

Der Wanderer packt Brotdose und Trinkflasche in den Rucksack, wirft sich den Rucksack an einem Gurt über die Schulter.

„Vielleicht sollten Sie die ganze Sache nicht so wichtig nehmen." Er nickt Wesemann zum Abschied zu, setzt sich dann bergauf in Bewegung. „Könnte doch auch alles ein Stammtischscherz sein."

So leicht lässt Wesemann nicht locker, drückt wieder den Aufnahmeknopf. „Es wurden Fotos an unsere Redaktion geschickt."

„Haben Sie die Fotos gesehen?"

Wesemann schüttelt den Kopf, sein Nein will er nicht auf dem Rekorder haben.

„Ich würde mir die Fotos ganz genau ansehen, bevor ich eine falsche Stimmung erzeuge."

Ganz leicht fängt es an zu regnen.

„Genau darum bin ich hier." Wesemann, der Mann weiß mehr! „Wir suchen nach der Wahrheit, um objektiv berichten zu können."

„Setzen wir uns noch einen Augenblick", sagt der Wanderer und geht die wenigen Schritte zurück zu den Baumstämmen. Man setzt sich so, wie man aufgestanden ist. „Aber mich halten Sie aus der Geschichte raus."

„Wir sind ein professioneller Sender, da gilt absoluter Informantenschutz."

Der Wanderer nimmt ein Eichenblatt aus der Rille zwischen zwei Stämmen. „Mein Nachbar ist ein ganz schlauer."

„Unser Informant?"

„Genau. Der Nachbar hat einen schönen grauschwarzen Schäferhund. Da man einen solchen Hund in der Nachbarschaft nicht übersehen kann, ist mir aufgefallen, dass er mehrere Tage nicht zu sehen war. Wir treffen uns jeden Dienstag zum Stammtisch in der Waldquelle, übrigens - besonders lecker die niedersächsische Kartoffelsuppe mit Rotwurst, und da habe ich ihn beiläufig nach seinem Hund gefragt, weil es mich wirklich interessiert hat."

„Verständlich, so ein Tier verbindet."

„Erst wollte er ja nicht mit der Sprache rausrücken, aber dann konnte er nicht mehr an sich halten." Der Wanderer bietet Wesemann aus einer kleinen blauen Blechdose Hustenbonbons an. Wesemann nimmt eins heraus, wird genötigt, ein zweites zu nehmen. „Also, sein Ajax ist abgehauen, wohl einem Hasen hinterher. Hat er wohl schon mehrmals gemacht, aber dann ist er auch immer wieder zurückgekommen. Diesmal nicht. Als Ajax nach vier Tagen noch immer nicht zurück war, wollte er schon so eine Suchaktion mit Aufrufen im Funk und in der Zeitung machen. Er hat dann so Zettel für die Klarsichthüllen ausgedruckt, die er überall anbringen wollte, dabei sind ihm Bedenken gekommen. Wenn so ein wild gewordener Jägersmann so einen Aufruf liest, will er natürlich sein Jagdrevier schützen, notfalls über Kimme und Korn und dem entlaufenen Ajax direkt zwischen die Augen. Sollten alle intensiv nach einem Wolf Ausschau halten, ist die Chance größer, Ajax zu finden, weil er einem Wolf so ziemlich ähnlichsieht. Dann würde sich aber kein Jäger trauen, auf den Wolf beziehungsweise Hund anzulegen, allein schon wegen der negativen Berichterstattung in den Medien."

„Och, nöhh." Wesemann schaltet den Handrekorder aus, stellt fest, dass er ihn noch gar nicht wieder richtig eingeschaltet hatte.

Der Wanderer steht auf. „Dann bis zum nächsten Mal."

Wesemann erhebt sich rasch, sucht nach seiner Visitenkarte und übergibt sie dem Wanderer. „Wenn mal wieder was Aufregendes auftauchen sollte." Sie grinsen sich an, der Wanderer nickt und dreht sich um.

Nach der anstrengenden Wanderung hat Wesemann jetzt Anspruch auf ein wenig Entspannung. Außerdem will er den Leberwurstgeschmack aus dem Mund bekommen, der noch immer ganz fein unter den Hustenbonbons liegt.

Er fährt nach Aerzen und gönnt sich im Stehcafé der Bäckerei Anger einen heißen Kaffee und zwei belegte Brötchenhälften. Der Kaffee ist stark und die belegten Brötchen schmecken. Obwohl – so eine niedersächsische Kartoffelsuppe …

Die ältere Bedienung mit weißer Schürze sortiert die Auslagen der Theke.

„Nicht viel los auf dem Land." Wesemann versucht ein mitfühlendes Lächeln.

Die adrette Dame richtet sich auf. „Der meiste Trubel ist morgens und abends, wenn die Leute auf dem Weg zur Arbeit sind oder zurückkommen. Aber ruhiger als in Hameln ist es schon."

An Hameln möchte Wesemann jetzt gar nicht denken. „Ich hab da mal einen Bericht über die Umgehungsstraße gemacht …"

„Dann sind Sie Herr Westermann?"

„Wesemann!"

„Richtig, Wesemann. Hat damals viel Aufregung gegeben über die angeblichen Unterstellungen."

„Dabei habe ich mich nur an die Fakten gehalten."

„Ist immer die Frage, an wessen Fakten." Sie lacht.

Die Frau gefällt ihm. Bewahrt ihren Humor, obwohl sie es sicher auch nicht leicht hat. „Arbeiten Sie noch volle Tage?"

„Ja", sagt sie, „ich bin in der Bäckerei geboren und werde wohl auch in ihr sterben."

Prima, Wesemann, voll hinein ins Fettnäpfchen. Dabei hätte er mit etwas mehr Aufmerksamkeit doch durchaus sehen können … da fällt ihm das Gespräch mit Raimund Böhmer ein. Er kramt in seinen Taschen, findet Felicitas Vogelsängers Handyfoto von Laurena von Kuttler. Wenn jemand aus Aerzen glaubt, Laurena von Kuttler erkannt zu haben, warum nicht auch …

„Frau Anger …"

„Noch einen Kaffee?"

„Gern."

Frau Anger wendet sich zur Kaffeemaschine.

„Und bitte eine Rosinenschnecke."

Die Sonne scheint durchs Schaufenster, Wesemann genießt die Wärme im Rücken, gar nicht mal so schlecht, niemandem verantwortlich zu sein außer sich selbst.

Frau Anger stellt Kaffee und Rosinenschnecke auf die Theke, Wesemann legt das Handyfoto daneben. „Kennen Sie vielleicht diese Dame? Könnte in Ihrem Alter sein, so Anfang sechzig."

„Schmeichler", Frau Anger nimmt das Foto, „ich bin knapp über siebzig." Sie greift nach ihrer Brille neben der Kasse, betrachtet das Foto. „Hier kommen so viele vorbei, gelegentlich sogar Touristen, aber die Frau …", sie nimmt das Foto auf, schaut es ganz genau an, „… also wenn es nicht zu verrückt wäre, doch sie erinnert mich an jemanden." Sie legt das Foto zurück. „Ist aber sicher Blödsinn." Sie nimmt noch einmal das Foto. „Doch, das könnte sie sein, aber ohne jegliche Gewähr. Und meinen Namen will ich nicht veröffentlicht sehen."

„Versprochen."

„Sie hat eine gewisse Ähnlichkeit mit einer jungen Frau, die vor vielen, vielen Jahren auf Hilkenbreden gewohnt hat."

„Interessant", sagt Wesemann.

„Sie hat wohl …", Frau Anger beugt sich über die Theke, „… sie hat wohl zur RAF gehört."

„Ich erinnere mich", sagt Wesemann, „da war mal was mit Hilkenbreden und der Roten Armee Fraktion."

„Ist schon, lassen Sie mich nachrechnen, bestimmt vierzig Jahre her. Sie hat wohl zur RAF gehört und ist auch hier im Ort aufgetaucht. Die musste mit ihren Kumpanen doch auch einkaufen."

„Richtig." Wesemann ist mittendrin in der Story. „Ein Sondereinsatzkommando hat dann in Hilkenbreden zugeschlagen und der Spuk war verschwunden."

„War schon aufregend und sehr geheimnisvoll und alle hatten ein bisschen Angst. Zeitungen und Fernsehen waren doch voll von den Anschlägen, Morden und den ganzen Verfolgungsjagden."

„Sie können sich sicher nicht mehr erinnern, wie die junge Frau hieß?" Wesemann greift nach seinem Portemonnaie, um zu bezahlen.

„Doch, kann ich, sie war das auf dem Fahndungsplakat ganz unten links in der Ecke. Rosvita Zettl."

„Sie haben aber ein fantastisches Gedächtnis."

Frau Anger lächelt versonnen. „Ein solches Fahndungsplakat hing auch bei uns in der Bäckerei und ich habe mir heimlich ihr Bild ausgeschnitten und wochenlang mit mir herumgetragen. Nicht, was Sie jetzt denken, ich habe vier Kinder. Aber Rosvita Zettl hatte so einen verwegenen Haarschnitt, den wollte ich mir auch machen lassen. Hab ich dann aber irgendwann wieder vergessen."

Wesemann zahlt und lässt sich die Rosinenschnecke einpacken, er will sie im Auto essen.

Laurena von Kuttler alias Rosvita Zettl? Wenn es da einen Zusammenhang gäbe …

Wesemann setzt sich in seinen Corsa, nimmt sein Smartphone und sucht über Google das RAF-Fahndungsplakat. Ein Steckbrief.

Anarchistische Gewalttäter – Baader/Meinhof-Bande.
Wegen Beteiligung an Morden, Sprengstoffverbrechen, Banküberfällen und anderen Straftaten werden steckbrieflich gesucht:

Ulrike Meinhof, Andreas Bernd Baader, Gudrun Ensslin, Holger Klaus Meins, Jan-Carl Raspe, Ilse Stachowiak, Klaus Jünschke, Ronald Augustin, Bernhard Braun, Ralf Reinders, Ingeborg Barz, Irmgard Möller, Brigitte Mohnhaupt, Axel Achterath, Katharina Hammerschmidt, Rosvita Zettl, Siegfried Hausner, Heinz Brockmann, Albert Fichter.

Für Hinweise, die zur Ergreifung der Gesuchten führen, sind insgesamt 100.000 DM Belohnung ausgesetzt, die nicht für Beamte bestimmt sind, zu deren Berufspflichten die Verfolgung strafbarer Handlungen gehört. Die Zuerkennung und die Verteilung erfolgen unter Ausschluß des Rechtsweges.

Drei Reihen mit je vier Fahndungsbildern, die letzte Reihe nur drei Bilder, ganz links Rosvita Zettl.

… Vorsicht! Diese Gewalttäter machen von der Schußwaffe rücksichtslos Gebrauch!

Und jetzt? Ignorieren oder recherchieren? – Wesemann beißt ein Stück von der Rosinenschnecke ab, startet das Auto. Also wieder in die Richtung, aus der er gekommen ist. Den Berg hinauf, links ab auf die L 432, vorbei am Schloss Schwöbber, hinter Grupenhagen-Bruch das Tempo rausnehmen, am Straßenrand zwei Landbriefkästen. Ein schmaler Seitenweg zweigt von der Landstraße ab. Der Weg schlängelt sich zwischen Feldern und Wiesen hinauf zum Wald. Immer bergauf führt die schmale Teerstraße, bis auf einer Lichtung ein einsames Gehöft erscheint.

Idyllisch und abgelegen, wie aus einer anderen Zeit, erstreckt sich das Gelände mit dem verwinkelten Haus und der alten Scheune zwischen Wald, Feldern und Wiesen.

Wie hat man sich früher informiert oder überhaupt etwas gefunden ohne Smartphone? Ein Smartphone ersetzt doch locker zehn Bäckersfrauen – oder auch nicht. Wesemann sieht sich ein wenig um. Niemand ist zu sehen. Doch Wesemann hat das Gefühl, beobachtet zu werden. Rechts parkt ein orangefarbener Suzuki, glänzt im Licht der wässrigen Sonnenstrahlen. Sein Corsa könnte auch mal wieder … er setzt sich wieder ins Auto und widmet sich der Rosinenschnecke. Er hat die Hand schon am Zündschlüssel, da klingelt das Handy. Hanni Szedlak. Ob sie sich Autogrammkarten drucken lassen solle. Ein Gast hätte eine kleinere Druckerei.

„Unbedingt", sagt Wesemann. Mein Gott, geht sie ihm auf den Keks, gerade jetzt, wo das Recherche-Rad in Schwung kommt. Aber Hanni will reden. Sie scheint die Ironie in seiner Antwort erkannt zu haben. So leicht ginge das nicht. Sie lasse sich nicht einfach abschieben, als Betthase sei sie sich einfach zu schade. Sie wisse, wo er wohnt …

„War nicht so gemeint, war mit den Gedanken einfach woanders."

„Okay. Entschuldigung angenommen. Wir sollten uns mal richtig aussprechen. Heute Abend? Heute Abend! Ich mache uns ein leckeres Sushi."

„Sushi?"

„Um acht bei mir!" Das Gespräch ist beendet. Er wird einen wichtigen Termin vorschieben müssen. Aber erst einmal Zeit vergehen lassen und dann eine freundliche SMS schreiben.

Wesemann fährt los. Allein der Gedanke an die RAF bereitet ihm leichtes Unbehagen. Eine graue Zeit. Es wurde misstraut, allem und jedem. Der Terror hatte sich nebenan eingenistet und war doch ganz weit weg. Terror aus dem Untergrund und aus den Redaktionen der Hau-drauf-Blätter. Und heute? Salafisten, Pegida, Hamgida.

Alles recht mysteriös und beängstigend. Er würde viel lieber ... ein orangefarbenes Auto im Rückspiegel. Das ist doch der frisch gewaschene Suzuki vom Gehöft in Hilkenbreden. Vielleicht kann er erkennen, wer am Lenkrad sitzt, wenn er den Wagen vorbeifahren lässt.

Wesemann verringert die Geschwindigkeit, der Suzuki ebenfalls, Wesemann fährt rechts an, der Suzuki hält in einiger Entfernung. Ob er aussteigen soll, um sich den Verfolger genauer anzusehen?

Wesemann, nicht alle Menschen sind dir wohlgesonnen! Na schön, er hat auch nicht mehr viel zu verlieren. Zumindest sollte er die Sache mit Karola in Ordnung bringen, bevor er sich aufgibt.

Wesemann legt den Gang ein. Wenn er sich bis Groß Berkel durchschlägt, kann er auf der B 1 in Richtung Hameln abbiegen, eine knappe Lücke zwischen den Autos nutzen, um sich in den Autostrom einzufädeln, und dann ganz einfach bis Hameln in dem Geleitzug mitschwimmen. Warum hat er sich bloß noch keine Kamera fürs Auto angeschafft, die könnte jetzt sehr nützlich sein? Aber er mit seiner überkorrekten Einstellung, niemanden in seiner Privatsphäre verletzen zu wollen und schon gar nicht zum Denunzianten zu werden. Jetzt sieh zu, wie du aus der Sache rauskommst. Nicht alle RAF-Mitglieder sind damals gefasst worden. Nicht alle Fotos waren auf der Fahndungsseite durchgeixt. Er wird doch nicht so dämlich sein, seinen Verfolger in die heimische Umgebung zu locken. Er wird ihn verwirren. Mit seinen Kenntnissen des Weserberglands dürfte das wohl kein Problem sein. Runter von der Landesstraße, links ab Richtung Dehmke, dann über Dehmkerbrock, Herkendorf, Hope und Halvestorf auf die B 443 und Weser aufwärts zurück nach Hameln.

Wesemann fährt zügig, mehr als zügig, überholt einen Bofrost-Laster, gerät leicht ins Schleudern, ein Blick in den Rückspiegel, der Brummifahrer blendet kurz auf, der Suzuki lässt sich nicht abhängen, kommt sogar näher.

Vor der scharfen Rechtskurve hinter Dehmke bremst Wesemann ab, der Suzuki fährt keineswegs langsamer, kommt näher, näher, stupst Wesemanns Corsa heftig an, Wesemanns Auto machte einen Satz, unter äußerster Anstrengung kann Wesemann den Wagen auf der Straße halten, schafft die Rechtskurve, doch in seiner Panik macht er einen entscheidenden Fehler. Er weiß nur noch, dass die Straße nach Herkendorf scharf nach rechts führt. Doch er biegt zu früh ab und gerät auf die Straße nach Wördeholz.

Wieder schließt der Suzuki auf, für einen Moment erkennt Wesemann, dass der Fahrer eine Strumpfmaske trägt, das Auto setzt zum Überholen an, Wesemann will die Straße nicht freigeben, der Suzuki stößt hinten links gegen den Kotflügel, Wesemanns Corsa schlingert, ein Knall wie von einem Schuss, die linke Seitenscheibe zersplittert, ein greller gelber Blitz, das Auto holpert, wird abrupt gestoppt, der Fahrer-Airbag wird ausgelöst, Wesemann knallt in den weißen Sack und ist auf dem Weg zu den zweiundsiebzig Jungfrauen im Paradies.

„Sind Sie verletzt?" Ein Engel schüttelt ihn leicht an der Schulter. Lange blonde Haare, runde Wangen, ein verheißungsvolles Blinzeln.

„Bin ich denn nicht tot?"

„Ich hoffe, nicht!"

Wesemann, das ist kein Engel! Die vermummte Gestalt aus dem Suzuki? Wo ist überhaupt der Suzuki?

Wesemann rappelt sich hoch, die Blonde hilft ihm, sich auf dem Sitz zu drehen und die Beine aus dem Wagen zu heben. Das Fauchen der Hölle empfängt ihn, rotgelbe Flammen züngeln nach seinen Füßen, hat er es im Leben wirklich so schlimm getrieben?

„Wollt ihr wohl", die Blonde vertreibt eine neugierige Gänseschar mit einem Wink ihres Birkenzweigs von der Autotür. „Geht's?" Sie fasst Wesemann am Arm und unter die Achsel.

Wesemann rappelt sich hoch und lässt sich nach einem kurzen Moment wieder auf den Autositz zurückfallen. „Das ist doch nicht wahr!"

„Doch, Sie sind vom Weg abgekommen und gegen unsere neue Mauer gedonnert. Sie sind hoffentlich gut versichert."

„Ich bin verfolgt worden", kann sich Wesemann schon wieder ereifern, „dann wurde ich angeschossen, von einem gelben Blitz geblendet und weg war ich."

„Nun kommen Sie erst einmal aus dem Auto, ich werde Sie ein wenig aufpäppeln, und dann geht es sicher auch schon wieder."

Wesemann sammelt seine Knochen zusammen, erhebt sich mithilfe des blonden Engels und hat plötzlich den Verdacht, dass der Blitz in seinem Kopf von der quittengelben Fassade des Hauses verursacht wurde.

Er besieht sich seinen desolaten Corsa, peinlich, ganz peinlich, wie er da in der eingedrückten Mauer steht. Ein dicker Felsbrocken liegt mitten auf der Motorhaube. So sollte besser niemand auf ihn und sein Auto aufmerksam werden. Doch da hat er die Rechnung ohne das Federvieh gemacht. Sie beschnattern den Vorfall untereinander, mit ihrer Gänseliesel, Wesemanns Hosenbeinen und ganz Wördeholz.

„Kommen Sie", sagt der blonde Engel, „setzen Sie sich in den Garten und ruhen Sie sich aus. Cognac oder Wodka?"

„Lieber ein Wasser, ich muss noch fahren."

„Womit?", fragt der Engel. „Ich bin übrigens Florentine Wache, aber manche nennen mich auch einfach Gänseliesel."

„Mein Name ist Wesemann, Hubert Wesemann."

„Der aus dem Radio?"

Wesemann nickt. Florentine schüttelt ganz leicht den Kopf. „Also ein Cognac. Prüfen Sie in der Zwischenzeit, ob Ihnen etwas besonders wehtut. William wird auf Sie aufpassen." Sie wendet sich zum Haus.

„William?"

„Hinter Ihnen!"

Wesemann dreht sich um, erst entdeckt er nichts Außergewöhnliches, dann vergrößert er seinen Blickwinkel und sieht sich von William umarmt. Ein stattlicher Birnbaum, von Efeu umrankt, der seine beiden Hauptzweige wie schützende Arme über die Bank streckt.

Wesemann tastet sich ab, schaut an sich hinunter, nirgendwo Blut. Doch er ist sich ganz sicher, er hat einen Schuss gehört, und die Seitenscheibe ist zersplittert, bevor er in die Mauer gefahr… abgedrängt wurde. Er wird sich mit der Polizei in Verbindung setzen.

Die Gänse verlieren ihr Interesse an dem Ankömmling, er gehört eben zum Garten wie die Bank und ihr Freund, der Birnbaum. Sie widmen sich lieber ihrem Schwimmteich. Wenn es nicht so schmerzhaft wäre, müsste Wesemann grinsen. Der Gänseteich ist so groß wie eine Kinderbadewanne. Um dennoch das volle Badevergnügen zu genießen, tauchen die Gänse abwechselnd ihre Schnäbel ins Wasser, plustern sich auf und schütteln das Gefieder wie nach einem echten Vollbad.

Florentine kommt zurück. Mit zwei Cognacs, einem großen für Wesemann und einem kleinen für sich.

„Wie soll's nun weitergehen?"

Wesemann schaut die Blonde hilflos an. Am liebsten würde er jetzt an ihre runde Schulter sinken und sich so richtig ausheulen. Das ist doch alles …

„Ne, ne", sagt Florentine, „ich bin bestens verheiratet und habe null Bock auf Komplikationen."

„Von meinen könnte ich noch ein paar abgeben!" Jetzt kommen langsam die Schmerzen, im linken Oberarm, am Fuß und besonders heftig im Kopf.

Florentine schaut ihn abschätzend an. „Was mach ich jetzt mit Ihnen? Soll ich die Polizei rufen, aber dann haben Sie noch eine Unfallaufnahme am Hals."

Wesemann nippt an seinem Cognac.

„Ich mache ein paar Fotos vom Zusammentreffen Ihres ehemaligen Autos mit unserer neuen Mauer. Dann hol ich den alten David Brown, zieh den Schrotthaufen aus der Mauer und stell ihn hinterm Haus ab. Können Sie dann später abholen."

„David Brown? Ihr Mann?"

„Nein, unser alter Traktor!" Sie lacht.

Wesemann seufzt und schließt für einen Moment die Augen. Schön, wenn er sich mal um nichts kümmern ...

„Dann suchen Sie in dem Wrack nach Ihrem Führerschein und Ihrer Versicherungskarte. Vielleicht rufen Sie in der Zwischenzeit jemanden an, der Sie abholen kann. Noch einen Cognac?"

Wesemann schüttelt den Kopf und Florentine verschwindet in Richtung Straße.

Wen kann er anrufen? Natürlich, er hat viele Freunde und jeder würde ihm sofort helfen, doch zum Gespött will er sich nicht machen. Er könnte es mal bei Hanni versuchen.

Hanni freut sich über seinen Anruf, natürlich, ist aber nur kurz angebunden. Tisch sechs will zahlen und zwei Essen stehen zum Servieren in der Ausgabe.

Karola? Die kann er jetzt nicht anrufen. Sie würde ihn doch bestimmt nicht ... Es ist eine Notsituation, Wesemann, da haben persönliche Befindlichkeiten zurückzustehen.

Karola meldet sich nach dem zweiten Klingelton. „Du?"

„Ich. Ich hatte einen Unfall." Belegte Stimme, weinerlicher Unterton.

„Oh Gott, was ist dir passiert? Liegst du im Krankenhaus?"

„Ich sitze auf einer Bank hinter einem gelben Haus in diesem abgelegenen Wördeholz, du weißt schon, hinterm Klüt. Mir schmerzen alle Knochen, vor allem der linke Arm und …“

„Schon gut, ich hol dich ab. Aber mehr auch nicht.“

„Danke.“

Ist doch mal ein Anfang.

Es blubbert, kracht und scheppert. Florentine am Werk. Wesemann sammelt seine Knochen, erhebt sich mit Mühe und schleppt sich zur Vorderseite des Hauses. Er sieht gerade noch, wie sein Corsa von einem alten weißen Traktor um die Hausecke gezogen wird. Mit Sicherheit muss er auch noch für die frisch entstandenen Schäden an Weg, Pflaster und Wiese aufkommen.

Er fischt seine Tasche aus dem Corsa, händigt Florentine seinen Führerschein und die Versicherungskarte aus und will sich gerade wieder aus dem Innenraum aufrichten, da entdeckt er in der Kopfstütze des Beifahrersitzes ein kleines Loch. Nur ein kleines Loch, aber Wesemann ist bekannt für seine Spürnase, selbst in schlechter körperlicher Verfassung.

Mit letzter Anstrengung zieht er die Kopfstütze aus der Verankerung und begibt sich schlurfenden Schritts zurück in Williams Obhut.

Er muss wohl eingeschlafen sein. Entweder haben ihn seine Kopfschmerzen oder eine vertraute Stimmlage geweckt. Ganz langsam öffnet er die Augen.

„Dich scheint es aber übel erwischt zu haben!“

„Karola!“ Wesemann will aufspringen, doch sofort fährt ein stechender Schmerz in sein linkes Bein und er lässt sich wieder auf die Bank zurückplumpsen.

Karola steckt ihr Handy zurück in die Jackentasche. „Ich hab eine Aufnahme von dir gemacht, damit du später nichts abstreiten kannst. Und die Reste deines Autos habe ich auch verewigt. Du hast Glück, die Schrottpreise haben angezogen."

„Wer den Schaden hat ..."

„... spottet jeder Beschreibung. Kannst du laufen?"

„Schlecht."

„Wie viele hast du denn getrunken?" Karola nimmt das Cognacglas von der Banklehne und schnüffelt an der Neige.

„Nur einen Kleinen auf den Schrecken."

„Also reiß dich zusammen, ich stell mein Auto direkt vor die Gartentür. Dann kannst du gleich einsteigen."

„Ach, sind Sie schon da?" Florentine kommt aus dem Haus. „Möchten Sie auch ein Gläschen?" Sie muss wohl mitbekommen haben, wie Karola an dem Cognacglas gerochen hat.

„Nein danke. Genügt doch, wenn einer nicht mehr fahrtüchtig ist!"

„Seien Sie nicht so streng mit ihm, er hat doch bestimmt einen Schock."

„Wollen Sie sich um ihn kümmern?" Das klang jetzt aber ziemlich spitz, Karola wendet sich zur Straße, kaum hat sie die Hausecke erreicht, wird sie von den Gänsen entdeckt. Mit Feuerzungen stürzen sie sich auf Karola und fauchen, was die Kehlen hergeben.

„Machen Sie sich nichts draus", sagt die Gänseliesel, „die wollen nur spielen!" Sie dreht sich um und verschwindet wieder auf der anderen Seite des Hauses.

Wesemann schließt die Augen, zählt bis zehn und kommt nicht bis elf.

„Bist du tot oder nur eingeschlafen?"

Wesemann erklärt die Gänse zu seinen Freunden. Karola fasst nach seinem Arm, fühlt sich fremd und vertraut zugleich an. „Danke", flüstert er.

„Bilde dir bloß nicht zu viel darauf ein!"

Auf halbem Weg macht sich Wesemann los, geht noch einmal zur Bank zurück und bückt sich nach der Kopfstütze.

„Sentimental", fragt Karola, „als Erinnerung an einen alten Freund?"

Wesemann will sich erklären, findet die Sache aber zu kompliziert und lässt es.

„Oder möchtest du lieber hierbleiben?"

Wesemann schlurft zu Karolas Auto. Es zieht ganz schön in den Knochen, und Wesemann schnauft aus, als er endlich auf dem Beifahrersitz von Karolas Polo sitzt.

„Gute Fahrt!", ruft die Gänseliesel herüber, doch Karola schaut demonstrativ in die andere Richtung.

Eigentlich müsste Karola wenden, doch sie fährt einfach geradeaus den Berg hinunter am Waldrand entlang.

„Kennst du dich hier aus?", fragt Wesemann vorsichtig.

„Es gab auch mal eine Zeit vor dir", grummelt Karola, „und jetzt lenk mich nicht ab, ich muss mich auf den Weg konzentrieren."

Wesemann sagt kein Wort mehr, kauert sich auf dem Beifahrersitz zusammen und stöhnt gelegentlich über einer Bodenwelle heftig auf.

„Einen Mitleidsbonus gibt es nicht!"

Karola biegt nach links ab, Wesemann richtet sich ein wenig auf, schaut aus dem Fenster und kennt sich plötzlich wieder aus. Rechts der Grüne Jäger, da hat er mal fantastische Rouladen mit Rotkohl und Klößen gegessen. Dann weiter nach Halvestorf. Hätte es auf Anhieb geklappt, hätte er kein schrottreifes Auto hinterm Gänsehaus stehen. Im Rückspiegel schaut Wesemann nach einem orangefarbenen Suzuki. Nichts. Er kann sich entspannen, aber das kann auch ganz schön wehtun. Landesstraße 433 Richtung Hameln. Es reicht auch, das Herumgegurke durch die Walachei.

„Soll ich dich ins Krankenhaus bringen?"

Wesemann hebt abwehrend die linke Hand.

„Dann bringe ich dich nach Hause. Aber mach dir keine falschen Hoffnungen. Du legst dich auf die Couch, ich decke dich zu und leg das Telefon auf den Couchtisch, dann verschwinde ich."

Wesemann nickt ganz vorsichtig, Karola stützt ihn die Treppe hinauf, Wesemann lehnt sich gegen die Wand, wartet, Karola wartet auch. „Ich habe keinen Schlüssel mehr." Sie streckt ihm ihre Hand entgegen, Wesemann sucht, seine Hände zittern, findet schließlich den Wohnungsschlüssel. Karola bringt ihn in die Wohnung, er stellt die Kopfstütze vom Corsa im Flur ab, geht ins Wohnzimmer, lässt sich bäuchlings auf die Couch fallen und schläft sofort ein. Karola legt eine Decke über ihn und geht. Kommt allerdings nicht weit. Ein Blick in die Küche stoppt sie abrupt. Was für ein Durcheinander und dieser Geruch nach Brathering. Wesemann hat bestimmt die leere Dose noch nicht entsorgt. Eigentlich sollte sie das alles gar nichts angehen, aber dann schließt sie die Wohnungstür und begibt sich in die Küche, lässt heißes Wasser ins Spülbecken, entfernt die Reste aus den aufgerissenen Konservendosen, sortiert sie in einen separaten Plastikbeutel. Die Zeit vergeht, langsam kehrt Ordnung ein ins Chaos, da klingelt es an der Haustür. Karola geht zur Sprechanlage:

„Ja?"

„Hier ist Hanni. Hast du vergessen, dass wir verabredet sind?"

„Sind wir?" Karola lässt die Haustür aufspringen.

Es dauert nicht lange, bis Hanni die letzten Stufen in die erste Etage hinaufgestapft kommt. Sie sieht Karola überrascht an. „Ich wollte zu meinem Wesemännchen."

„Sie sind sicher, dass es *Ihr* Wesemännchen ist?"

„Aber sicher, und Sie sind die Putzfrau?" Karola verschlägt es die Sprache. Hanni schiebt sie zur Seite, ruft in die Wohnung: „Wesemännchen, wo bist du? Hast du mich schon sehr vermisst?"

Ein unartikuliertes Stöhnen antwortet ihr aus dem Wohnzimmer.

„Na warte", murmelt Karola, „vielleicht dein letzter Seufzer." Sie geht hinter Hanni hinüber ins Wohnzimmer. Hanni kniet neben der Couch, sie streichelt Wesemanns Schulter, Wesemann ächzt.

„Sie tun ihm weh!"

„Woher wollen Sie das wissen?"

„Nehmen Sie einfach mal Ihre Hand weg ..."

Hanni hält inne, Wesemann schnauft nur noch, Hanni schaut Karola an. „Ich habe ihn beruhigt."

„Natürlich."

Karola setzt sich auf einen Stuhl, ganz vorne auf den Rand, startbereit. „Sie kennen Herrn Wesemann schon länger?" Mit einer herumliegenden Serviette wischt sie die Fingerabdrücke von der Glasplatte des Couchtischs.

„Noch nicht so lang", sagt Hanni. „Ich bin sozusagen in einer Notlage eingesprungen. Er hat mir so leidgetan."

„Ach."

„Seine Frau hatte ihn gerade wegen eines arroganten Immobilienmaklers verlassen. Er hat am ganzen Leib gezittert, als würde er heftig frieren."

„Und da haben Sie ihn gewärmt?"

„Nicht einfach so. Wir sind dann zu mir gefahren und ich habe ihn ... nun ja ... da hat er dann auch nicht mehr gefroren." Hanni erhebt sich. „Aber ich wüsste nicht, was Sie das angeht.".

„Was mich das angeht?" Karola erhebt sich ebenfalls.

„Kümmern Sie sich lieber ums Aufräumen. Die Wohnung sieht doch aus, als würde hier ein Messi ..."

Karola hält inne, schluckt trocken. „Das ist meiner und wenn ihn jemand wärmt, dann immer noch ich!" Sie packt Hanni an den Schultern, dreht sie um und schiebt sie grob in den Flur.

Hanni ist so überrascht, dass sie sich nicht wehrt. Nur verbal: „Kein Wunder, dass er es vergessen hat. Sie ... Sie ..."

Karola öffnet die Wohnungstür und stößt Hanni in den Flur.

„Behalten Sie ihn doch! Ich habe es gar nicht nötig, mich mit so einem alten Sack ..."

Karola macht zwei energische Schritte auf Hanni zu, und Hanni stolpert erschrocken die Treppe hinunter.

Karola knallt die Wohnungstür ins Schloss. Im Flur atmet sie mehrmals kräftig durch. Sie schaut in den Spiegel, versucht, ihre Fassung wieder zu gewinnen, schafft es nicht ganz, das Adrenalin ist zu stark. Sie geht zurück ins Wohnzimmer, Wesemann liegt auf der Couch und schnarcht. Zwei Frauen haben sich wegen ihm gefetzt, aber er liegt auf der Couch und schläft.

„Weißt du, was du für mich bist? – Ein elender Feigling, ein *Sexomane,* du bist Müll! – Müll! Müll! Müll!"

Sie eilt in die Küche und holt die Plastiktüte mit den ausgeleerten Konservendosen. „Bloß damit du es beim Aufwachen nicht schon wieder vergessen hast …“, und leert die Plastiktüte über seinem Rücken aus. „Dreck, Abfall, Scheißkerl!“

ZEHN

Als Wesemann aufwacht, ist es kein Aufwachen, eher eine Flucht aus einem bizarren Traum. Er sitzt in einer halb geleerten Blechdose mit Heringsfilets in Tomatentunke und rudert, was das Zeug hält. Verfolgt wird er von einer Konservendose Hühnertopf mit Muschelnudeln und einem Plastikbecher rote Grütze mit bereits grüner Vanillesoße. Sie jagen über ein Meer der üblen Gerüche, ihr Ziel ist die Reihe verschiedenfarbiger Mülltonnen auf der Kaimauer. Grün Bio, Gelb Plastik, Blau Papier und Schwarz für den Rest.

Wesemann verlassen die Kräfte, er passt einen Augenblick nicht auf, wird seitlich vom Hühnertopf gerammt, gerät mit seiner Heringskonserve in Schieflage, versinkt im Meer der üblen Gerüche und wird von einem stechenden Schmerz im linken Oberarm geweckt. Wesemann schreit auf. Unter Wasser? Er öffnet die Augen und liegt auf dem Rücken neben der Couch. In der Hand hält er eine Konservendose Spaghetti mit Tomatensoße, im Gesicht klebt eine Schmiere, die nach Erdnussbutter riecht und schmeckt.

Mit einer Hand stützt sich Wesemann auf dem Sitzpolster der Couch ab, richtet sich auf, schaut sich verwirrt um und hält die Luft an.

Wie ist er hierhergekommen und warum sieht er so aus wie er aussieht? Das kann er klären, wenn er sich erst wieder in einen Menschen zurückverwandelt hat.

Er schlurft in die Küche, steckt zwei Plastik-Abfallsäcke ineinander und sammelt den herumliegenden Müll ein. Dann zieht er sich aus, stopft die Wäsche in den Wäschekorb im Badezimmer. Er stellt sich unter die Dusche. Um wieder zu sich zu kommen, verordnet er sich eine Wechseldusche. Heiß, kalt, heiß – kalt lässt er weg. Seine Erinnerung kehrt zurück, seine Flucht durch die Berge, der orangefarbene Suzuki, Gänseliesel und der Cognac. Karola! Karola hat ihn gerettet. Ein neuer Anfang! Die eingefahrene Mauer, sein zerstörter Corsa und ... da war noch etwas, was ihn bedrängt hat.

Wesemann trocknet sich ab, putzt sich besonders gründlich die Zähne, zieht sich an und isst eine trockene Scheibe Brot. Er wird Couch und Teppich absaugen und dann den Boden aufwischen müssen.

Wesemann geht in den Flur, um den Staubsauger zu holen. Er stoppt abrupt, die Kopfstütze! Das war die Verunsicherung. Der Schuss und dann das Loch in der Kopfstütze.

Er greift nach der Kopfstütze, will erst zurück ins Wohnzimmer, setzt sich dann aber in die Küche. Er besieht sich das Loch auf der linken Seite der Stütze. Kaum zu erkennen.

Wesemann holt eine Lupe aus der Schreibtischschublade. Ein Loch und sonst nichts. Vorsichtig versucht er, das Loch zu erweitern, schiebt den kleinen Finger hinein, tiefer, noch ein wenig tiefer, er trifft auf etwas Hartes. Fühlt sich fast an wie ein ... Wesemann humpelt mit Kopfstütze am Finger zur Besteckschublade, nimmt ein spitzes scharfes Messer heraus, setzt sich wieder und legt die Kopfstütze auf den Tisch.

Vorsichtig erweitert er mit dem Messer das Loch im Mikrofaserbezug, tiefer und tiefer, dann blitzt für einen Moment ein metallener Gegenstand auf, Wesemann arbeitet sich weiter vor und befördert schließlich ein Projektil ans Küchenlicht. Das ist der Beweis, es wurde auf ihn geschossen. Wesemann spürt, wie ihm Schweiß auf die Stirn tritt. Er wird sofort HK Bertram anrufen. Ein Griff zum Handy. Wo ist sein Handy? Ist auch egal, HK Bertram ist doch nicht mehr in der Polizeiinspektion. Aber sein Nachfolger wird den gleichen Aufgabenbereich zugeteilt bekommen haben und sich um Wesemann kümmern. Oder auch nicht. Vielleicht weiß er gar nichts von Wesemann. Am besten, er schnappt sich Kopfstütze und das graue Projektil und geht hinüber in die Zentralstraße. Sofort! Nur noch rasch das Fenster im Wohnzimmer aufmachen und den Abfallsack in den Keller stellen. Vielleicht kommt Karola zurück, dann soll es ordentlich aussehen. Wie ist überhaupt der ganze Müll ins Wohnzimmer gekommen? Er hat jetzt erst einmal Wichtigeres zu klären.

Zentralstraße, Polizeiinspektion, müsste mal gründlich renoviert werden. Besonders die Ausnüchterungszellen. Aber wer wird da schon eingesperrt?

Frau Klumke am Empfang kann ihn sicher auf HK Bertrams Nachfolger einstimmen. Am Empfang sitzt ein junger Mann. Laut Namensschild Manuel Gökdal. Da wird sich Wesemann wohl selber durchbeißen müssen.

Der junge Mann telefoniert, nennt ihm eine Zimmernummer. Die alte wie bei HK Bertram. Ein gutes Omen. Erster Stock, ein paar Türen den Gang hinunter, Wesemann klopft an.

„Herein!“, klingt es ziemlich forsch.

Wesemann will da nicht zurückstehen und öffnet schwungvoll die Tür. Ein paar Blätter segeln vom Schreibtisch. Eine schmale Frau mittleren Alters versucht, sie festzuhalten, klein und drahtig, die Haare zu einem Pferdeschwanz zusammengebunden.

Wesemann ist schon im Raum und hebt die herabgesegelten Blätter auf.

„Sie wollten mich sprechen?“ Auf dem Schreibtisch ein Namensschild: Hauptkommissarin Thekla Underberger.

„Ja, eigentlich ...“ Wesemann weiß nicht, wohin mit der Kopfstütze, legt sie auf den Besucherstuhl, da bleibt kein Platz mehr für ihn. Die Hauptkommissarin schaut ihm bei seiner unbeholfenen Aktion zu.

„Soll ich mich für unser Gespräch auch hinstellen?“ Die Hauptkommissarin grinst. „Von wegen Augenhöhe. - Nehmen Sie sich den Stuhl neben dem Aktenschrank, er wurde extra für Sie freigehalten.“

Wesemann setzt sich, schaut auf den Boden.

„Was kann ich für Sie tun?“, fragt die Hauptkommissarin.

Wesemann berichtet von der Verfolgungsjagd durch die blauen Berge. Das etwas unglückliche Zusammentreffen mit der Feldsteinmauer lässt er allerdings weg.

„Ist wohl eine wilde Gegend, das Weserbergland?“, fragt die Hauptkommissarin.

„Wie man's nimmt.“

„Nehmen wir's auf krowadisch.“

„Wie bitte?“

„Nicht so wichtig. Hans Moser in der berühmten Kofferszene aus dem Film *Hallo Dienstmann.* - Sie waren gerade dabei, von einer wilden Verfolgungsjagd zu berichten.“

„... die Seitenscheibe zersplittert, irgendetwas zischt an meinem Kopf vorbei und schlägt in die Kopfstütze des Beifahrersitzes ein. Zu Hause hab ich dann genauer nachgesehen und dieses Projektil in der Kopfstütze gefunden.“ Er legt den grauen Metallgegenstand vor HK Underberger auf den Schreibtisch.

HK Underberger greift nach einem Papiertaschentuch, hebt das Projektil mit dem Taschentuch auf, sieht es sich von allen Seiten an. „Ich werde zeitnah ein Protokoll aufsetzen, das Sie dann unterschreiben müssen."

„Sonst nichts?"

„Natürlich", sagt HK Underberger und schiebt Wesemann ihre Visitenkarte zu. „Wenn sich Neuigkeiten ergeben, können Sie mich jederzeit anrufen – während der Dienstzeiten. Ansonsten erreichen Sie unter der Telefonnummer die Bereitschaft."

„Mehr wollen Sie nicht unternehmen?" Wesemann ist empört, da hätte ihn beinahe jemand ins Jenseits befördert und die neue Bertram ist nicht einmal beeindruckt.

„Kennen Sie sich mit der Polizeiarbeit aus?"

„Ein wenig."

„Aha", sagt sie, „so einer sind sie", und denkt bestimmt: Klugscheißer!

„Ich bin Rundfunkjournalist und habe mit Ihrem Vorgänger vertrauensvoll zusammengearbeitet."

„Warum sollten wir das ändern?"

„Weil, äh …", hat sie doch nicht Klugscheißer gedacht?

„Die Kriminaltechnik wird das Projektil untersuchen und mit unserer Datenbank vergleichen. Vielleicht können wir die Kugel einem Schießeisen zuordnen, dann sind wir schon einen Schritt weiter."

„Sie informieren mich?" Jetzt ist Wesemann dran, seine Visitenkarte über den Schreibtisch zu schieben. „Ich bin übrigens rund um die Uhr zu erreichen, das bin ich der Öffentlichkeit schuldig."

„Ich werde von dem Privileg sicher keinen Gebrauch machen."

Wesemann steht auf. „Vielen Dank!" Er reicht HK Underberger die Hand und wendet sich zur Tür.

„Nur eine Frage noch?"

Wesemann bleibt stehen, schaut HK Underberger an.

„Sie sind sicher, dass der Einschuss ganz frisch ist?"

„Natürlich. Ich habe Ihnen doch berichtet, wie es dazu gekommen ist."

„Na ja. Wenn einer auf Sie geschossen hat und das Projektil bleibt in der Kopfstütze des Beifahrersitzes stecken, müsste doch zwischen dem Schützen und der Kopfstütze eigentlich Ihr Kopf im Weg gewesen sein? – Ist Ihnen irgendwann vorher schon einmal eine kaputte Scheibe an der Fahrerseite aufgefallen? Es könnte doch sein, dass jemand aus Jux auf Ihr abgestelltes Auto ..."

„Nein, nein, da war nichts!" Wesemann geht. So leicht wird er es ihr nicht machen und von der eingeschlagenen Scheibe am Vatertag erzählen. Soll die Polizei doch ermitteln. Einfach mal sehen, was dabei herauskommt.

Von der Zentralstraße ist es nicht weit bis zur Deisterstraße. Er wird seinen Freund Engin besuchen. Obst und Gemüse vor und im Geschäft sortiert, poliert, gestapelt. Engin begrüßt seinen alten Freund mit überschwänglicher Herzlichkeit. „Du schlechter Mensch, lange nicht blicken lassen, aber jetzt alles gut, koche uns Mokka." Ein Mokka, der auch Wesemanns letzte schlummernde Lebensgeister wecken wird.

„Wie geht's?"

„Und selbst?"

„Was macht die Frau?"

„Was Frauen so machen."

Jetzt muss Wesemann irgendwie auf Engins Beziehungen zur Automobilbrache kommen, ohne allzu aufdringlich zu erscheinen.

„Auch die Verwandtschaft gesund und munter?"

„Viel Arbeit, nix Verdienst. Hab jetzt Kundenparkplatz im Hof, kannst du Auto abstellen, wenn du Sack Reis kaufst."

Wesemann hat noch nie einen Sack Reis gekauft, höchstens mal umgeworfen, aber den Scherz schenkt er sich, könnte schwer werden mit der Übermittlung. Aber die Vorlage *Parkplatz* wird er sofort nutzen. „Deinen Parkplatz im Hof würde ich gern ausprobieren ..."

„Noch einen Mokka?"

Wesemann nickt. Wozu braucht er noch seinen normalen Blutdruck, wo doch alles den Bach runter geht. Aber ein neues Auto braucht er. „... aber mein Auto ist kaputt. Total. Kann auch nicht mehr repariert werden. Ich hab einen Augenblick nicht aufgepasst und da hat ihn so eine hinterhältige Felssteinmauer ohne Vorwarnung gerammt."

Engin lacht, holt den Mokka. „Und jetzt brauchst du Auto?"

„Es geht auch ohne, aber nur schlecht, zumal mir auch mein Fahrrad abhandengekommen ist."

„Hast du dich schon für neues Auto entschieden?"

„Neues Auto? – Ich hab *neu* verstanden. Wovon soll ich das Geld nehmen, bin schließlich kein Anlageberater oder Wertpapierhändler."

„Da hast du recht."

Beide schlürfen am schwarzen bitteren Inhalt ihrer kleinen Tassen. Wesemann, du musst direkter werden, sonst stehst du heute Abend noch hier oder wirst nach dem sechsten bis zehnten Mokka in die Notaufnahme der Sana-Klinik eingeliefert.

„Wie geht es deinem Cousin Faruk und seinen sieben Kinder?“

Faruk hat als nebenberuflicher Automechaniker zwei Garagen in der Nähe des Hamelner Bahnhofs gemietet und repariert Autos. Aber nur für seine besten Freunde. Erklärt Faruk jedenfalls dem Finanzamt.

„Fünf! Und allen geht es gut. Das kleinste bekommt gerade Zähne, das zweite hat sich beim Fußballspielen den Arm gebrochen, das dritte …

„Faruk hat mir mal von einem befreundeten Autohändler in Holtensen erzählt, der gebrauchte Autos verkauft.“

„In Holtensen? - Ach, du meinst Umut Kisa! - Auch Cousin. Hat exklusives Gebrauchtwagengeschäft in Herkensen. Nur BMW. Groß, schick, teuer.“

Wesemann stellt seine Mokkatasse ab, nimmt sich eins von den türkischen Köstlichkeiten aus der Glasschale, zuckt zusammen, er wird demnächst zum Zahnarzt müssen.

„Schade“, sagt Wesemann, „BMW kann ich mir nicht leisten.“

„Kannst du, kannst du! Du bist doch mein Freund, ich rufe gleich an.“ Engin dreht sich um und geht in einen der hinteren Räume. Wesemann kann nicht widerstehen und nimmt sich Lokum, wie Engin das kleine Viereck benannt hat. Weich, klebrig, transparent gelblich. Sein Onkel hat Türkischer Honig dazu gesagt. Wieder dieser stechende Schmerz im Unterkiefer, er wird den Zahnarztbesuch nicht allzu weit hinausschieben können.

Engin kommt zurück, strahlt. „Du bist Glückspilz. Umut hat gerade ein große Auswahl von Autos im Angebot, genau richtig für dich.“

„Das ist wirklich nett von dir, aber ich kann mir einfach keinen BMW …"

„Wer spricht denn von BMW? – Pontiac, Jaguar oder Mercedes? – Nicht erschrecken, lachen, war Scherz!"

„Noch so ein Scherz und ich fang an zu weinen!"

„Keine Panik, Umut hat hinter der Halle noch einen Renault Twingo, mit Faltdach, Winterreifen und Radio."

„Wie viele Kilometer, und was soll er kosten?"

„Verhandelbar."

„Der Kilometerstand?"

„Auch!"

Wesemann will Engin die Hand reichen. „Ich werde es mir überlegen. Erst einmal vielen Dank."

„Nicht erst überlegen, gleich hinfahren. Vielleicht Auto morgen weg."

„Und wie soll ich nach Herkensen kommen?"

„Mit Fahrrad. Halt, war auch Scherz! Ich fahr dich, wozu hat man Freunde." Er geht zwei Schritte in Richtung der privaten Räume. „Nilay, ben Wesemann 'la Herkensen' e gidiyorum, kısa zamanda dönerim."

Engin führt Wesemann durch einen Hinterausgang in den Hof. Zwei schwarze BMW stehen in unmittelbarer Reichweite. Breite Reifen, dunkle Scheiben. Engin grinst. „Spielzeug für die Kinder." Er geht zu einem hellbrauen VW T5 Transporter, lässt die Türverriegelungen klicken, Wesemann setzt sich auf den Beifahrersitz. Kaum sind sie auf der B 1 in Richtung Coppenbrügge, klingelt Wesemanns Handy. Teilnehmer unbekannt.

„Geh ran", Engin lacht, „vielleicht ist es der Papst!"

Wesemann meldet sich.

„Ich bin's."

„Wer ist ich?"

„Warum bist du so gemein? Ich, Hanni, wir waren zum Sushi verabredet."

„Wir waren … entschuldige, total vergessen", sagt Wesemann.

„Einmal will ich dir noch vergeben, weil ich etwas viel Wichtigeres habe."

Wesemann denkt an Steak englisch, tausendjährige Eier oder gefüllten Fisch.

„Unser Theaterstück wird sensationell."

„Wer wird was?"

„Ich habe mir das so gedacht: Wir schreiben ein Stück über die größte Sehenswürdigkeit des Stifts Hollenbusch, das Tafelbild mit den sechs Medaillons aus dem Leben der edlen Frau Gertrudtis. Das Tafelbild in der Stiftskirche stammt aus dem 16. Jahrhundert und stellt auf sechs Medaillons die Gründungsgeschichte des Stifts dar ..."

ELF

Wesemann hat das Handy in die Jackentasche gesteckt, ohne das Gespräch zu unterbrechen. Engin lenkt den Kastenwagen in einen größeren Hof. Über der Einfahrt ein großes Transparent: *Neue und neuwertige Gebrauchtwagen mit Garantie.* Wie das wohl gemeint ist? Links das Büro, ein frisch gestrichener Bauwagen mit Satellitenantenne, rechts ein niedriges Holzgebäude mit großen Glasfenstern. Engin hupt kurz, ein Mann kommt aus dem Büro, Engin steigt aus, die beiden Männer umarmen sich, Engin stellt Wesemann vor. Engin und sein Cousin Umut unterhalten sich auf Türkisch, beide lachen, der Umut winkt Wesemann mit einem Schlüsselbund. Die Männer stiefeln um das Ausstellungsgebäude herum, neben der Werkstatt mit offenem Garagentor steht der Twingo. Wesemann geht um das Auto herum, die beiden Männer lächeln ihm halb mitleidig, halb aufmunternd zu. Wesemann gefällt das Auto. Er würde es gerne mal zur Probe fahren. Doch Umut hat den Autoschlüssel vergessen. Kilometerstand? Kann man von außen nicht erkennen. „Preis?", fragt Wesemann. „Mit Faltdach sehr begehrt!", sagt Umut.

„Preis?", fragt Engin.

„Fünfzehn."

„Preis!"

„Tausend!"

„Wesemann ist ein guter Mann und mein Freund."

„Also … sechshundert."

„Gut."

„Zusätzlich die Winterreifen und …"

„Nichts zusätzlich!", sagt Engin. „Fünfhundert mit Garantie."

„Ohne Garantie."

„Mit!"

„Drei Wochen, höchstens."

„Ein Jahr."

„Du ruinierst mich. Kauf BMW, fünf Jahre Garantie."

„Was sonst noch, vielleicht Lederlenkrad, Sitzheizung und Navi?"

„Nur neuen TÜV." Engin nickt Wesemann zu, Wesemann streckt Umut seine Hand hin. Umut schickt einen verzweifelten Blick zum Himmel, Engin gibt ihm einen Stoß und Umut schlägt zögernd ein. „Und Schrotthaufen muss abgeholt werden aus – wie heißt das?"

„Wördeholz."

„Wo ist das denn, Bayern?"

„Weser abwärts, dann links hinauf in die Berge", sagt Wesemann.

„Das kostet aber extra", meint Umut.

„Schrottpreis: Kilo fünfzehn Cent."

„Und Transportkosten?"

„Ein paar neue Fußmatten für den Twingo und alles fertig bis Donnerstag."

„Kannst du nächstes Mal deine Freunde zu andere Cousin bringen?"

Die drei Männer lachen in unterschiedlicher Färbung. Umut verschwindet im Büro und Wesemann fährt mit Engin nach Hameln zurück.

Gerade will sich Wesemann so richtig freuen, da klingelt wie auf Verabredung das Handy.

„… und was das Schönste ist, du verdienst richtig gutes Geld mit unserm neuen Theaterstück."

„Lass den Quatsch", sagt Wesemann, „ich schreib dir ein paar Zeilen für deine Theatergruppe und damit ist gut."

„Ich meine es ernst. Es gibt über dreißig Damenstifte in Deutschland und die meisten haben ein anspruchsvolles Veranstaltungsprogramm. Bei fünf Stiften habe ich bereits angerufen, sie sind durchaus interessiert an unserem Projekt. Du musst dann unser Stück nur noch auf die örtlichen Gegebenheiten umschreiben, dann rollt der Rubel."

„Wie viel?"

„Ich denke so an tausend für die Aufführungsrechte."

„Das hört sich …"

„Siehst du. Aber gleich eingeschnappt sein, wenn ich mal was von dir will. Wir könnten doch bei einem Glas Rotwein über das Stück sprechen. Ganz unverbindlich und unverfänglich."

„Ohne Sushi?"

„Ohne allem!" Hanni kichert. „Wir können unsere interessante Verbindung nicht einfach so im Raume hängen lassen." Jetzt prustet sie los.

„Ich überlege es mir." Wesemann legt auf.

„Und Frau zu Hause?", fragt Engin.

„Frau nicht mehr zu Hause."

„Oh. Dann kommen zu uns. Heute gibt's Pilav Üstü Kuru Fasulye - glaube ich. Wenn nicht, lassen wir Pizza kommen."

Jetzt wackelt der ganze Kastenwagen vom Lachen der Männer.

„Nilay biz döndük. Wesemann yemege kaliyor!", ruft Engin in den Laden, als sie zurück sind. Es wird ein langer Abend, der sich locker bis in die Nacht zieht.

Trotzdem ist Wesemann am nächsten Morgen ausgeschlafen und munter. Er holt sich zwei Schnittbrötchen, ein süßes Rosinenbrötchen und geht sogar noch zum Metzger und gönnt sich ein Stück grobe Leberwurst und zwei Scheiben gekochten Schinken. Als er zurückkommt, blinkt das rote Licht am Anrufbeantworter. Wesemann lässt es blinken und widmet sich seinem Frühstück mit mehreren Tassen Kaffee und seiner Morgenzeitung. Gerade überfliegt er die Familienanzeigen, Tod, Tod, Tod, Heirat und Fabia Lea freut sich über ihr Brüderchen Emilian Jannis, da klingelt es an der Haustür. Wesemann tippt auf den Postboten, betätigt den Türöffner, ohne sich über die Gegensprechanlage zu vergewissern.

„Guten Morgen, Herr Wesemann! Ich war gerade in der Stadt und habe gedacht, ich komme auf einen Sprung vorbei. Ich habe Neuigkeiten."

„Auf dem Ohr bin ich taub."

„Darf ich mich wenigstens für einen Moment setzen?"

„Ich bin doch kein Unmensch", sagt Wesemann und schlurft voraus in die Küche, „obwohl es gelegentlich behauptet wird. Kaffee?"

„Gern!" Bevor sich Felicitas Vogelsänger gesetzt hat, beginnt sie ihren Bericht. „Die ganze Sache wird immer mysteriöser, ein Schuss Milch, bitte, keinen Zucker. Unsere neue Stiftsdame ist dabei, ihren Stand im Stift aufzuwerten. Aber nicht mehr als eine Brötchenhälfte, ich habe schon gefrühstückt, vielleicht mit Schinken? Laurena von Kuttler will also mit einer namhaften Spende zur Renovierung des Chorgestühls beitragen. Knapp zwanzigtausend Euro."

„Geben ist seliger denn nehmen!" Bevor Felicitas Vogelsänger auch noch Anspruch auf die zweite

Scheibe Schinken erheben kann, belegt sich Wesemann seine zweite Brötchenhälfte doppelt.

„Woher nimmt sie das Geld? Sie war Bibliothekarin in einer kleineren Stadtbücherei, sagt sie. Verdient man da so viel? Gut, sie kann gewonnen oder geerbt haben. Aber da wollte ich sicher gehen und hab unserem Amtmann ein wenig auf den Zahn gefühlt. Ihm ist nichts von einer Erbschaft oder einem Gewinn bekannt. Außerdem hat er sich einen Magen-Darm-Virus eingefangen und war ständig unterwegs zwischen Büro und Toilette. Noch ein Tässchen Kaffee? Aber gern, Herr Wesemann. Ich habe mir also die Akte über den Tisch gezogen und schnell alles abgeschrieben." Sie kramt in ihrer großen, knallroten Handtasche, passend zu ihrem Lippenstift, glättet das hervorgeholte Blatt Papier mit der Handkante und schiebt es Wesemann über den Tisch:

Laurena von Kuttler, 1946 als Laurena Meier in Flensburg geboren, Besuch des Alten Gymnasiums, Ausbildung zur Bibliothekarin. 16 Jahre verheiratet mit Walter Egon von Kuttler, Beamter im auswärtigen Dienst. Er starb am Herzinfarkt in Sofia, Laurena von Kuttler kehrte 2009 nach Deutschland zurück und nahm ihre berufliche Tätigkeit wieder auf. Letzter Wohnort Winsen (Luhe). Für die Zeit von 1964 bis 1993 hat sie keine näheren Angaben gemacht.

„Ich bitte Sie", sagt Felicitas Vogelsänger, „keine Angaben für die Zeit von 1964 bis 1993, sie hätte doch ihre Büchereien durchaus als Tätigkeitsfeld angeben können. Nichts. Aber die Restaurierung des Chorgestühls finanzieren. Da stimmt etwas nicht."

„Hm."

„Nein danke", Felicitas Vogelsänger hält ihre Hand über die Kaffeetasse, „ich muss mich sputen, hab noch einen Friseurtermin und den will ich nicht verpassen. Nun sagen Sie selbst, ist das nicht alles sehr, sehr merkwürdig?"

„Ich halte einen Friseurtermin für völlig normal."

„Sie sind wirklich ein humorvoller Mann, Herr Wesemann, und Humor ist bei einem Mann wichtiger als Haare."

Sie lächelt ihm zu. Sollte das nun ein Kompliment sein. Wesemann, halt dich zurück! Felicitas Vogelsänger verabschiedet sich mit einem Küsschen auf die Wange und ist auch schon weg.

Einzeln für sich betrachtet sind die Fakten völlig unauffällig, aber in einen willkürlichen Zusammenhang gebracht erscheinen sie durchaus ... belanglos. Wesemann widmet sich wieder der Wochenendausgabe der Tageszeitung. Er ist noch nicht einmal bei den Tagesthemen angekommen, da meldet sein Handy den Eingang einer SMS.

Baxmann. Warum ruft er nicht an? Befürchtet wohl, dass Frau Weber den Anruf annehmen könnte. Oder er braucht etwas Schriftliches, um es ablegen zu können.

Wo bleibt der Bericht über die Wolfssichtung am Lüningsberg?

Fehlsichtung.

Ab zum Augenarzt, wir brauchen den Radiobericht.

Wolf war Schäferhund.

Mist. Da gab es doch mal was mit einem Luchs im Ith.

Bitte nicht.

Keine persönlichen Befindlichkeiten.

Wesemann mag nicht, will sich aber nichts nachsagen lassen, was seinen Einsatz beim Sender gefährden könnte, und durchstöbert das Archiv der Dewezet.

Noch eine Tasse Kaffee, dann schreibt er Baxmann eine E-Mail:

Angeblich zwei Tiere regelmäßig in der Gegend unterwegs. Rehbock gerissen. Bissspuren vom Luchs. Ortsansässiger Jäger: Man sollte den Luchs und auch den Wolf mit in die Jagd aufnehmen, um ihn dann in zumutbaren Stückzahlen zu halten. Dagegen der Diplombiologe von der Tierärztlichen Hochschule Hannover: Wir verlieren sicher mehr Rehwild auf der Straße als durch Luchse.

Der Wolf ist kein Wolf, der Luchs ist schon wieder in den Solling abgewandert, und ich habe keine Lust mehr auf Wildbret! Sicher ein lohnendes Thema für Ihre überaus fähigen Praktikanten!

Gruß Benno Bonifaz.

Tausend Euro für die Aufführungsrechte von einer Theatergruppe? Ist vielleicht ein guter Nebenverdienst, wenn ihm die Sache locker von der Hand geht.

Wesemann recherchiert im Internet. An einem Theaterstück über die Gründungslegende hat sich schon jemand versucht. Manfred Hausmann. Bekannter deutscher Schriftsteller, Journalist und Laienprediger. Mit durchschlagendem Erfolg, wie das *Hamburger Abendblatt* im Dezember 1955 schreibt:

Die Aufführung konnte mit einer Fürbitte für den Herrn Landesbischof enden. Vor ihrem Beginn hatte er das Wort genommen, um diesen Spielabend des Evangelischen Männerwerkes mit seinen bischöflichen Gedanken zu begleiten. Am Schluss seiner Ansprache erlitt er, am Podium stehend, einen Schwächeanfall. Es entstand eine bedeutsame Pause, in der man sich fragte, ob man danach noch spielen dürfe. Aber man durfte spielen, dieses Stück vor dieser Gemeinde, das für Gläubige und Suchende geschrieben wurde und nicht für ein Publikum im Theater. Man durfte es spielen, um danach zu beten.

Das Beten schenkt sich Wesemann, die Geschichte auch. Und das Theaterstück erst recht. Obwohl er die Euros für die Aufführungsrechte gut gebrauchen könnte.

Baxmann ruft an, kein Wort mehr über Luchs oder Wolf, aber einige Aufträge für kleinere alltägliche Berichte: *Jack Russell Terrier vereitelt Raub – Zeugen gesucht, Veranstaltungsplakat entwendet – Polizei bittet um Hinweise, 160 Teilnehmer zum Esperanto-Kongress erwartet.* Schließlich hält es Wesemann nicht mehr aus, er ruft Karola an. Ein Fortschritt, sie legt nicht gleich auf: „Was willst du?"

„Ich möchte mich für deine Hilfe nach meinem Unfall bedanken."

„Geht es dir wieder besser?"

Juchhu, sie hat an ihn gedacht. „Es geht so."

„Tut mir leid wegen der Müllaktion. Da bin ich wohl über das Ziel hinausgeschossen. Ich war einfach so sauer …"

„Na, klar. Versteh ich."

„Versteh mal nicht zu viel! Ich muss weitermachen. Kunden im Geschäft. Bis demnächst!"

Das lässt sich doch gut an, was heißt gut, einfach wunderbar!

Umut ruft an. Will zusätzlich fünfzig Euro für TÜV-Plakette. Original. Man einigt sich auf dreißig. Das Auto ist erst am Freitag abholbereit.

Felicitas Vogelsänger meldet sich. Ihr lässt der weiße Fleck in Laurena von Kuttlers Biografie keine Ruhe. Sie will nach Flensburg fahren, um an den Wurzeln zu graben. Da könnte ihr Wesemann als Fachmann für Recherchen doch ganz toll helfen. Ob er mitfahren wolle. Er brauche sich auch nicht an den Benzinkosten zu beteiligen.

„Nein!“

„Nein was? Benzinkosten oder Mitfahren?“

„Beides!“

„Schade! – Ich werde berichten, wenn ich zurück bin. Hoffentlich stelle ich an den richtigen Stellen die richtigen Fragen.“

„Wird schon“, sagt Wesemann, „viel Glück.“ Und was macht er mit der restlichen Zeit, bis er sein Auto abholen kann? Er wird sich einen Cappuccino kochen und noch einen und dann einen neuen L'Ondit-Bericht verfassen, wenn nichts Wichtiges dazwischenkommt. Die Gänseliesel aus Wördeholz hat ihm etwas geflüstert, als er sich nach seinem Corsa erkundigt hat und das Gespräch auf die lädierte Felssteinmauer kam. Baxmann wird den Bericht mit Kusshand nehmen und Karola ... wird hoffentlich bald einsehen, dass er von etwas anderem als Pflaumenmus leben muss. Und nach dem Bericht? Die Zeit bis Freitag wird sich ziehen. In letzter Zeit muss er immer mal wieder an diese mysteriöse Stiftsdame denken. Wenn Laurena von Kuttler tatsächlich Rosvita Zettl mit RAF-Vergangenheit ist, könnte sich eine große Story auftun. Ganz leicht kribbelt es Wesemann in den Fingerspitzen und die unkoordinierten Gedankenblitze schießen wild durch seinen Kopf. Kurz entschlossen ruft er Felicitas Vogelsänger an. Wann sie denn fahren will? Gleich morgen früh so gegen sechs.

„Sieben“, sagt Wesemann.

„Sieben“, bestätigt Felicitas Vogelsänger.

„Wir werden übernachten müssen."
„In getrennten Zimmern", sagt Wesemann.
„Worauf Sie sich verlassen können!"

Wesemann packt Unterhosen, Socken und Zahnbürste und einige Kleinigkeiten ein, die ein Mann so braucht. Dann macht er sich an den L'Ondit. Irgendwie steckt Wesemann in einem aufziehenden Hoch.

Der Marktplatz von L'Ondit zur Mittagszeit. Die Läden geschlossen, die Touristen am Schnellimbiss in der Fußgängerzone, die Herren vom Rat am weißen Tischtuch und Grauburgunder. Nur einer fehlt. Vorsichtig sichernd sieht er sich um und lässt dann einen handlichen Pflasterstein unter dem riesigen Teppich des Vergessens verschwinden. Symbolisch will er seine Handlung gewertet wissen, in Vertretung des gesamten Rats, schließlich will man die Sache mit den historischen Pflastersteinen am Münsterkirchhof so schnell wie möglich vergessen machen.

Seit vielen Jahrzehnten blickt Senior Schläger, ehemals Hauptpastor an der Hamelner Stadtkirche und 1823 Begründer von Sonntagsschule und Töchterschule, nun schon auf seine schöne Münsterkirche, hat viele Gläubige gesehen, die den Gottesdienst besuchten, Schüler auf dem Weg zu ihrer Schule am Wall und Touristen, die einen Blick in die Münsterkirche werfen wollen oder einfach nur ein ruhiges schattiges Plätzchen suchen. Einst fuhren hier Kutschen über die Pflastersteine bis zum Wendekreis und zurück, ihnen folgten die Automobile. So war nun mal der Welten Lauf. Doch eines Morgens fällt unser gütiger Senior Schläger fast von seinem steinernen Sockel. Straßenbauer haben über Nacht das historische Pflaster um ihn herum entfernt und alles geteert und gefedert, fehlen nur die Federn.

Blankes Entsetzen nicht nur bei Senior Schläger, selbst die Pastorin der Münsterkirche traut ihren Augen kaum. Die Umgestaltung sei einem historischen Gebäude vom Rang der Münsterkirche unangemessen.

Doch die Ratsherren können die Empörung nicht verstehen. Die Fahrbahndecke bedurfte einer dringenden Erneuerung und für den Rat gilt nun mal: „billig – will ich" ... und geteert ist „billig-will-ich" nun mal. Bloß ... wo sind die historischen Pflastersteine geblieben? Verschönern sie bereits die Garagenauffahrt eines Klüt-Refugiums oder den Grillplatz einer Architektenvilla. Man weiß es nicht – Senior Schläger verspricht, auf seinem Sockel Augen und Ohren für Hinweise offenzuhalten.

Benno Bonifaz für radioTOTAL – undercover.

Von Hameln bis Flensburg sind es gut dreihundertsechzig Kilometer, also mindestens dreieinhalb Stunden im kleinen schicken Peugeot Cabrio. Ein wenig laut das Autochen. Felicitas Vogelsänger wird heiser sein, wenn sie in Flensburg ankommen. Wesemann weniger, er sagt nicht so viel, hört mehr zu und erfährt so einiges.

Über das Stift, seine Keller und Speicher, Unter- und Übergänge und warum nur wenige Auserwählte einen Schlüssel für den Verbindungsgang zwischen den Stiftswohnungen haben, und warum ein verschwiegener Name in der Stiftschronik schon fast an Rufmord grenzt.

Alle Damen sind sehr auf ihren guten Ruf bedacht, da dringt nichts nach außen, was nicht da hingehört. Obwohl ... man ist natürlich weltoffen und der modernen Zeit zugewandt. Laurena von Kuttler unterhält sogar einen Facebook-Account mit einem sehr schmeichelhaften Profilbild von sich selber. Bestimmt schon zehn, fünfzehn Jahre alt. Manche der Stiftsdamen würden das schon als Hoffart betrachten, obwohl sie mangels Facebook das Foto überhaupt nicht gesehen haben.

Wesemann fallen die Augen zu. Sie steuern eine Raststätte an und Wesemann bestellt sich einen Pott Kaffee und eine Nussecke. Felicitas Vogelsänger wählt ein Schoko-Croissant zum Milchkaffee.

Warum sie nicht ins Stift eingetreten sei und in einer eigenen Wohnung in Höfingen wohne? Wollte Wesemann nicht fragen, wusste er auch gar nicht. Doch mit vollem Mund widerspricht man nicht. Felicitas Vogelsänger lächelt. „Eine neue Lebensperspektive ist schuld."

Wesemann schluckt, schickt noch einen Schluck Kaffee hinterher, sieht Felicitas Vogelsänger an. Sie lächelt so entrückt, Wesemann fragt: „Ein Mann?", und Felicitas Vogelsänger nickt fast schon verlegen.

„Stift geht später doch auch noch." Wesemann grinst. Man zahlt, getrennte Kassen, die Fahrt geht weiter, hinter Kaltenkirchen ist Wesemann eingeschlafen.

Hinter der Abzweigung von der A 7 auf die B 200 weckt Felicitas Vogelsänger Wesemann mit Händels Halleluja von der CD. Wesemann mag noch nicht aufwachen. Felicitas Vogelsänger nutzt Wesemanns Benommenheit. Es wäre doch ein bisschen komisch, wenn sie sich bei ihrer Recherche mit dem Nachnamen anreden würden.

„Hm."

„Ich bin also Felicitas, und du …"

„Wesemann!" Er ist hellwach. „Ich bin und bleibe Wesemann. Keine näheren Vertrautheiten."

„Na schön. Mich kannst du anreden, wie es dir in den Kram passt, Wesemann!"

ZWÖLF

Flensburg. Hanseatisch. Wasser, Wind, Bürgerhäuser, keine Hochhäuser, keine Parkprobleme. „Und was machen wir jetzt?", fragt Felicitas, als sie ihr kleines Cabrio am Hafen vorschriftsmäßig wie alle anderen Fahrzeuge im gekennzeichneten Parkbereich abgestellt hat.

„Ein Fischbrötchen", sagt Wesemann und steuert die nächstgelegene Fischbude an der Schiffsbrücke an. *Brathering, Fischfrikadelle, Bismarckhering, ger. Lachs und Marinaden.*

Wesemann bestellt sich ein Matjesbrötchen, Felicitas schließt sich an. „Aber mit wenig Zwiebeln!"

Die Fischbrötchen sehen richtig lecker appetitlich aus, als sie herausgereicht werden, Wesemann bestellt sich noch einen Kaffee und Felicitas eine Cola light.

Wesemann beißt mit großem Appetit in sein belegtes Brötchen, Felicitas trinkt erst einen Schluck Cola, dann sperrt sie den Mund auf, um in ihr Brötchen zu beißen und beißt ins Nichts. Eine dreiste Silbermöwe hat ihr die Mahlzeit aus der Hand stibitzt, Felicitas schaut konsterniert und sprachlos hinterher.

„Das ist Emma", sagt die Frau in der Fischbude, „sie ist bei uns angestellt und sorgt für erhöhten Umsatz. Eine Nachbestellung geht mit dreißig Prozent über die Theke.

Wesemann kaut, Felicitas lacht ein wenig gequält, bestellt sich dann ein Sandwich mit gekochtem Schinken und Ei. Die Frau in der Fischbude kassiert den vollen Preis. „Dreißig Prozent Nachlass gibt es nur bei gleichartiger Nachbestellung."

„Die nehme ich dann", mampft Wesemann mit vollem Mund.

Felicitas isst nur in kleinen Häppchen und kann dabei reden. „Wie gehen wir weiter vor?"

Wesemann schluckt, spült mit einem Schluck Kaffee nach und sieht sich um. „Bringt wohl nicht viel, irgendein älteres Semester anzusprechen und nach Laurena von Kuttler zu fragen."

„Wir könnten uns mit der Polizei oder einem Kirchenamt in Verbindung setzen."

„Was wollen wir dann fragen?"

„Allgemein nach Laurena Meier, ob etwas vorliegt."

Das zweite Fischbrötchen wird Wesemann aus der Fischbude gereicht. „Ich habe eine bessere Idee." Wesemann behält den Luftraum um sein Fischbrötchen im Auge und verscheucht mit energischen Armbewegungen jeden Anflug einer Kampfmöwe. „Wir sollten den *Förde Nachrichten* einen Besuch abstatten. Zeitungen sind doch meistens sehr stolz auf ihr Archiv, das bis in die Steinzeit zurückreicht."

„Und da bist du so mir nichts, dir nichts gerade draufgekommen?"

Wesemann überlegt, ob er sich gegen das *Du* wehren sollte, verzichtet dann aber zugunsten einer ungetrübten Stimmung. „Nö, ich habe im Internet recherchiert und unseren Besuch bereits angekündigt." Er schaut auf sein Handy. „Wenige hundert Meter in südliche Richtung."

„Und warum stehen wir hier?"

„Weil's hier die schönsten Parkplätze und die besten Fischbrötchen gibt."

Felicitas wirft ihr halbes Sandwich in die Abfalltonne und stiefelt hinterher. Wesemann trinkt noch einen Kaffee und schaut aufs Wasser.

„Bist du immer so dickfällig?", fragt Felicitas, als Wesemann schließlich ins Auto steigt.

„Nö“, sagt Wesemann, „aber wir haben noch Zeit, sind erst für zwölf Uhr dreißig verabredet.“

„Wenn du mich weiterhin so auflaufen lässt, gehe ich wieder zum *Sie* über.“

„Darüber lässt sich reden.“ Wesemann grinst.

„Jetzt erst recht nicht!“, schmollt Felicitas.

Sie werden freundlich empfangen. Vielleicht hofft man auf zwei neue Abonnenten. Weiterleitung über zwei Stationen bis zum Raum mit den deckenhohen Regalen und den engen Zwischenräumen.

„Tja“, sagt der Mann, der sich als Herr Hanssen vorstellt, Cordhose, kariertes Jackett, Rentenalter, „die letzten fünfzehn Jahre sind digital abrufbar. Da könnten Sie in einem schönen Zimmer mit Ausblick auf Land und Leute sitzen und sich bei einer Tasse Tee durch die Ausgaben scrollen. Aber so … 1960, das war ja zu Beate Uhses Glanzzeiten. Na, Sie werden sich schon durchfinden …“ Er weist mit einer großen Geste auf die Regale.

„Wo finden wir Sie“, fragt Felicitas, „wenn wir Fragen haben sollten?“

„Wo schon. Natürlich bei einer Tasse Tee in dem schönen Zimmer mit Ausblick auf Land und Leute.“

„Danke“, ruft Wesemann Herrn Hanssen hinterher, den nichts mehr in dem fensterlosen Raum hält.

„An der Förde war es wirklich schöner.“ Wesemann zieht seine Jacke aus und hängt sie über eine Stuhllehne. „Aber – wir sind hier zum Arbeiten und nicht zur Erholung.“

„Du bist wirklich ein guter Motivator, Wesemann.“ Felicitas findet einen Zettel in ihrer Handtasche. „Was haben wir? Laurena von Kuttler wurde 1946 als Laurena Meier in Flensburg geboren, Besuch des

Alten Gymnasiums, Ausbildung zur Bibliothekarin …"

„Dann hat sie wahrscheinlich zwischen 1963 und 1967 Abitur gemacht. Damals brachten die Zeitungen noch große Fotos von den Abiturjahrgängen, da war man noch stolz auf die heranwachsende Elite."

„Hast du eigentlich Abitur, Wesemann?"

„Ich fange mit dem Jahrgang 1963 an, Sie können sich den Jahrgang 1964 vornehmen."

„Wer, Sie?"

„Sie natürlich!"

„Wir hatten uns aufs Du geeinigt."

„Davon wüsste ich aber was."

„Unsere Zusammenarbeit dauert noch keine fünf Minuten und schon ist das Arbeitsklima vergiftet." Felicitas steht auf.

„So kommen wir nie weiter."

„Sag ich doch."

„Also, du!"

„Wie heißt das?"

„Du, Felicitas."

„Na also, geht doch!" Felicitas setzt sich wieder. „Die Ordner sind viel zu schwer für mich, wenn du so freundlich wärst, sie für mich aus dem Regal zu heben?"

„Natürlich!"

Man sitzt sich gegenüber, schweigt und blättert, bis … „Ich hab sie!" Felicitas beugt sich tief über die aufgeschlagene Zeitungsseite. „Altes Gymnasium Flensburg, Abiturjahrgang 1964, zweite Reihe, Dritte von links: Laurena Meier."

Wesemann steht auf und stellt sich neben Felicitas. „Die hat nur geringe Ähnlichkeit mit Laurena von Kuttler … eigentlich überhaupt keine."

Ein junges Mädchen in einem festlichen schwarzen Kleid schaut unternehmungslustig in die Kamera. Blond, schlank, in der Hand ein Blatt Papier. „Eine Urkunde?“, überlegt Wesemann. „Vielleicht hat sie zu den Jahrgangsbesten gehört.“

„Dann könnte sie in den folgenden Ausgaben doch in der Berichterstattung der Zeitung noch einmal aufgetaucht sein.“

„Könnte ...“, bestätigt Wesemann.

Es wird ein langer Nachmittag im Archiv. Ein sehr langer Nachmittag. Als sie ihre Suche endlich abbrechen, brauchen beide dringend etwas zu trinken. Zu essen auch, meint Wesemann.

„Wenn wir morgen am frühen Nachmittag zurückfahren“, überlegt Felicitas, „könnten wir uns bis zur Mittagszeit weiter durchs Archiv stöbern. Ich habe so ein Gefühl, dass wir noch nicht aufgeben sollten.“

Sie verabschieden sich von Herrn Hanssen. Großraumbüro mit Blick auf den Rücken des Arbeitskollegen, aber ein dampfender Pott Tee neben dem Bildschirm. „Morgen sind wir wieder da“, sagt Wesemann, was Herr Hanssen mit einem mitleidvollen Lächeln registriert.

In ein apartes Lokal mit terrakottafarbenen Steinwänden kehren sie schließlich ein. Das Haus bietet Steak- und Fischspezialitäten, sie bestellen ein Flensburger Pils und Wesemann telefoniert nach einem Hotel.

„Aber getrennte Zimmer“, sagt Felicitas.

„Worauf du dich verlassen kannst!“

Wesemann wird ganz in der Nähe fündig. Einzelzimmer neunundneunzig Euro, obwohl man bei einem Doppelzimmer ordentlich sparen könnte, Zimmerpreis hundertneunzehn Euro.

Felicitas hat die Speisekarte studiert. Sie wird sich eine Husumer Krabbensuppe und danach ein zartes Schweinefilet am Spieß mit Kartoffel, Beef-House-Brot und Steaksoße bestellen.

Wesemann verzichtet auf die Vorspeise und ordert ein Filetsteak zu zweihundertfünfzig Gramm, serviert zu einem weiteren Pils. Zum Abschluss des Essens gibt es für Felicitas einen Espresso und für Wesemann einen original Flensburger Aquavit. Und noch einen. Felicitas bestellt sich zwei Kugeln Eis.

„Zufrieden?", fragt Felicitas.

„Ein bisschen mehr könnte bei unserer Recherche schon noch rauskommen. Ich setze da auf den morgigen Vormittag. Und selber?"

„Na ja."

„Ist doch alles super gelaufen."

„Schon."

„Was fehlt denn noch?" Felicitas schaut Wesemann direkt in die Augen, ein Grübchen an ihrer Wange zuckt ganz leicht und Wesemann weiß, dass es leichtsinnig war, die Fahrt nach Flensburg anzutreten. Andererseits - er ist niemandem Rechenschaft schuldig.

„Machen wir noch einen kleinen Spaziergang und bringen auf dem Rückweg das Auto zum Hotel?"

Der Kellner wird gerufen und um die Rechnung gebeten, die Rechnungen! Felicitas besteht darauf. Draußen liegt ein leichter Nieselregen in der Luft, von Fallen kann man bei den feuchten Schleiern nicht sprechen. Wie zufällig sucht Felicitas nach Wesemanns Arm. Er vergräbt die Hände in den Jackentaschen und drückt die Arme fest an den Körper. Könnte doch sein, dass sie auf Udo Jürgens steht und er ihr ein Musical schreiben soll.

„Du bist ein merkwürdiger Mensch", sagt Felicitas.

„Ja!“, sagt Wesemann und dabei bleibt es. Trotzdem wird es ein schöner Spaziergang am Wasser entlang und dann durch die stillen nassen Straßen. Mehr Wohn- als Flanierstraßen. Schließlich holen sie das Auto, checken im Hotel ein und genehmigen sich noch einen Absacker an der Bar, Felicitas wählt einen Grauburgunder, Wesemann bleibt bei Flens und Aquavit.

Nach Felicitas' drittem Gähnen beendet man den gemeinsamen Abend. Sie lassen sich die Schlüssel geben und steigen in die erste Etage hinauf. „Gute Nacht“, sagt Felicitas und drückt Wesemann einen kleinen zarten Kuss auf die Wange.

„Gute Nacht“, Wesemann weicht ein wenig zurück, „und schlaf gut!“

„Wird schwer, so ganz ohne Schlaflied.“ Felicitas lächelt Wesemann zu und macht einige unentschlossene Schritte in Richtung ihres Einzelzimmers. Sie dreht sich noch einmal um. „Vorsichtshalber schließ ich meine Tür nicht ab, könnte ja sein, dass der Sandmann doch noch vorbeikommt.“

Natürlich, Wesemann, könnte sein. Aber noch eine weitere emotionale Baustelle? Wesemann verschließt seine Zimmertür von innen. Obwohl … er setzt sich aufs Bett und streift die Schuhe von den Füßen, lässt sich rücklings aufs Bett fallen und starrt an die Decke. Sie hat etwas, etwas Einmaliges. Nicht mehr jung, noch nicht zu alt. Energisch und kokett zugleich, sanft und doch zielstrebig. Und hübsch ist sie, attraktiv. Ach, Felicitas …

Nein, nein, nein! Doch bis zum Morgengrauen sind es noch viele Stunden, und wie lang halten seine guten Vorsätze? Er ist kein Mann der Prinzipien, eher des Durchlavierens. Er wird schwach werden. – Wenn er sich so sicher ist, warum dann nicht gleich?

Wesemann richtet sich auf. Sein Blick fällt auf die Minibar unter dem Fernsehgerät. Augenblicklich weiß er, wie er aus seiner verfahrenen Situation herauskommt. Er wird es machen wie schon so oft in ähnlich vertrackter Lage, er wird sich betrinken. Systematisch. Dann hat sich der Sandmann erledigt.

Zwei Flaschen Flens, Rotwein, Weißwein, Aquavit, Aquavit, blöder Schluckauf, Aquavit, Schluckauf, Schloss Hohenstein Schaumwein, nur noch Schluckauf. Das Handy klingelt. Nein, Wesemann wird sich nicht zum Sandmann machen, Wesemann wird sich jetzt in die Schiffschaukel legen und hoffen, dass nichts überschwappt. Wieder diese dämliche Han…, Han… - egal, er braucht Ablenkung.

„Wesemann - bei der Arbeit!“

„Ich habe gerade deinen L'Ondit-Beitrag im Radio gehört.“

Sag nichts, Wesemann, jedes Wort könnte falsch ausgelegt werden.

„Gar nicht schlecht, hm, es hat mir gefallen, schön informativ mit einem leichten ironischen Unterton. Warum nennst du dich jetzt Bonifaz?“

„Wer?“, nuschelt Wesemann.

Hanni klingt freundlich, weich und warm.

„Meinst du vielleicht, ich hätte dich nicht erkannt?“ Hanni lacht.

„Vielleicht sollten wir mal wieder einen Kaffee zusammen trinken …“

Kaffee! Jetzt ein Kaffee! Dann könnte er sich viel besser konzentrieren und seine Zunge besser kontrollieren.

„Wo steckst du eigentlich? Bist du noch im Sender?“

„Neiön.“

„Zu Hause? Hast du abspülen und deine Socken waschen müssen?“

„Ich bin auf Rescher...Reschersch..."
„Hast du was getrunken?"
„Rescherche."
„So spät am Tag noch?
„Hicks."
„Wo bist du?"
„Hier!" Ganzes Wort, problemlos rausgebracht, das muss doch wohl reichen.
„Wo ist hier?"
„Na, hier eben. In Flens...hicks...burg."
Überraschtes Schweigen im Handy, nur ein Knattern. Lange wird er sich nicht mehr konzentrieren können.
„A-l-l-e-i-n-e?", mit übertriebener Empörung.
Wesemann schreckt auf.
„Ganz allalein, ich schwöre!"
„Na, ich will dir mal glauben. Bei deinem Grad an Alkoholisierung wärst du außer zum Schnarchen zu nichts mehr zu gebrauchen."
„Ich bin immer und überall", Wesemann fallen die Augen zu, „allzeit bereit!" Er fällt nach hinten und schnarcht augenblicklich weg.
„Dann schlaf mal schön", sagt Hanni, „du kannst dich melden, wenn du wieder nüchtern bist."

Felicitas begrüßt Wesemann mit demonstrierter Neutralität, als sie sich am nächsten Morgen am Frühstücksbüffet treffen. Felicitas hat sich ihren Teller dekorativ bestückt, Brötchen, Butter, Wurst, Käse, Marmelade, Honig – alles gut und günstig. Auf Rührei hat Felicitas verzichtet, vermutlich Feinschmeckerrührei direkt aus dem Tetrapack.

Wesemann wendet sich an eine der Bedienungen und fragt nach Kopfschmerztabletten. Sie ist nett und will ihm die Tabletten an den Tisch bringen. Fein dekoriert mit einer Tasse Kaffee und einer Brötchenhälfte mit Käse. Wesemann schluckt die beiden Tabletten, will mit Kaffee nachspülen und verbrennt sich die Zunge.

„Gut geschlafen?", fragt Felicitas.

„Schlecht, sehr schlecht, hab kaum ein Auge zugemacht ..."

Felicitas schaut Wesemann skeptisch an.

„... musste die ganze Zeit an unsere Recherche denken und wie wir weiter vorgehen."

„Ganz einfach", Felicitas beißt in ihr Brötchen mit Honig, „wir setzen uns ein zeitliches Limit und bis dahin wälzen wir die Archivbände. Zwischendurch können wir auch ein Stoßgebet zum Himmel schicken, dass wir etwas finden."

„Wir werden etwas finden. Ich bin kein spiritistischer Mensch, aber diesmal habe ich so eine Ahnung, dass wir auf eine heiße Spur stoßen." Der dritte Schluck Kaffee schmeckt schon wieder und die freundliche Bedienung wechselt die Thermoskanne mit dem Kaffee auf dem Tisch aus, Felicitas holt sich einen Orangensaft.

Herr Hanssen hat heute frei, Vertretung gibt es nicht und niemand weiß, wo der Schlüssel für das Archiv ist. „Vielleicht in seiner Stiftschublade?", mutmaßt Wesemann. Seine Lebensgeister sind geweckt.

In der Stiftschublade liegen vier Schlüssel, eine Kollegin von Herrn Hanssen schnappt sie sich, „Bevor wir das ausdiskutieren ...", und geht voraus zum Archiv. Felicitas holt eine Flasche Wasser aus ihrer Handtasche und stellt sie demonstrativ auf den Tisch. Sofort weiß Wesemann, dass es zu einem Machtspielchen kommen wird. Er hat jetzt schon Durst, aber für jeden Schluck aus der Flasche erwartet sie eine Erklärung für das Ausbleiben des Sandmanns.

Doch erst einmal wird gearbeitet, Aktenordner für Aktenordner, Seite für Seite, Artikel für Artikel, nee, eigentlich werden die Seiten nur überflogen. 1965, 1966, 1967, 19.., halt, 1967, da war was. Irgendwie ist Felicitas Vogelsänger, als wäre ihr der Name Lauren unter die Augen gekommen. Sie blättert zurück, tippt dann auf ein Foto: „So schnell entgeht mir nichts, Laurena Meier!"

Wesemann kann nichts sagen, seine Zunge fühlt sich an wie ein Rauhaardackel im Schockzustand und der Mund scheint vierzehn Tage Sahara hinter sich zu haben.

Wesemann steht auf, stellt sich neben Felicitas Vogelsänger und betrachtet das Schwarz-Weiß-Foto. Es zeigt vier junge Damen im züchtigen einteiligen Badeanzug, der bei der mittleren mit einer goldenen Schärpe geschmückt ist. *Miss Flensburger Förde 1967 mit den Traummaßen 85-63-90.*

Wesemann will etwas sagen, bringt nur ein Röcheln heraus, Felicitas Vogelsänger hat ein Einsehen und schiebt ihm die Wasserflasche zu. Wesemann trinkt gierig mehrere Schlucke. „Das sollten wir kopieren."

„Wie lange haben wir noch für unsere Recherche?"

„Etwas mehr als zwei Stunden."

„Dann also weiter."

Wesemann setzt sich wieder auf die andere Seite des Schreibtischs. Nach ein paar Minuten steht er auf. „Ich hole uns etwas Ordentliches zu trinken, ist doch kein Zustand mit dem Blubberwasser."

„Sei nicht so undankbar, es hat dir das Leben gerettet. Für mich bitte groß, schwarz und ohne Zucker."

Wesemann stiefelt los. Natürlich haben die *Förde Nachrichten* einen Kaffeeautomaten. Aber der ist kaputt. Eine mitleidige Seele spendiert Wesemann zwei Portionen Kaffee in Pappbechern aus ihrer Thermoskanne. Wesemann will den Kaffee bezahlen, die Spenderin will nicht, Wesemann steckt unauffällig einen Fünfeuroschein in die Stiftetasse.

„Weitergekommen?"

Im Gang zwischen den Regalen liegen unordentlich und teilweise aufgeschlagen mehrere Ordner übereinander.

„Die sind mir heruntergefallen, als ich mir 1968 herausziehen wollte."

„Das können wir aber nicht so liegen lassen."

„Können wir nicht", murmelt Felicitas Vogelsänger. Gebannt starrt sie in einen der zufällig aufgeschlagenen Aktenordner. Sie hebt ihn auf und legt ihn auf den Tisch. „Schau mal, das ist doch interessant. Bin ich zufällig dran hängengeblieben, als ich den Ordner aufheben wollte."

„Zufall ist der beste Freund der Recherche", Wesemann, der Profi. Er stellt die beiden Pappbecher neben den Ordner und schaut Felicitas Vogelsänger über die Schulter.

Eine kleine Meldung über den tragischen Tod eines Flensburger Ehepaars auf einer Orientreise in Monsul. Ein Autobus einen Abhang hinuntergestürzt. Niemand hat überlebt. Bei den toten Personen aus Flensburg handelt es sich um die frühere Miss Flensburger Förde Laurena v. K. und ihren Ehemann Wolfhard.

„Laurena v. K. – das muss Laurena von Kuttler sein. Unsere Laurena von Kuttler", stellt Felicitas Vogelsänger fest.

„Muss nicht, ist aber sehr wahrscheinlich. – Wenn unsere Laurena von Kuttler aber die Flensburger Laurena v. K. ist …"

„Dann muss sie den Unfall überlebt haben."

„… oder unsere Laurena von Kuttler ist tatsächlich Rosvita Zettl und hat auf unbekannte Weise die Identität der verunglückten Frau angenommen."

Wesemann berichtet Felicitas Vogelsänger von seinem Besuch in Aerzen und dem Gespräch mit der Bäckersfrau.

„Wahnsinn", sagt Felicitas Vogelsänger, „die dunkle Wolke!"

„Das wäre dann keine dunkle Wolke, sondern ein Unwetter mit Regen, Hagel, Sturm und Untergang."

„Was machen wir jetzt?"

„Weiß ich auch nicht."

„Du bist doch der Mann mit dem kriminalistischen Hintergrundwissen, wozu sollte ich dich sonst mitgenommen haben?"

„Du hast mich mitgenommen?" Wesemann räumt die heruntergefallenen Aktenordner in die Regale zurück.

„Stimmt das etwa nicht?"

„Ich hab mich dir aus Nächstenliebe angeschlossen."

„Nächstenliebe hört sich an wie: die Nächste bitte. Aber so eine bin ich nicht."

„Das wollen wir jetzt nicht vertiefen." Wesemann setzt sich wieder an den Tisch.

„Wenn Rosvita Zettl die Identität von Laurena von Kuttler angenommen hat …", überlegt Felicitas Vogelsänger, „… dann müssen sich die beiden Frauen irgendwo über den Weg gelaufen sein."

„Als Tote konnte Laurena von Kuttler wohl kaum noch laufen, aber als Tote war sie Rosvita Zettl natürlich umso nützlicher. Von wann ist der Archiv-Ordner?"

Felicitas Vogelsänger hebt den Ordner an und sucht nach der Jahreszahl auf dem Rücken. „Neunzehnhundertdreiundachtzig."

„Wir müssen also herausbekommen, wo sich Rosvita Zettl 1983 aufgehalten hat", sagt Wesemann, „aber das übersteigt meine Recherchemöglichkeiten."

„Das befürchte ich auch."

„HK Bertram ist für mich nicht mehr greifbar. Ich muss mir etwas einfallen lassen."

„Von unserer Laurena von Kuttler können wir wohl kaum Aufklärung erwarten."

„Wir sollten unsere Vermutung erst einmal für uns behalten."

„Natürlich, Chef!" Felicitas Vogelsänger lacht.

„Die Stiftsdame ist doch in einer wohltätigen Organisation engagiert, vielleicht lässt sich darüber etwas herausbekommen und der blinde Fleck in ihrer Biografie ein wenig aufhellen."

„Wird erledigt, Chef!"

„Aber bitte vorsichtig, sehr vorsichtig. Lieber einmal auf eine Nachfrage verzichten, als Verdächtige verschrecken."

„Selbstverständlich, Chef!"

„Noch einmal Chef, und du bist für mich wieder Frau Vogelsänger."

„Wenn's der Wahrheitsfindung dient, auch das. Ich bin nur an der Sache, nicht an der Person interessiert. Zu Hause habe ich meine eigene Person."

„Und der Sandmann?"

„Ach, Wesemann", Felicitas Vogelsänger lacht, „das war ein Joke. Ich hatte meine Tür natürlich abgeschlossen, und das sogar zweimal."

„Und ich hab fast ein Vermögen ausgegeben, um mich …“

„Wesemann, du bist wirklich ein toller Hecht!“

Zusammen machen Sie sich ans Aufräumen, Wesemann reicht Felicitas Vogelsänger die heruntergerissenen Ordner an, Felicitas Vogelsänger sortiert sie ins Regal ein. Dann nimmt jeder einen Ordner, Wesemann 1967 und Felicitas Vogelsänger den Ordner 1983, und sie lassen sich in der Redaktion Fotokopien von den relevanten Artikeln machen. Die leeren Pappbecher entsorgen sie im Abfalleimer unter dem Kaffeeautomaten.

Es wird eine Rückfahrt ohne große Unterhaltung, Felicitas Vogelsänger fährt und kurz hinter Lürschau schläft Wesemann ein, verpasst den Blick auf die weite Holsteiner Landschaft, das Grün der Wiesen und Wälder und das helle Licht des weiten Himmels.

Hinter dem Elbtunnel ist Wesemann dann wieder munter und sie steuern den nächsten Rasthof an. Neben einem ordentlichen Kaffee und zwei Croissants besorgt sich Wesemann noch eine Schachtel mit zwanzig Aspirin forte und eine Tüte Fisherman's Friend. So übersteht er auch den Rest der Reise. Als Felicias Vogelsänger dann vor Wesemanns Haustür hält, wissen sie nicht so recht, wie sie sich verabschieden sollen. Küsschen: geht nicht, ganz einfach aussteigen: geht auch nicht. Wesemann streichelt Felicitas Vogelsänger über den Arm am Lenkrad. „War doch sehr erfolgreich, unsere kleine Fahrt", sagt Wesemann.

„Mach was draus, Sandmann!" Felicitas Vogelsänger lacht. Wesemann steigt aus, Felicitas Vogelsänger fährt ab und winkt Wesemann noch einmal im Rückspiegel zu.

Wesemann öffnet die Haustür, schaut in den Briefkasten. Werbung. Lidl, Aldi, ein Wochenblatt von Samstag, eine Ansichtskarte.

In der Wohnung steht die Luft, in Flensburg hat es besser gerochen. Bier ist auch keins im Kühlschrank.

Er öffnet das Küchenfenster, hängt die Jacke auf und setzt sich an den Tisch. Italienische Woche bei Lidl, Bohrmaschine bei Aldi, Ansichtskarte ... keine Ansichtskarte. *Tafelbild – Stift Hollenbusch.* Auf der Rückseite keine Adresse, also wurde die Karte eingeworfen und nicht mit der Post befördert, aber ein paar persönliche Worte: *Spannende Geschichte. Schau dir mal das erste Medaillon an. So ergeht es untreuen Liebhabern! Lass dich für unser Theaterstück inspirieren! Bereits sechs Theatergruppen zeigen Interesse!*

Auf der Vorderseite viel Gold, bewegte Figuren, verwirrende Aktionen. Wesemann nimmt sich ein Toastbrot, legt eine Scheibe Gouda drauf und betrachtet das erste Medaillon genauer. Ein Waschzuber, vielmehr zwei. Eine frühzeitliche Diashow. Vorher, nachher. Der Mann im ersten Zuber froh gelaunt im erquickenden Bad, von seinen Frauen umsorgt ,und plötzlich hängt der arme Kerl im Zuber wie ein Schluck Wasser in der Kurve. Wesemann holt sich noch ein Toastbrot mit Käse und informiert sich im Internet über die merkwürdige Geschichte, die hinter dem Tafelbild steckt.

Nach vielen Kriegszügen kehrte Graf Wolfhard auf die heimische Burg zurück. In der Ferne hatte ihn heftig die Eifer-

sucht geplagt. Doch seine Gemahlin Gertrudtis empfing ihn mit großer Freude und widmete seiner Pflege sorgfältige Aufmerksamkeit. Er war mit vielen Wunden bedeckt und von innerer Krankheit geschwächt. Gertrudtis bereitete ihm ein Bad, und beim Anblick seiner Leiden erinnerte sie sich an den Heiltrunk des Pilgers. Er hatte ihn aus Kräutern gebraut, die er an heiligen Stätten gesucht hatte. Diesen Trank sollte sie im Notfall bei Krankheiten anwenden. Er würde mit Sicherheit helfen, nur nicht dem Eifersüchtigen und Argwöhnischen.

Sogleich sandte Gertrudtis ihre Dienerin, den Trank zu holen, und reichte ihn dem kranken Gemahl. Doch dieser war noch immer voller Eifersucht und Argwohn gegen seine treue Gattin. Kaum hatte er vom Heiltrunk genommen, sank er auch schon im Bade ohnmächtig zusammen. Als er nach langer Zeit wieder zu sich kam, beschuldigte er Gertrudtis, ihn vergiftet zu haben.

Was soll das denn heißen: *So ergeht es untreuen Liebhabern!* Trachtet Hanni ihm nach dem Leben? Er war nur mit einer krassen Ausrede ihrem Sushi entgangen. Aber die Gründungsstory des Stifts hat etwas – vielleicht sollte er sich doch mal damit beschäftigen? Zeit hat er genug und das Geld für den Twingo hat er auch noch nicht zusammen.

Ein Anruf von der Polizeiinspektion Hameln-Pyrmont/Holzminden, es meldet sich Manuel Gökdal. Der junge Mann vom Empfang, vermutet Wesemann.

Es lägen Untersuchungsergebnisse zu einem von Hubert Wesemann eingereichten Gegenstand vor, dessen Verwicklung in einen Kriminalfall vermutet wird.

„Gratulation. Sie werden es in der Polizeiinspektion noch weit bringen", sagt Wesemann. „Worum geht es?"

„Um die Kopfstütze aus dem Corsa."

„Und?"

„Darüber kann ich Ihnen am Telefon keine Auskunft geben. Da müssen Sie sich schon persönlich herbemühen."

„Reicht es morgen?", fragt Wesemann.

„Die Kopfstütze läuft nicht mehr weg!"

Heute scheint es eine Rabattaktion bei den Telefongesellschaften zu geben. Kaum hat Wesemann das Gespräch beendet, meldet sich das Telefon auch schon wieder. Diesmal ist es sein Freund Engin.

„Wie geht?"

„Bestens", sagt Wesemann. „Alles in Ordnung mit dem Twingo?", fragt er vorsichtig.

„Alles klar, wird Freitag fertig. Nur nicht diesen Freitag, nächsten. Gab kleinere Missverständnisse mit TÜV. Jetzt alles klar."

„Warum dann erst nächsten Freitag?"

„Falsche Reifen montiert."

„Und TÜV ist überstanden?"

„Bei TÜV falsche Prüfer. Richtige nächsten Dienstag. Dann alles bestens."

„Ich komme morgen vorbei, muss sowieso zur Polizeiinspektion."

„Bestens, bestens", sagt Engin, „dann wir kleines Problem besprechen."

„Wie klein?"

„Brauchst du richtiges Reserverad oder reicht Notrad. Von Fiat. Fast richtige Größe."

„Wir sehen uns morgen."

„Alles bestens!"

Erst zu Engin oder zur Polizeiinspektion? Wesemann hat schlecht geschlafen. Seit neben ihm der Platz im

Bett leer ist, schläft er eigentlich immer schlecht. Er wird sich zuerst Thekla Underberger antun und dann zur Erholung bei Engin ein, zwei Mokka schlürfen.

Wesemann öffnet die Tür, es regnet. Der Regenschirm liegt oben in der Wohnung. Männer trotzen Sturm und Regen allein mit ihrer Entschlossenheit. Kragen hoch und los. Kragen hoch, sieht ziemlich dämlich aus, also darf der Regen auch den Nacken hinunterlaufen.

Als er strammen Schritts in die Zentralstraße einbiegt, hört der Regen schlagartig auf, er betritt die Inspektion, merkwürdigerweise sind seine Schuhe fast trocken geblieben. Im Empfang wird er von Frau Klumke mit einem wissenden Lächeln begrüßt. „Alles klar, Herr Kommissar?"

„Bei mir schon, ich wurde aufgefordert, der Polizeiinspektion bei der Beurteilung von Untersuchungsergebnissen zu helfen."

„Bei was?"

„Wobei?"

„Na, wenn Sie es selber nicht wissen."

„Ich könnte es bei HK Underberger versuchen?"

„Versuchen Sie es, Sie kennen den Weg."

Beim nächsten Besuch wird er ihr eine Packung Mon Chéri mitbringen oder irgendwas von Engin. Sie ist immer so aufmunternd.

Er geht in den ersten Stock hinauf, klopft an, ein herzliches „Herein!"

Hat HK Underberger mit Bimsstein gegurgelt oder war es eine lange Nacht am Tresen der *Pinte,* hat das *Brown Ale* vielleicht zu lecker geschmeckt? Wesemann öffnet die Tür und traut seinen Augen nicht. Hinter dem Schreibtisch sitzt HK Bertram, er sitzt schon nicht mehr, er ist aufgesprungen und eilt auf Wesemann zu.

„Ich habe es ohne Sie einfach nicht mehr ausgehalten", HK Bertram lacht und es klingt nur ein klein wenig ironisch.

„Ne, ne", sagt Wesemann, „ist jetzt nicht wahr?"

„Nun tun Sie mal nicht so, Sie haben einen Tipp bekommen und wollten mich überraschen."

„Natürlich. Klar. Überraschung gelungen."

„Laufen Sie nicht gleich wieder weg. Setzen Sie sich doch für einen Moment, ich kann Ihnen sogar etwas anbieten."

Wesemann setzt sich und HK Bertram schiebt ihm eine halb gefüllte Dose Erdnüsse über den Schreibtisch zu. „Ich wurde ausgesprochen freundlich bei meiner Rückkehr begrüßt." Er deutet mit dem Kopf auf einen Strauß kleiner gelber Rosen. „Hat mir Frau Klumke auf den Schreibtisch gestellt. Und die Erdnüsse auch. Hatte ich gar nicht erwartet."

„Und HK Underberger?"

„Mutterschaftsurlaub."

„Sie sah aber gar nicht so aus."

„Ich weiß auch nicht, wie man das nennt, jedenfalls hat ihr Mann ein halbes Jahr lang den Kleinen versorgt und jetzt ist sie dran. Ist auch besser so. Ihr Mann ist Pfarrer, wer weiß, was er dem Kleinen beibringt. Und die frühkindliche Prägung ist entscheidend, sagt man. Wer hat Sie eigentlich erzogen, Wesemann?"

„Das Leben."

„Dafür haben Sie es aber weit gebracht. Nun, ich muss weiterarbeiten. Vielen Dank für Ihren Besuch." HK Bertram steht auf und reicht Wesemann die Hand.

„Ich wollte gerade gehen", sagt Wesemann und erwidert HK Bertrams Handschlag eher beiläufig.

„Halt", hält ihn HK Bertram auf, „bevor ich es vergesse. Meine Kollegin hat mir Ihren Fall übergeben."

Er geht zum Wandschrank und holt die Kopfstütze vom Corsa heraus. „Die können Sie gleich mitnehmen, oder besser noch: entsorgen."

„Auf mich ist geschossen worden und hätte ich mich nicht geistesgegenwärtig geduckt, peng", Wesemann hält sich den ausgestreckten Zeigefinger an die Schläfe, „weg wär ich gewesen."

„Machen Sie sich nicht lächerlich, Wesemann. - Haben Sie den Wagen neu gekauft?"

„Autos kaufe ich immer gebraucht. Wenn so ein Wagen die ersten Hunderttausend hinter sich hat, ist er die Kinderkrankheiten los."

„Und wie lange fahren Sie nun schon den Corsa?"

„Acht, nein, elf Jahre."

„Dann stammt das Einschussloch aus der Zeit des Vorbesitzers, mindestens fünfzehn Jahre alt. Die Kugel wird hiermit sichergestellt und für die nächste Generation als Anschauungsmaterial aufgehoben."

„Ich hab Sie sehr vermisst", sagt Wesemann mit einem ironischen Lächeln.

„Na, sehen Sie. Kann ich sonst noch etwas für Sie tun?"

Wesemann stockt. „Jetzt, wo Sie es sagen." Er setzt sich wieder an den Schreibtisch. „Ich recherchiere in einem merkwürdigen Fall."

„Tun Sie das nicht immer, Wesemann? Wir haben gleich Mittag."

„Es ist noch keine elf Uhr!"

„Sag ich doch."

Wesemann stutzt, dann beugt er sich über den Schreibtisch. „Ich wüsste gerne etwas Genaueres über ein RAF-Mitglied. Soll eine Zeit lang mit ihren terroristischen Kumpanen in Hilkenbreden gewohnt haben."

„Das hört sich ziemlich gefährlich an. Ich weiß nicht, ob ich …“

„Ne, ne, ist doch alles längst vorbei und nur noch von heimatkundlichem Interesse. Eine kleine Episode im Spiel der Zeitläufte.“

„Wesemann, Sie haben es faustdick hinter den Ohren! Um wen geht es denn?“

„Es sollen mehrere RAF-Mitglieder von einem Sondereinsatzkommando festgenommen worden sein, Siebziger-, Achtzigerjahre des letzten Jahrhunderts. Eine der Frauen soll eine intime Beziehung zu einem Mann aus Aerzen unterhalten haben …“. Ein spontaner Einfall von Wesemann. „… ob sie verhaftet wurde oder entkam, ist dem mittlerweile älteren Herrn nicht bekannt. Er wüsste gern, wo sie abgeblieben ist. Die Medien haben jedenfalls nicht mehr über sie berichtet.“

„Hübsche Geschichte.“

„Vielleicht können wir sie mit einigen Detailkenntnissen würzen. Es soll sich um Rosvita Zettl gehandelt haben. Mehr konnte ich leider nicht in Erfahrung bringen, aber in Aerzen erinnert man sich noch verschwommen an die junge Frau.“

„Jetzt muss ich aber wirklich weiterarbeiten, Wesemann. Ein versuchter Totschlag und eine Fahrerflucht mit vorsätzlicher Körperverletzung. Wenn ich was in Erfahrung bringe über … wie hieß sie noch?“

„Rosvita Zettl!“ Wesemann zieht sich einen Block heran und schreibt HK Bertram den Namen auf. „Ist nichts Großes, aber die menschliche Komponente würzt eine solche Heimat-Chronik, zumal in Aerzen sonst nur eine Maschinenfabrik, die Domänenburg und der Wochenmarkt auf dem Kirchplatz Erwähnung finden.“

Geh jetzt, Wesemann, das reicht!

„Man sieht sich!"

„Nur über eine Leiche!" HK Bertram lacht wieder sein scheußliches Ziegenlachen, Wesemann verschwindet, die Welt ist wieder in Ordnung.

Wesemann geht hinüber zur Deisterstraße. Engin empfängt ihn mit einem Lachen, so breit wie das Marmarameer. „Moment, ich hole einen Mokka für meinen Freund!"

Wesemann ahnt nichts Gutes. *Mein Freund*, die Anrede gebraucht Engin in den seltensten Fällen und dann ist es auch meist ein Ablenkungsmanöver. Aber der Mokka duftet stark und verführerisch und Wesemann verbrennt sich mal wieder die Zunge, weil er nicht warten kann.

„Was ist mit den Reifen?" Er rührt mit einem winzigen Löffel in der Mokkatasse.

„Alles gut! Alles bestens! Nilay hat gebacken, Yoğurt tatlısı, kann dir Stück einpacken für zu Hause."

„Was ist mit den Reifen? Du erinnerst dich an den Twingo?"

„Natürlich. Klar. Schönes Auto. Wirst viel Freude haben."

„Kann ich ihn abholen?"

„Aber Wesemann, mein Freund, wir holen zusammen ab."

„Wann?"

„Morgen schon oder besser nächsten Freitag. Diese Woche Preise für Gebrauchtwagen zu hoch."

„Wir haben einen Preis ausgemacht!"

„Ich weiß, ich weiß, war nur Scherz. Wir holen Twingo zusammen ab."

Engin kann sehr schnell Verständigungsschwierigkeiten hervorholen, wenn er nicht genau verstehen will.

„Was ist also mit den Reifen?"

„Noch einen Mokka?"

„Nein danke."

„Du eingeklappt?"

„Eingeschnappt!", verbessert Wesemann.

„Brauchst du nicht. Alles in Ordnung. Nur Reserverad fehlt. Kannst du haben Notrad für zwanzig Euro, echtes Reserverad von Fiat für fünfzig."

„Der Wagen ist ohne Reserverad durch den TÜV gegangen?"

„Für TÜV Reifen gewechselt, jetzt wieder die alten."

„Also schön, Umut soll das Reserverad vom Fiat nehmen."

„Gut, sehr gut. Dann Auto nächsten Freitag abholen. Ein bisschen laufen macht schlank."

„Musst du gerade sagen."

„Ich habe Auto."

Wesemann verabschiedet sich, Engin geht nach hinten, Nilay hat ein Stück vom Joghurtkuchen eingepackt und Wesemann ist fast geneigt, Engin zum Abschied in die Arme zu schließen. Aber das hebt er sich für nächsten Freitag auf.

Er geht nach Hause, findet eine E-Mail von HK Bertram auf seinem Laptop:

Sieben mutmaßliche Angehörige der RAF wurden bisher gefasst. Ingeborg Barz soll von Andreas Baader ermordet worden sein – nicht bestätigt. Angela Luther ist bereits seit Anfang der 1970er verschwunden. Von Ingrid Siepmann wird vermutet, dass sie nicht mehr am Leben ist. Die Haftbefehle

wurden inzwischen aufgehoben. Der Aufenthalt von Friederike Krabbe und Rosvita Zettl wurde zuletzt in Bagdad vermutet. Auch nach Daniela Klette, Ernst-Volker Staub und Burkhard Garweg wird weiterhin gefahndet.
Gruß P. B.

P. B.? Bertram ist klar, aber P? Sicher Peter. Eher als Paul oder Per. Jedenfalls hat er sich mit der Antwort beeilt. So viel ist ihm Wesemann wert. Vielleicht sollte Wesemann beim nächsten Besuch HK Bertram in die Arme schließen. Lieber nicht, könnte falsch verstanden werden.

Aber die Informationen passen wie Faust aufs Auge: Rosvita Zettl im Nahen Osten und der tragische Tod von Laurena v. K. 1968 auf ihrer Orientreise.

Wesemann ruft Felicitas Vogelsänger an. Sie ist überrascht und hocherfreut, obwohl sie gerade eine Führung durchs Stift für den nächsten Tag vorbereitet.

„Störe ich?"

„Aber Wesemann, du störst doch nie."

„Unsere Recherche in Flensburg könnte durchaus der Fadenanfang vom Verwicklungsknäuel gewesen sein. Wir können hypothetisch davon ausgehen, dass Laurena von Kuttler mit richtigem Namen Rosvita Zettl heißt."

„Ich hab doch immer gesagt …"

„Damit haben wir eine Hypothese, mehr aber auch nicht. Bevor wir unsere Meinung öffentlich machen können, müssen wir sie erst noch beweisen. Außerdem – was werfen wir ihr eigentlich vor? Beeinflussung des Wolkenzugs? Die Chinesen haben zur Olympiade 2008 die Regenwolken, die sich Peking näherten, mit Silberjodid beschossen, um sie abregnen zu lassen. Was ist da schon eine kleine dunkle Wolke um ihr Haupt?"

„Wesemann, du schweifst ab, hast wohl Langeweile? Du kannst herkommen und mir helfen. Ich muss noch zweiunddreißig Tischgestecke für einen Konvent und die Äbtissin des Stifts vorbereiten."

„Was hast du über die Organisation *WhW – Wir helfen Waisen* herausgefunden?"

„Nicht viel mehr, als im Internet zu finden ist. Mildtätig, unabhängig, konfessionell nicht gebunden."

„Vorstand?"

„Laurena von Kuttler, Stift Hollenbusch mit Anschrift und Vladislav Terziev aus Petrich, wo immer das auch sein mag."

Für einen Augenblick zieht sich Wesemann in seine Gehirnwindungen zurück, findet nur einen Schatten, aber keine konkrete Information.

„Beste Arbeit", lobt er Felicitas Vogelsänger, „dranbleiben. Der Fall scheint langsam Fahrt aufzunehmen. Wenn wir Licht in die dunkle Wolke bringen wollen, dann nur über den Verein. Ich kümmre mich um diesen zweiten Vorsitzenden."

„Ganz deiner Meinung, Chef, und viel Glück bei der Recherche!"

„Ich melde mich, sobald mir ein Licht aufgegangen ist."

„Und wie ist es mit Hilfe bei den Tischgestecken?"

„Es gibt Wichtigeres!", sagt Wesemann, „ich suche jetzt erst einmal die Streichhölzer."

Oder er lässt suchen. Wesemann ruft HK Bertram an.

„Danke für die schnelle Information!" Wesemann kann so verbindlich sein. „Im nächsten Leben heuer ich bei der Kripo an, wenn ich meinen Schreibtisch in Ihr Arbeitszimmer stellen darf."

„Wesemann, haben Sie etwas geraucht oder brauchen Sie eine vertrauliche Information."

„Sie haben mich durchschaut, Herr Hauptkommissar. Können Sie mir den Namen von dem Toten am Rosenrondell geben."

„Einen Augenblick bitte, das ist kein Geheimnis. Ich muss nur die Ermittlungsdatei aufrufen."

Wesemann wartet. Im Hintergrund leise Musik. Antonín Dvořáks Sinfonie *Aus der Neuen Welt*. Es dauert eine Weile, bis sich HK Bertram wieder meldet:

„Der Tote wurde als Vladislav Terziev identifiziert."

„Haben Sie eine Adresse?"

„Petrich in Bulgarien. Der Mann hat sich unter Vorlage seines Reisepasses einen Wagen gemietet. Als der Wagen zu der vorgesehenen Zeit nicht zurückgegeben wurde, hat sich die Autovermietung an die Polizei gewandt. Der Wagen wurde ausgebrannt im Wald bei Alsfeld gefunden. Der Tote vom Rosenrondell konnte anhand des Fotos im kopierten Reisepass eindeutig identifiziert werden. Wir haben sogar seine Postanschrift."

„Ich will ihn nicht besuchen!" Beide Männer lachen, Wesemann bedankt sich für die Information.

Ein Anruf von der Gänseliesel aus Wördeholz. Ob er sich mal um die Schrottkarre in ihrem Garten kümmern könnte. Sie hätte im nächsten Monat Silberhochzeit und da würde der Platz im Garten für die Aufstellung eines Festzelts gebraucht. – Sie lacht das herzlich offene Lachen der Hochlandbewohner. „Allerdings werden sich nicht alle Familienmitglieder super freuen. Die Gänse haben sich den demolierten Innenraum als Ferienwohnung ausgesucht. Sieht schon komisch aus, wenn sie auf den Sitzen hocken und ihre Hälse zu den zerborstenen Fenstern herausstrecken."

„Dann lassen wir ihnen noch ein paar Tage in der Ferienwohnung, unabhängig davon werde ich mich um einen schnellen Abtransport bemühen."

„Das wäre nett."

„Bleibt nur die Frage, wer die Kurtaxe und die Endreinigung der Ferienwohnung übernimmt."

„Natürlich, Wesemann, ich werde es mit den Parkgebühren für die Schrottkarre verrechnen."

Wesemann schaut aus dem Fenster. Eigentlich würde er jetzt gern durch die Fußgängerzone eilen, um sich von zufälligen Treffen und umherirrenden Touristen zu neuen Radiobeiträgen inspirieren zu lassen. Doch das Wetter ist nicht gerade einladend. Auf dem gegenüberliegenden Dach zwei Ringeltauben. Er trippelt ihr hinterher, dann sie ihm. Wobei die Frage ist, wer er und wer sie ist. Ist in der heutigen Zeit auch völlig egal.

Wesemanns Augen fixieren das kleine Dachfenster im verschwimmenden Rot der Dachpfannen. Er denkt an Felicitas Vogelsänger. Warum hat er sie eigentlich so herablassend behandelt? Sie hat ihn auf den Fall der angehenden Stiftsdame aufmerksam gemacht. Nur ihrer Hartnäckigkeit ist es doch zu verdanken, dass er sich mit dem Fall überhaupt beschäftigt hat. Und beschäftigt. Im Mittelpunkt des Falls steht natürlich Laurena von Kuttler alias Rosvita Zettl. Mit dem Älterwerden kehrt man gern an seine Wurzeln zurück. Aber wie kann man als gesuchte RAF-Terroristin möglichst unauffällig leben, ohne sich zu verstecken. Eine elegante Möglichkeit wäre, sich als Stiftsdame einen gott- und menschengefälligen Lebenswandel zuzulegen, gelegentlich eine wohldosierte Spende ans Stift zu überweisen und den Lebensabend wohltätigen Aufgaben zu widmen.

Um die wohldosierte Spende wird er sich selber kümmern, die Recherche zu den wohltätigen Aufgaben wird er outsourcen. Er kehrt in die Wirklichkeit zurück und ruft Dr. Dieter Try an. Ein bisschen Vorgeplänkel, nach dem werten Befinden fragen, Interesse am Tischtennis heucheln, ein möglichst baldiges Wiedersehen anregen und dann zum Kern des Anrufs kommen: „Kannst du etwas über den Verein *WhW – Wir helfen Waisen* herausbekommen, was nicht online zu finden ist?"

Dieter hat viel Arbeit, beruflich und privat muss der Carport gestrichen werden, außerdem steht ein Tischtennisturnier Ü40 an, aber er will sehen, was sich machen lässt. Sie müssten sich unbedingt mal wieder auf ein Bier treffen. Er verspricht, so schnell wie möglich in seinem bestsortierten Zeitungs- und Zeitschriftenarchiv nachzuforschen.

Der nächste Anruf verbindet ihn mit Amtmann Raimund Böhmer. Böhmer hat ihn beim letzten A-cappella-Konzert vermisst. Es wäre richtig schade, dass sie mit ihren kulturellen Veranstaltungen so stiefmütterlich vom Sender behandelt würden.

Wesemann verspricht Besserung und lenkt ab mit der Frage nach der Spende von Laurena von Kuttler.

„Tja, die neue Glocke ..." Und schon weiß Wesemann, dass es ein etwas längeres Gespräch wird. Aber was tut man nicht alles für einen guten Kontakt zu einem Amtsträger. Er klemmt sich das Mobilteil des Telefons zwischen Kopf und Schulter und setzt einen Kaffee auf. „Sind Sie noch da?"

„Aber ja, und mit größtem Interesse."

„Also, die neue Glocke. Vor fünf, nein, sechs Monaten sind zwei reparierte Glocken und die eigens gegossene neue Glocke in den Glockenturm heimgekehrt. Jetzt ist das Geläut der Stiftskirche wieder vollständig. Wir sind sehr froh, dass unsere Glocken heimgekehrt sind und zukünftig gemeinsam mit der neuen Glocke erklingen können. Unser Dank gilt Laurena von Kuttler, die als angehende Stiftsdame die Neuanschaffung ..."

„Wenn ich da mal unterbrechen darf ..." Wesemann wird ein wenig ungeduldig, „... was hat denn die neue Glocke gekostet?"

„Aber Herr Wesemann, Sie wissen doch, wie das mit dem geschenkten Gaul ist."

„So ungefähr, muss ja nicht auf den Cent genau sein. Als Amtmann des Stifts haben Sie doch sicher einen Überblick."

„Nun ja, eine deutsche Durchschnittsglocke wiegt dreihundert Kilo und kostet insgesamt etwa sechstausend Euro netto. Der Preis setzt sich aus dem Herstellungspreis und dem Weltmarktpreis für Glockenbronze ..."

„Danke", sagt Wesemann, „beim nächsten Konzert bin ich sicher wieder vor Ort."

„Ihr Wort in Gottes Gehörgang!"

Sie hat also Geld. Woher? Wenn sie als Terroristin in den Nahen Osten geflohen ist, wird sie dort wohl kaum den Sand zu Gold gemacht haben. Sind RAF-Terroristen überhaupt reich gewesen oder geworden? Kaum. Woher stammt also das Geld?

Schließlich hat sie laut Felicitas Vogelsängers Aussage in ihrer Stiftswohnung ein modernes Kommunikationszentrum. Je nach Vereinsstatuten könnte es aus den Einnahmen finanziert worden sein. Als Einnahmen müssen wohl die Spenden angesehen werden. Wenn viel reinkommt, muss auch viel rausgehen, nach Vereinsrecht darf ein Verein nur ein minimales Vermögen anhäufen. Warum lässt sich Dieter Try bloß so viel Zeit?

Wesemann wird ungeduldig, geht auf den Balkon, fläzt sich auf seine Lieblingsliege, steht wieder auf, geht in die Wohnung, schaut aus dem Küchenfenster. Die Tauben auf dem gegenüberliegenden Dach sind jetzt zu dritt.

Es klingelt.

Einen Augenblick muss sich Wesemann orientieren, woher das Klingeln kommt. Handy? Telefon? Wohnungstür? Haustür!

„Ja, bitte."

„Hallo, hier bin ich."

„Wer ist ich?"

„Wesemann?"

„Ach, Engin, du bist es. Du bist mir willkommen!" Wesemann drückt auf den Türöffner.

„Kannst du runterkommen?"

„Natürlich, einen Augenblick." Wesemann sucht nach seinem Schlüsselbund. Warum will Engin nicht raufkommen? Keine Zeit? So ein Geschäftsmann ist ständig auf der Suche nach Sonderposten, die er seinen Kunden anbieten kann. Letztens hatte Engin Fußmatten mit einem Aufdruck im Angebot: *Home sweet Hose*. Ein falscher Buchstabe, aber nur drei Euro das Stück. Wo hat er bloß das Schlüsselbund? In seiner Hand! Gefahr erkannt …

Wesemann läuft die Treppe hinunter, will die Haustüre aufziehen, sie wird von außen zugehalten.

„Du musst Augen zumachen!" Engins Stimme ist durch die geschlossene Tür kaum zu hören.

„Wenn ich die Augen schließe, fall ich auf die Nase!"

„Egal", sagt Engin, doch er lässt den Zug auf die Türe ein wenig nach. „Halt dir Hand vor Augen."

„Wenn du meinst."

Engin gibt die Türe frei. Wesemann tritt auf den Bürgersteig und bevor er sich noch die Hand vor die Augen halten kann, sieht er ihn vor sich, den neuen Twingo. Taubengrau, mit orangefarbenen Türholmen, aus dem offenen Dach ragt eine Zierpalme, auf der rechten Seite der Motorhaube ein Aufkleber: ATOMKRAFT? NEIN DANKE.

„Schönes Auto", sagt Engin. „Türholme durchgerostet, neu geschweißt, ohne Aufpreis, Gemüse gehört nicht dazu, wir bringen in Deisterstraße, war von vierunddreißig herabgesetzt auf sechzehn Euro. Willst du auch eins, Cousin hat noch ein paar."

„Nein danke." Wesemann läuft um das Auto herum. Sein Nachbar mit dem Dackel beäugt ihn von der anderen Straßenseite. Wie gerne würde er den Dackel jetzt an Wesemanns Reifen pinkeln lassen.

„Guten Tag", sagt Wesemann.

Der Nachbar nickt mürrisch, zerrt an der Hundeleine und die beiden müssen sich ein anderes Opfer suchen.

„Willst du ein Bier oder soll ich uns einen Kaffee kochen?“, fragt Wesemann.

„Lieber nicht.“

„Schmeckt dir mein Kaffee nicht?“

„Ich muss nach Hause, arbeiten, Umsatz machen, sonst Familie verhungern.“ Engin gibt Wesemann den Autoschlüssel.

„Okay, ich fahr dich!“

Wesemann öffnet die Beifahrertür, doch Engin zögert mit dem Einsteigen. „Papiere liegen unter dem Sitz.“ Er macht ein gequältes Gesicht. Wesemann schaut ratlos, irgendetwas liegt noch in der Luft. „Brauchst du Rechnung?“, fragt Engin.

„Eigentlich nicht“, überlegt Wesemann, „ich verlasse mich auf dein Wort und die Garantieerklärung deines Cousins.“

„Schön. Gut. Willst du bar bezahlen?“

Jetzt ist es raus. Gut, dass Wesemann noch nicht eingestiegen ist und von seinem neuen Auto Besitz ergriffen hat. Er will Engin den Schlüssel zurückgeben.

„Nein, nein“, wehrt Engin ab, „jetzt dein Auto, nur Cousin hat gefragt.“

„Im Augenblick ist es ein bisschen schwierig“, druckst Wesemann herum, „ich habe ein paar Meinungsverschiedenheiten mit dem Sender.“

„Nicht schlimm, nicht schlimm.“ Engin strahlt Wesemann an. „Wir sind Freunde, ich strecke Geld vor und du bezahlst, wenn Sender macht Aufträge.“

„Das ist nett. Danke!“

„Und einen Mokka auf das neue Auto trinken wir auch noch bei mir!“

Engin setzt sich auf den Beifahrersitz, Wesemann geht ums Auto herum. „Neu?“, murmelt er vor sich hin und grinst.

Wesemann kommt nicht zum Mokkatrinken. Als er auf die Deisterstraße einbiegt, klingelt sein Handy, doch er muss erst auf Engins Hof einbiegen, bevor er nach dem Anrufer schauen kann. Felicitas Vogelsänger!

Engin nimmt die Palme und geht zum Hintereingang des Geschäfts, Wesemann ruft zurück. „Wir müssen uns unbedingt treffen", Felicitas Vogelsänger scheint sehr aufgeregt zu sein, „das Kind ist weg."

„Welches Kind?"

„Die Kleine, die unsere dunkle Wolke mit Tante angeredet hat. Mein Auto ist in der Inspektion, ich habe Ihnen mal eine Busverbindung herausgesucht."

„Ich brauche keine Busverbindung, ich verfüge wieder über einen eigenen fahrbaren Untersatz."

„Dann machen Sie sich mal gleich auf den Weg, wir treffen uns im *Ohnegleichen* in Hessisch Oldendorf. Ihr neues Auto hat doch sicher ein Navi. Geben Sie einfach ..."

„Ich weiß, wo *das Ohnegleichen* ist."

Wesemann schaut sich um, Engin steht in der Tür, ohne Palme. „Muss los!", ruft Wesemann und winkt Engin zu.

„Immer schön fleißig sein!", ruft Engin zurück.

Wesemann fährt los, setzt noch einmal zurück und lässt das Fenster herabsinken. *Sonderausstattung Elektro* – hat Umut mit besonderem Nachdruck hervorgehoben.

„Dafür hat kein Servo-Lenkung." Engin hebt mit einem verschmitzten Lächeln die Schultern.

Café *das Ohnegleichen*. Gemütlich. Draußen Backsteine, drinnen Backsteine und Holzgefühl, unterstützt von rustikalen Applikationen aus der guten alten Zeit.

Felicitas Vogelsänger sitzt an einem der hinteren Tische mit Blick auf den ansehnlichen Ficus benjamini – nur leicht feucht halten, keinesfalls zu üppig gießen. Weiß Wesemann noch von seiner ersten Frau. Lange nichts mehr von ihr gehört. Ist auch besser so.

„Ich habe dir schon mal einen Cappuccino bestellt", sagt Felicitas Vogelsänger, „du hast es doch immer eilig."

„Heute hätte ich lieber einen Milchkaffee genommen."

„Kaffee ist Kaffee", sagt Felicitas, „außerdem habe ich viel zu berichten."

Hetzen lässt sich Wesemann nicht. Er bestellt sich noch ein Stück vom selbst gemachten Mandarinenkuchen, ohne Sahne!

„Tapfer, tapfer", sagt Felicitas.

„Wer weiß, wozu es gut ist."

Es entsteht eine kleine Pause. Kaffee und Kuchen werden gebracht. Vor Ungeduld trommelt Felicitas Vogelsänger mit den Fingerspitzen leicht auf die Tischplatte. Das Servieren dauert ihr wohl zu lang, sie verdreht die Augen zu den Einbaustrahlern, für Wesemann könnte die Bedienung ruhig noch bleiben, er schenkt ihr ein Lächeln.

„Also ...", Felicitas rückt an Wesemann heran, „... wir haben in größerem Kreis den Geburtstag von Thekla Morgenstern-König gefeiert, ich schätze, ihren zweiundsiebzigsten, sie sagt, es wär der fünfundsechzigste, aber man weiß doch ..."

„Wer ist Morgenstern-König?"

„Eine Stiftsdame natürlich. Sie hat die Redaktion der Stiftsnachrichten übernommen, aber fünfundsechzig ..."

„Es ist mir ziemlich egal ..."

„Mir auch", sagt Felicitas Vogelsänger, „jedenfalls war der Amtmann auch da. Wir haben uns alle prächtig unterhalten und am Abend hat nach dem Schweinefilet in Rahmsoße der Malteser Aquavit die Runde gemacht. Man sagt ja, dass der Alkohol die Zunge lockert, und da hat dann der Amtmann berichtet, dass endlich im nächsten Jahr das Chorgestühl restauriert werden kann."

„Vielleicht sollte man auch ein paar dickere Sitzkissen anschaffen, damit es bei den Veranstaltungen nicht so drückt."

„Wer will, kann doch stehen. Jedenfalls bin ich hellhörig geworden, denn offiziell herrscht in allen Kassen Ebbe. Da hab ich dann mal so ein bisschen nach dem großzügigen Spender nachgebohrt, und was meinst du, welcher Name da gefallen ist?"

„Deiner?"

„Quatsch. Keiner! Der Amtmann wollte den Namen nicht herausrücken. Er hat seine Prinzipien und ist verschwiegen wie ein Grab. Doch der Malteser hat seine Wirkung getan. Auf dem Nachhauseweg habe ich mich bei ihm eingehängt und ihn ein paar Straßen begleitet. Und da ist es rausgekommen."

„Waaas?"

„Unsere dunkle Wolke hat zugesagt, die Kosten für die ersten sechs Chorstühle zu übernehmen. Als gutes Beispiel sozusagen. Was sagst du dazu?"

„Sie kann doch ihr Geld geben, wem sie will. Oder?"

„Aber woher hat sie es?"

„Du meinst … *Wir helfen Waisen*?"

„Hab ich auch vermutet. Dann hab ich am nächsten Tag bei meiner Freundin in der Verbraucherzentrale Peine angerufen. Sie wusste überhaupt nichts über den Verein, hat mir aber eine Telefonnummer für weitere

Informationen gegeben. DZI Deutsches Zentralinstitut für soziale Fragen.

Da hab ich angerufen und habe einen sehr netten Herrn an den Apparat bekommen. Die DZI Spenderberatung dokumentiert rund 1.000 Spenden sammelnde Organisationen aus den Bereichen Soziales, Umwelt und Naturschutz. In der Datei war *WhW* nicht zu finden. Ich habe dann noch illegale Adoptionen von ausländischen Kindern ins Gespräch gebracht. Der nette Herr konnte mir einen Namen geben, und da kommst du ins Spiel. Dirk Walkes ist Journalist beim *Bremer Tageblatt*. Er beschäftigt sich seit Jahren mit kriminellen Auslandsadoptionen."

„Bremen?"

„Ich habe Dirk Walkes bereits angerufen. Am Telefon gab er sich äußerst wortkarg und abweisend, doch gegen ein Treffen mit einem Berufskollegen hätte er nichts einzuwenden. *Eine Hand informiert die andere*. Er wäre nächste Woche in Petershagen zu einem Interviewtermin, da hätte er anschließend sicher ein Stündchen Zeit."

„Mein Gott, du legst ein Tempo vor!"

„Kommst du nicht mit?"

„Man muss nur zwischendurch mal nachdenken, was sich lohnt und was nicht."

„Diesmal kannst du fahren. Ist nicht schwer zu finden, B 83 bis Bückeburg …"

„Wird schwierig. Mein Auto hat keine Servolenkung."

„Und wie bist du hergekommen? - Spielt keine Rolle, dann fahr ich eben."

Wesemann starrt auf seine Kaffeetasse.

„Und was hast du herausbekommen?"

Wesemann berichtet von HK Bertrams Informationen. Er versucht, seinen Rechercheergebnissen einen möglichst wichtigen Unterton zu geben, aber eigentlich ist alles ein großes Durcheinander. Er wird sich heute Abend hinsetzen, alle bisherigen Ergebnisse auflisten und in einen plausiblen Zusammenhang bringen.

„Wollen wir noch einen Prosecco trinken?", fragt Felicitas Vogelsänger, die Wesemanns depressive Ausstrahlung spürt. Wesemann nickt fast unmerklich.

„Bei der Kripo sollte man vielmehr weibliche Ermittler einstellen."

„Wieso?", grummelt Wesemann.

„Weil sie einfach bessere und schnellere Ergebnisse liefern."

„So wie du?" Das war Ironie.

„So wie ich!" Das war keine Ironie. „Man kommt an unsere dunkle Wolke einfach nicht ran. Sie sitzt in ihren vier Wänden und starrt auf die Bildschirme. Da habe ich unsre Priorin nach der Samstagsandacht ein bisschen angestachelt, ob Laurena von Kuttler krank sei, weil sie keine Arbeiten im Haus und Garten übernehme. Gerade jetzt stünde doch das Unkraut in einem Stiftsgarten besonders hoch."

„Geschickt." Wesemann prostet Felicitas zu, damit ist klar, dass er den Prosecco bezahlen muss. Das kommt von seiner Ungeduld, aber es geht einfach nicht weiter.

„Zum Wohl!", sagt Felicitas Vogelsänger und grinst. „Vor meiner Führung sehe ich am Sonntag, wie Laurena von Kuttler mit Harke und Hacke bewaffnet zu den Stiftsgärten hinübergeht. Weiße Hose … aber grüne Stiefel und ein buntes Tuch um den Kopf geschlungen. Ich hinter ihr her, sie könne doch am Sonntag nicht im Garten arbeiten. Sie schien recht erstaunt, hat dann Harke und Hacke abgestellt und ich habe sie so ganz beiläufig in ein Gespräch verwickelt. Wo denn das nette kleine Mädchen wäre, das gelegentlich am Fenster ihrer Wohnung zu sehen war. Sie tat erst sehr erstaunt, doch dann konnte sie sich plötzlich erinnern, obwohl es erst ein paar Tage her war. Die Kleine sei zu den Eltern gebracht worden. Da habe es plötzlich Probleme mit der Adoption gegeben, die von ihrer wohltätigen Organisation vermittelt worden sei. Viel Arbeit, wenig Dank. Aber jetzt sei alles in Ordnung."

„Schön, ich muss auch gleich los." Wesemann winkt der Bedienung.

„Ich wollte sie provozieren und habe das kleine Holzkreuz in einem der Stiftsgärten ins Gespräch gebracht. Wohl Erinnerungsstätte an ein verstorbenes Haustier, ganz gehässige Mitmenschen nennen die Stelle allerdings Kindergrab. Ihre aufgerissenen Augen hättest du sehen müssen. - Den Prosecco übernehme ich. Du kannst die Spritkosten für unseren Ausflug nach Petershagen übernehmen."

„Sehr geschickt", stellt Wesemann fest. Er verabschiedet sich mit einem Küsschen auf die Wange. Felicitas Vogelsänger lächelt nachsichtig.

Wesemann fährt nach Hause, sucht eine größere Parklücke. Damals, als er den VW ohne Servolenkung hatte, waren die Abstellflächen einfach größer.

Er fischt die Reklame aus dem Briefkasten. Eine Ansichtskarte fällt zu Boden, Wesemann hebt sie auf. Seine Adresse auf der Vorderseite, aber keine Briefmarke, die Karte muss also ohne Umweg über die Post eingeworfen worden sein. Die Hochglanzseite zeigt einen alten Volksempfänger mit einer eingedruckten Zeile: *Ich vermisse deine Stimme!*

Baxmann? Hat einen anderen Humor. Hanni? Wäre nicht so geheimnisvoll, hätte ihn mit *Junge, komm bald wieder* über den Sender gegrüßt. Bleibt nur noch ... Wesemann schließt die Wohnungstür auf. Ob er sie anrufen soll? Er schaut sich die Karte nochmals genauer an. In dem Adressfeld steht keine Anschrift, da hat jemand mit Bleistift etwas hineingeschrieben, ganz flüchtig und leicht zu übersehen: In dieser Woche im Angebot: *Fruchtaufstrich – Sauerkirsche/Rotwein*. Wesemann setzt sich an den Küchentisch, lächelt, wischt sich eine Träne aus dem Auge und entschließt sich spontan, das Geschirr abzuwaschen, die Küche aufzuräumen und mit dem Staubsauger durch die Wohnung zu gehen.

Er schaltet das Radio ein. In seinem Sender Musik ohne Sinn und Takt, dann eine junge Stimme. *Vier junge Leute haben am Sonntag gegen ein Uhr versucht, in einen Friseur-Salon an der Hamelner Schillerstraße einzusteigen. Die Täter schlugen eine Scheibe ein. Polizeibeamte waren rasch zur Stelle - es gelang ihnen, die mutmaßlichen Täter vorläufig festzunehmen. Es handelt sich um vier junge Leute aus Hameln und Hessisch Oldendorf.* Und direkt daran anschließend die Werbung für drei Friseur-Geschäfte mit Adresse, Öffnungszeiten und Sonderangeboten. Alcina-Schminkprodukte zwanzig Prozent billiger. Demnächst gibt es einen Bericht über die Vogelgrippe, gekoppelt mit Werbeeinblendungen vom Supermarkt und Geflügelhof. Sicher ganz in Baxmanns Sinn, aber sein Stil ist das nicht. Er klemmt die Ansichtskarte mit einem magnetischen Elefanten an die Dunstabzugshaube. Er wird mit dem Bericht über die dunkle Wolke groß rauskommen und sich dann einen anderen Sender suchen.

Nach zwei Tagen ruft Dr. Try an. Er will nicht mehr weiter über den Verein WhW recherchieren, seine Frau verlangt arbeitsfreie Feierabende und gemeinsame Aktionen am Wochenende. Was er herausbekommen habe? Nicht viel. Der Verein vermittelt Adoptionen von Waisen aus den Balkanländern in alle europäischen Länder. Hat sogar ein eigenes Kinderheim in Petrich. Ein paar Bilder von vermittelten Kindern, dem Eindruck nach keine südeuropäischen Kinder, eher aus Syrien oder dem Irak.

Wesemann bedankt sich, wünscht einen schönen Feierabend und ein ereignisreiches Wochenende.

Dr. Try legt einfach auf.

Er hat sich etwas überlegt, geht unter die Dusche, verwendet dann anschließend ausgiebig Deodorant und besprüht sich mit Eternity for men. Hat ihm Karola zum Geburtstag geschenkt und auch selber benutzt. Sauberes Hemd, saubere Hose und die Schuhe geputzt. Er sieht aus wie neu, findet er, als er sich kurz im Garderobenspiegel betrachtet.

Er geht den Feuergraben hinunter, am Arbeitsamt wechselt er auf die andere Straßenseite, dann Wettorstraße hinunter und hinüber zur Neuetorstraße. Er setzt sein breitestes Grinsen auf, als er den Laden betritt. Einen Blumenladen könnte er mit geschlossenen Augen am Geruch erkennen. Riecht keineswegs nach Flieder, Rosen oder Nelken, eher nach Blattwerk, Wasser und Moder.

Eine Frau in Karolas Alter kommt auf ihn zu, fragt ihn nach seinen Wünschen. Wahrscheinlich Agata Lüdersen, die Freundin. Er fragt nach Karola.

„Sind Sie Herr Wesemann?"

Was passiert, wenn er es zugibt? Doch da wird neben dem Regal mit den bunten Blumenübertöpfen ein Vorhang beiseitegeschoben. Karola. Er möchte sie an die Hand und gleich mit nach Hause nehmen. Was soll das ganze Brimborium? Doch Karola lächelt ihn geschäftsmäßig an. Wesemann fragt nach dem Brotaufstrich Kirsch mit Rotwein.

„Du meinst sicher den Fruchtaufstrich Sauerkirsche mit Rotwein?"

„Meine ich meine." Was hat er denn da gesagt. Er kann seine Augen nicht von ihr lösen. Sie hat die Haare kürzer und einen helleren Lippenstift aufgetragen. Aber sonst ... ganz die alte. Das sagt er ihr lieber nicht.

„Der Fruchtaufstrich Sauerkirsche mit Rotwein war diese Woche im Angebot und ist leider ausverkauft."

„Aber Karola ..." Das war die überraschte Freundin.

„Ausverkauft!", sagt Karola mit Nachdruck und ihre Freundin verzieht sich lieber.

„Das ist aber schade", meint Wesemann, „ich hatte mich so darauf gefreut. Ein Frühstück zu zweit mit frischem Fruchtaufstrich ..."

„Der Topf steht schon auf dem Herd, ich werde heute Abend noch ein paar Gläser abfüllen können."

„Soll ich noch mal vorbeikommen?"

„Es dauert noch. Gut Ding will Weile haben."

„Schade!"

„Ich könnte dir ein Glas zum Frühstück vorbeibringen."

„Wunderbar! Dann koche ich uns den besten Frühstückskaffee aller Zeiten. Du bleibst doch?"

„Aber nur zum Frühstück."

„Bis dann", sagt Wesemann. Er strahlt. „Ich habe dich vermisst." Das kann jeder hören, Karolas Freundin schüttelt den Kopf.

Hanni ruft an, sie hat eine Idee. Also keine Idee, sondern so ein Teil, was man als Dekoration für ein Theaterstück braucht.

„Eine Requisite."

„Natürlich, klar, weiß ich doch, wollte nur mal hören, ob du dich mit dem Stück beschäftigst."

Den Zusammenhang versteht Wesemann nicht. Ist auch egal, Karola hat ihren Besuch für morgen früh angesagt, wird ein bisschen knapp, Felicitas Vogelsänger holt ihn um elf ab, aber da steht Karola schon längst wieder im Laden.

„Pausenlos", murmelt Wesemann. Das war ein bisschen dürftig, er muss noch etwas nachlegen. „Den Plot habe ich schon, jetzt kommen die Feinarbeiten. Aber die gestalten sich immer als zeitintensiv und müssen wohlbedacht sein."

„Du schaffst das! Denk an die anderen Theatergruppen, die auf unser Stück warten."

Hoffen und Harren … denkt Wesemann. Eigentlich hat er sich vorgenommen, noch die Fenster zu putzen.

Vielleicht sollte er es bei dem guten Willen lassen, sonst wird das Fensterputzen bei der Hausarbeiten-Verteilung noch seiner Seite zugeschlagen.

„Was sagst du dazu?", fragt Hanni.

„Wozu?"

„Hörst du mir überhaupt zu? Typisch Mann! Also noch mal zum Mitschreiben: Ich habe einen original Waschzuber aus der Heimatstube. Für die erste Szene, natürlich nur als Leihgabe für unsere Aufführungen."

„So etwas gibt's noch?"

„Aus dem Museum Rinteln auf der Eulenburg. Da hat mein Ex Alex mal gearbeitet, Eintrittskarten und Ansichtskarten verkauft und so. Er hat sich wieder bei mir gemeldet. Es war alles nicht so gemeint, wie er es gesagt hat. Ist auch egal, jetzt ist erst einmal das Theaterstück wichtig. Wenn wir mit dem Stück auf Tournee gehen, muss Alex allerdings wieder ran. Er hat so einen Kleinlastwagen und könnte den Zuber und die anderen Requisiten zu den Aufführungsorten transportieren."

„Das ist toll, bringt mich auch ein großes Stück weiter."

„Du hast nichts dagegen, wenn ich mich mit Alex wieder vertragen würde?"

„Überhaupt nichts."

„Du erzählst ihm auch nichts von unserem … Abend?"

„Kein Wort!"

„Du bist ein Gentleman. Nur damit da kein Verdacht aufkommt, sollten wir uns vielleicht wieder siezen? Zumindest bei den Theateraufführungen."

Das hat man davon, wenn man sich mit der falschen Frau betrinkt. „Ich muss auflegen, der Akku gibt gerade …"

„Aber immer schön fleißig bleiben, Herr Wesemann."

Die Fenster hat er nicht geputzt, nur mit einem bunten Staubbesen abgewedelt, dafür ein paar Kleinigkeiten fürs Frühstück gekauft, nachdem Karola angerufen und ihr Kommen angekündigt hat.

„Wow", sagt Karola, nachdem sie Wesemann mit einem gehauchten Küsschen auf die Wange begrüßt hat, „du hast dir aber Mühe gegeben."

„Ich glaube, ich habe nicht mehr viele Chancen bei dir."

„Aber Forellenfilets, Serrano-Schinken, Cheddar-Käse und eine englische Orangenmarmelade – du hast dich richtig in Unkosten gestürzt."

„Alles von Lidl."

„Ich weiß", Karola lacht, „wollte nur mal sehen, ob du dich gebessert hast."

„Gebessert schon, aber nicht verbessert."

„Und frische Brötchen." Karola setzt sich.

„Nicht von Lidl."

Karola sieht ihm in die Augen. Er hat ganz vergessen, wie ihre Augen funkeln, wenn sie lacht. Plötzlich fasst sie sich an den Mund. Zahnprobleme? Er wird sie sofort zum Notarzt, in die Klinik, in die Medizinische Hochschule nach Hannover fahren.

„Ich habe den Fruchtaufstrich vergessen."

„Ein Grund, wiederzukommen."

„Das wird sich noch herausstellen."

Es wird ein launiges unverkrampftes Frühstück.

„Du arbeitest nicht mehr für den Sender?"

„Kaum noch."

„Aus Prinzip, oder gibt dir Baxmann keine Aufträge mehr?"

„Baxmann ist recht sparsam geworden.“

Karola nimmt sich noch ein Brötchen und wählt den Serrano-Schinken.

„Ich hab wohl auch ein bisschen überreagiert“, Karola hält sich die Serviette vor den Mund, „du musst doch auch leben.“

„Eigentlich schon.“

„An Beiträge von Benno Bonifaz könnte ich mich gewöhnen – aber keine Verbrüderung mit Baxmann, diesem Macho für Arme.“

„Versprochen.“ Jetzt lacht Wesemann. Wie zufällig berührt sein Knie unter dem Tisch Karolas Bein. Karola zieht ihr Bein zurück, verschluckt sich, hustet. „Nur nichts überstürzen.“

„Wir haben alle Zeit der Welt.“

„Eben.“ Wesemann öffnet eine Flasche Prosecco und schüttet zwei Gläschen ein.

„Woran arbeitest du im Augenblick?“

Das war eine gescheite Frage, typisch für Karola, mitten hinein ins Ziel, und Wesemann berichtet von den dubiosen Vorfällen im Stift. Sie vergessen die Zeit, bis es klingelt.

„Ich habe eine Verabredung“, sagt Wesemann, „ich muss zu einer Recherche nach Petershagen.“

„Macht nichts“, sagt Karola, „ich komm gleich mit runter.“

Hoffentlich steht Felicitas Vogelsänger mit ihrem Auto nicht genau vor der Tür. Sie steht und das Verdeck ist auch zurückgeklappt. So ein …

„Eine Verabredung, wie sie zu dir passt!“ Abrupt wendet sich Karola ab und läuft mit energischen Schritten die Straße hinunter.

„Musst du denn genau …“

„Steig ein, wir haben keine Zeit.“

Es wird eine schweigsame Fahrt. Wesemann trauert der vertanen Chance hinterher und Felicitas Vogelsänger konzentriert sich auf den Verkehr. Dirk Walkes vom *Bremer Tageblatt* hat sich mit ihnen im Storchenmuseum verabredet. Im Café auf der Deele des Museums. Ein gedrungenes Fachwerkhaus mit rotem Pfannendach. Anheimelnd, einladend, ausgleichend.

Windheim No. 2 mit seinem Westfälischen Storchenmuseum öffnet in einer halben Stunde. Felicitas Vogelsänger und Wesemann setzen sich vor dem Haus auf die Bank.

„Jetzt sind wir hier", sagt Felicitas Vogelsänger.

„Hm", meint Wesemann.

„Es gibt keinen Grund, mir die Laune ebenfalls zu verderben", sagt Felicitas Vogelsänger, „lass uns so viel wie möglich an Informationen aus dem Journalisten herausholen, dann liefere ich dich wieder zu Hause ab und du kannst weiterschmollen."

„Hm."

„Das werte ich jetzt mal als Zustimmung."

Dirk Walkes kommt mit zwanzigminütiger Verspätung. Unter dem rechten Arm ein Aktenordner, unter dem linken Arm ebenfalls und in der Hand eine Aktentasche.

Walkes sieht aus, wie man sich den Kapitän eines Walfängers vorstellt. Allerdings muss er das Beiboot eigenhändig gerudert haben, ein Schweißfilm auf der Stirn und dunkle Flecken unter den Achseln des hellblauen Oberhemds.

Endlich wird auch das Haus aufgeschlossen, die drei lassen sich sofort im Café auf der Diele nieder, Walkes legt seine Aktenordner und die Tasche ab, setzt sich, wischt sich den Schweiß von der Stirn und bestellt ein Weizenbier ohne Alkohol. Gibt's nicht, er nimmt ein Alsterwasser, wischt sich die nachdrückenden Schweißperlen ab.

„Sind Sie von Bremen her gelaufen?"

„Ich war in Eile und hab mein Auto an der Sparkasse abgestellt. Entschuldigung also für die Verspätung."

„Macht nichts", sagt Felicitas Vogelsänger, „wir wollten was von Ihnen und nicht Sie von uns."

Das Alsterwasser kommt, Walkes bestellt gleich ein zweites, atmet tief durch und öffnet einen Ordner, ohne hineinzuschauen.

„Sie wollten also etwas über illegale Adoption ausländischer Kinder wissen ..."

Felicitas Vogelsänger und Wesemann sehen sich kurz an. „Wir haben es nicht so global gesehen", sagt Felicitas Vogelsänger, „eher lokal. Richtung Bulgarien, Griechenland, den Balkan eben."

„Da gibt es ganz fürchterliche Dinge", sagt Walkes. „Es würde zu weit führen, Ihnen einen Überblick über die kriminellen Praktiken der Menschenhändler zu verschaffen." Er öffnet noch einen Knopf an seinem Oberhemd. Wesemann überlegt, ob er Karola eine SMS schreiben soll.

„Bulgarien ist ein ganz, ganz dunkles Kapitel im Bereich der illegalen Adoptionen. Die Kinder werden entführt oder verzweifelten Eltern abgekauft und in sogenannten Waisenhäusern unter unwürdigsten Umständen untergebracht. Den zurückgebliebenen Eltern droht man, den Kindern werde es schlecht ergehen, sollten sie sich an die Polizei wenden. Bei den wenigen durchgeführten Razzien tauchten große Mengen Bargeld, Waffen, sogar Sturmgewehre und Granatwerfer auf –, um einmal zu verdeutlichen, dass es hier nicht um Pillepalle geht."

Wesemann würde sich gerne auf Walkes Informationen konzentrieren, doch muss er ständig an Karola denken. Er wird Felicitas Vogelsänger bitten, ein Protokoll von dem Gespräch anzufertigen, hört sich sehr professionell an.

„Ich will es kurz machen." Walkes schließt den Ordner, in den er nicht hineingesehen hat, und öffnet den anderen an beliebiger Stelle.

„Ein *bestelltes* Kind wird über die Grenze von Bulgarien nach Griechenland gebracht, um ihm eine neue Identität zu verschaffen. Dazu wird es in Griechenland unter Vorlage falscher Papiere angemeldet. Bei *Hausgeburten* genügt in Griechenland die Vorlage von eidesstattlichen Versicherungen zweier Zeugen. Manchmal genügt auch ein entsprechendes Trinkgeld auf dem Standesamt, Fakelaki genannt, um dem Kind einen neuen Namen zu geben. Übrigens betrifft die überwiegende Anzahl der erschlichenen Geburtsregistereinträge Mädchen. Jungs würden automatisch an die Kreiswehrersatzämter gemeldet und könnten daher leichter auffallen."

Wesemann wird Karola direkt anrufen, auch wenn sie ihn zur Schnecke macht, doch ein direkter Kontakt ist feinfühliger zu gestalten, und er selber hält sich für ausgesprochen sensibel.

„Ich muss wieder los", sagt Walkes, „die Redaktion in Bremen wartet. Nur so viel noch. In der Bundesrepublik gibt es einen fest etablierten Adoptionskinderhandel, für den auch in Zukunft mit Wachstum zu rechnen ist. Zwar liegt Deutschland mit seinem zwanzigprozentigen Anteil an Auslandsadoptionen im internationalen Vergleich noch im unteren Bereich, doch der Run auf die Adoption geht weiter." Walkes schlägt den Ordner zu. „Ich weiß nicht, Kollege, was Sie mit den Informationen anfangen können", er winkt der Bedienung, „aber Öffentlichkeit ist wichtig, denn solche Geschäfte gedeihen nur im Verborgenen." Walkes erhebt sich, schiebt sich die Aktenordner unter die Arme und nimmt seine Aktentasche.

„Wir übernehmen das", sagt Felicitas Vogelsänger zur Bedienung.

„Natürlich", sagt Wesemann.

Die Rückfahrt nach Hameln wird sicher nicht so schweigsam wie die Hinfahrt. „Petrich", sagt Felicitas Vogelsänger.

„Der erste konkrete Ansatz", bestätigt Wesemann. Doch weiter kommt er nicht mit seinen Ausführungen. Das Handy von Felicitas Vogelsänger klingelt. Sie unterhält sich eine ganze Weile und dabei wird sie immer ernster und einsilbiger. Schließlich beendet sie das Gespräch und reicht Wesemann das Handy zur Ablage im Handschuhfach.

„Du weißt, dass es verboten ist, am Lenkrad ..."

„Das war das Stift. Die Priorin wurde gefunden. Am Gartenteich. Also nicht am, sondern im Gartenteich, mit dem Gesicht unter Wasser."

„Ist sie tot?"

„Sie wurde mit dem Rettungswagen ins Sana Klinikum nach Hameln gebracht."

„Hoffentlich überlebt sie es!"

Eigentlich sollte es auf direktem Wege zu Wesemanns Wohnung gehen, doch auf der Höhe von Wehrbergen entschließt man sich, direkt zum Sana Klinikum zu fahren. Ist kein großer Umweg und einen Parkplatz finden sie auch.

Felicitas Vogelsänger stellt sich als Bewohnerin des Stifts Hollenbusch vor, sie hätte den Auftrag, der Priorin einige persönliche Dinge zu überbringen. – Sie werden in einen kleinen Warteraum verwiesen, gleich würde sich jemand um sie kümmern.

Nach dreiundvierzig Minuten und zwei Rückfragen am Empfang taucht plötzlich ein gestresster weißer Kittel auf. Frau … der Patientin ginge es den Umständen entsprechend gut. Das kann alles beinhalten, von leichten Hautabschürfungen bis zum Koma.

Besuch? Eigentlich nicht. Die Patientin sei doch sehr schwach, obwohl … vertraute Gesichter andererseits auch nicht schaden könnten. Vielleicht sogar nützlich seien. Die Patientin leide unter einem Schock mit partieller Amnesie. „Aber nur ganz kurz!"

„Eine kurze Amnesie?", Wesemann scheint verwirrt über die Diagnose.

„Der Besuch!" Und schon macht sich der Weißkittel auf zu neuen Entscheidungen über Leben und Tod.

Felicitas Vogelsänger ist sprachlos, Wesemann braucht einen Moment, um sich zu sortieren, dann verlassen sie das kleine Wartezimmer und wollen am Empfang die Zimmernummer der Priorin erfahren.

Kaum hat Wesemann die Tür des Wartezimmers hinter sich geschlossen, versucht er, Schutz hinter Felicitas Vogelsänger finden. Keine Chance, obwohl er als kleiner Mann keinen großen Schatten wirft. HK Bertram kommt den Gang zu den Krankenzimmern herunter, hat ihn natürlich sofort entdeckt und eilt ihn zu. „Ich muss Sie dringend sprechen", er reicht Wesemann die Hand, „wenn Sie ihn für ein paar Minuten entbehren können", ein freundliches Grinsen für Felicitas Vogelsänger. „Wir wurden über einen Zwischenfall im Stift informiert und ich habe mir die Folgen angesehen."

Mit der freien Hand öffnet er erneut den kleinen Warteraum und zieht Wesemann mit sich, ohne eine Antwort abzuwarten. Felicitas Vogelsänger bleibt vor der Tür zurück.

„Setzen Sie sich, Wesemann."

„Danke für die freundliche Einladung."

„Für ein Vorgeplänkel haben wir keine Zeit. Nun setzen Sie sich schon."

„Wenn es der Wahrheitsfindung dient."

Bevor sich HK Bertram setzt, zieht er einen Stuhl so aus der Wartereihe, dass er Wesemann direkt ansehen kann. „Sie wissen, dass ich für kurze Zeit in Hannover war."

„Da haben Sie wohl neue Ermittlungsmethoden kennengelernt."

„Wesemann, der Spötter, wie ich ihn mag. Aber Spaß beiseite und geradeheraus. Die merkwürdigen Vorfälle im Stift nerven. Durch meine Abwesenheit habe ich nicht alle Zusammenhänge abrufbereit im Kopf und meine *Vertretung* war auch nicht gerade gewissenhaft im Hinterlassen aufschlussreicher Berichte."

Warum überkommt Wesemann gerade in diesem Augenblick das Bedürfnis, herzhaft zu gähnen. Doch er beißt tapfer die Zähne aufeinander, bis ihm die Tränen aus den Augen quellen.

„Rundheraus, ich würde gerne Ihre Rechercheergebnisse nutzen, um Licht in die Vorfälle im Stift zu bringen. Dann liegt da auch noch der tote Galeriebesitzer auf meinem Schreibtisch und blockiert die Abarbeitung der Altakten."

„Ich bin gern zur Zusammenarbeit bereit", sagt Wesemann, „allerdings sollten Sie dann Ihre Erkenntnisse auch mit mir teilen."

„Selbstverständlich, Wesemann, soweit es meine Dienstvorschriften erlauben."

Wesemann, das sind die Exklusivrechte für die Berichterstattung! „Ich bin dabei!"

HK Bertram steht auf, reicht Wesemann die Hand. „Wir vereinbaren telefonisch einen Termin?"

„Ich kann gern zu Ihnen in die Zentralstraße kommen."

„Muss nicht sein, ein neutraler Ort wäre mir lieber. Die NSA muss doch nicht alles wissen!"

HK Bertram kann auch recht spaßig sein.

SECHZEHN

In der Zwischenzeit hat Felicitas Vogelsänger das ausgehängte Angebot der Cafeteria studiert und die Zimmernummer der Priorin herausgefunden. Es geht in den ersten Stock, vorsichtig anklopfen, kein „Herein" hören, Türe geräuschlos öffnen, die Priorin sitzt in ihrem Bett am Fenster, Wesemann hätte sie nicht erkannt in dem Krankenhausfummel.

Felicitas Vogelsänger geht voraus, wird mit großen überraschten Augen angesehen. Wesemann bleibt lieber in der Nähe der Tür. Er ist so müde. Das zweite Bett ist leer, scheint aber nicht frei zu sein, der Nachttisch ist belegt, das Bettzeug unordentlich, das Kopfkissen zerwühlt.

Felicitas Vogelsänger beugt sich zur Priorin. „Hallo, wie geht es?"

„Das Kreuz, wo ist das Kreuz?"

„Wir haben von dem Unfall im Stift gehört und sind gleich hergekommen. Sie kennen doch Herrn Wesemann?" Sie zeigt mit dem Kopf in Richtung Tür.

„Er hat das Kreuz?"

„Welches Kreuz?"

„Der Heilige Vater hat es mir versprochen."

Felicitas Vogelsänger richtet sich auf, sieht Wesemann fragend an. Wesemann kommt näher, bis ans Fußende des Betts, hält sich an der Bettstange fest, schaut zufällig auf das Namensschild unter der Plastikabdeckung. „Merkwürdig", murmelt er.

„Was ist merkwürdig?" Felicitas Vogelsänger stellt sich neben Wesemann.

„Und die Kerzen", sagt die Priorin.

„Ist das ihr Name?“, fragt Wesemann.
„Natürlich nicht“, flüstert Felicitas Vogelsänger.
„Dann ist es die falsche Frau.“
„Ich kenn doch die Priorin.“
„Einen Krug mit Weihwasser sollte er auch mitbringen.“
Wesemann und Felicitas Vogelsänger sehen sich abrupt an. „Weihwasser?“, fragt Felicitas Vogelsänger. Wesemann hebt ratlos die Schultern. Felicitas Vogelsänger geht zurück ans Kopfende des Betts. „Haben Sie schlecht geträumt?“
„Ich bin hellwach. Der Heilige Vater hat einen Gesandten geschickt, der mir Kreuz, Kerze und Weihwasser bringen soll. Alles haben mir die Heiden abgenommen. Sie wollten mich sogar ertränken. Aber ich bin mit Gottes Hilfe wieder aufgetaucht und all meine Sünden waren mir vergeben.“
„Oje“, sagt Wesemann.
„Sie wissen schon, dass Sie die Priorin vom Stift Hollenbusch sind?“
„Mit den Heiden will ich nichts mehr zu tun haben!“
„Sie sind evangelisch!“
„Ketzer!“
„Sie ist dreiundneunzig“, flüstert Felicitas Vogelsänger Wesemann zu.
„Ein Fall für den Neurologen“, sagt Wesemann, „das ist keine partielle Amnesie, das ist eine handfeste Schizophrenie.“
„Hinaus, junger Mann“, keift die Priorin los und weist mit zitterndem Finger auf die Tür, „bevor ich den heiligen Georg zu Hilfe hole.“
„Wir gehen besser“, sagt Felicitas Vogelsänger und dirigiert Wesemann zur Tür.
„In der Hölle sollt ihr schmoren!“

Wesemann öffnet die Tür, nicht mehr ganz so vorsichtig wie vorhin beim Hineingehen, und zieht Felicitas Vogelsänger mit sich auf den Flur. „Aber schickt mir vorher die Schwester mit Kaffee und Kuchen!"

„Was war das denn?", überwindet Felicitas Vogelsänger endlich ihre Sprachlosigkeit auf der Rückfahrt. „Sie war so eine nette alte Dame."

„Das gibt sich wieder", meint Wesemann, „wenn der Schock vorbei ist."

„Ich werde mich mal im Stift umhören, ob irgendjemand den Unfall beobachtet hat."

Wesemann schweigt eine Weile. „Unfall?"

„Was soll es sonst gewesen sein."

„Bei all dem Durcheinander, den die Priorin von sich gegeben hat, ist mir ein Satz aufgefallen ..."

Reifen quietschen, Wesemann fällt nach vorn aufs Armaturenbrett, rappelt sich auf, Felicitas Vogelsänger sagt: „Rot! Mit Kameraüberwachung."

Wesemann stemmt sich gegen die Rücklehne. „... sie hat gesagt: *Sie wollten mich sogar ertränken. Aber ich bin mit Gottes Hilfe wieder aufgetaucht*. Den Rest vergessen wir mal."

„Glaubst du ..."

„Glauben gehört zu euch ins Stift, ich sammle Fakten. Halt, stopp, lass mich bitte hier aussteigen."

„Hast wohl Angst, dass uns deine Freundin schon wieder zusammen sieht?" Sie fährt vom Kastanienwall in die Emmernstraße und parkt gleich parallel zu der Hauptverkehrsstraße.

„Wüsste nicht, was sie daran stören könnte!" Wesemann zwängt sich aus dem Cabrio. „Wir bleiben in Verbindung."

„Bleiben wir."

Wesemann geht die Einkaufsstraße hinunter, sucht nach einem Papierwarengeschäft. Er hat sich entschlossen, Karola keine E-Mail zu schicken und ihr auch nicht auf den Anrufbeantworter zu quatschen. Er wird sich ihr erklären, ausführlich und mit Stil.

Er entscheidet sich für ein fliederfarbenes Büttenpapier mit gleichfarbigem Umschlag, isst bei Hinsemann noch eine Currywurst und strebt dann ziemlich beschwingt seinem Zuhause entgegen.

Über seinen Brief wird sich Karola bestimmt freuen, es soll nicht einfach eine Erklärung werden, sondern ein richtiger Liebesbrief mit Gefühl, Anteilnahme und Empathie. Aber zuerst zieht er die Jacke aus, nimmt ein Bier aus dem Kühlschrank und wählt am Küchentisch den Platz mit dem besten Licht.

Ein Schluck Bier aus der Flasche und dann kann es losgehen. Seine Hand beginnt zu zittern, fast schon ängstlich greift er nach dem Kugelschreiber. Wann hat er das letzte Mal mit der Hand geschrieben?

Liebste Karola, es ist nicht so, wie es ausgesehen …

Was für ein abgedroschener Anfang. Aber jetzt steht er da. Mit Filzstift schwarz auf Violett. Heutzutage kann man nicht mehr radieren, doch Wesemann hat eine Idee. Er streicht den Satz und dreht das Blatt um. Sie wird ihm den kleinen Ausrutscher verzeihen.

Liebste Karola, ich möchte dir die ganze unglückliche Sache ausführlich erklären. Du weißt schon, welche. Du bist und bleibst das Wichtigste auf der Welt für mich. Tag und Nacht denke ich an dich, mein Herz schlägt schneller, wenn ich nur an dich denke, und in Gedanken bin ich immer bei dir.

Waren das jetzt zu viele Gedanken? Man hätte es auch viel galanter formulieren können. Vielleicht lockert ein weiteres Schlückchen Bier die Hand.

Wesemann tastet blind nach der Flasche, die Flasche kippt und das restliche Bier verteilt sie auf dem angefangenen Brief.

Schlagartig erkennt Wesemann, dass er kein Mann für gestelzte Worte ist. Sei's drum, Hauptsache, das Herz sitzt am rechten Fleck.

Mit Papierküchentüchern tupft er das Bier auf, zerknüllt den Büttenbrief und wirft ihn in Richtung Abfalleimer. Er reißt eine Seite aus seinem Ringbuch, schreibt: *Ohne dich ist alles nichts. Wir müssen reden. Gib mir eine letzte Chance!*

Soll er den Brief unterschreiben? Wenn Karola nicht weiß, von wem er kommt, ist sowieso alles zwecklos.

Er faltet das karierte Blatt, steckt es in den Büttenumschlag und trägt ihn umgehend zum Briefkasten. Er soll so schnell wie möglich ankommen, Wesemann braucht wieder seine Seelenruhe, das Leben ist auch ohne Liebesqual aufregend genug.

Am nächsten Morgen vor dem Rasieren. Karola hat sich noch nicht gemeldet. HK Bertram schlägt ein Frühstück im Café des Pressehauses der Dewezet vor. Wesemann bestätigt, muss sich beeilen.

Eine Nachricht von Hanni trifft ein: *Sauer. Alex hasst Theater. Ich soll nicht spielen. Nur über seine Leiche. Kann er haben. Gruß Hanni*

Der Amtmann des Stifts ruft an. Er hätte läuten gehört, dass Wesemann eine Stelle suche. Vielleicht wäre das etwas für ihn: Fundraising.

„Selbstredend."

„Viele Menschen geben oft und gern – Zeit für ehrenamtliche Arbeit, Geld für gute und sinnvolle Projekte, Ideen für eine bessere Zukunft."

„Oder Blut."
„Blut?"
„Blut-Spende."
„Also, unser Fundraising kümmert sich um die Unterstützer unserer kirchlichen und diakonischen Arbeit im Kirchenkreis. Fundraising erfordert eine genaue Planung und ausgewogene Konzepte, die langfristig angelegt …"
„Ich bin nicht so für langfristige Konzepte, ich bin eher der spontane Typ. Außerdem hätte ich einen ganz speziellen Berufswunsch, wenn ich als Journalist mal nicht mehr gefragt bin."
„Prediger?"
Wesemann beendet das Gespräch ohne Vorwarnung. Aus Rache wird er ihn als Tatverdächtigen an HK Bertram verraten.

Demonstrativ schaut HK Bertram auf die Uhr, als Wesemann das Lesercafé der Dewezet stürmt. Sein Kaffee ist schon halb ausgetrunken. Dafür muss Wesemann erst gar keinen bestellen, man kennt ihn und serviert ihm unaufgefordert den Muntermacher.
Schöne Atmosphäre im Café mit Anzeigenberatung, Aboservice und Ticketshop. Im angrenzenden Medienraum hat Wesemann schon manch interessante Veranstaltung besucht, Vorträge über die Denkmalpflege oder auch Krimilesungen. Am besten haben ihm die Lesungen mit dem Spezialisten für Hameln-Krimis gefallen. Aber der Autor kommt leider viel zu selten.
„Wesemann, Sie träumen!"
„Ich denke."
„Also los. Wo fangen wir an?"
„Ich denke mal, bei unserem Verdacht, dass Laurena von Kuttler in Wahrheit das versprengte RAF-

Mitglied Rosvita Zettl ist und sich die Identität bereits vor Jahrzehnten im Vorderen Orient übergestreift hat. Um sie ein bisschen besser kennenzulernen, sollte man vielleicht ihren Hilfsverein genauer unter die Lupe nehmen."

HK Bertram zieht einen Schnellhefter aus seiner abgegriffenen Aktentasche, schlägt auf: „Wir-helfen-Waisen?"

„Genau!"

„Also auf gegenseitigem Vertrauen. Wo ist Rosvita Zettl an ihre neue Identität gekommen?"

„Unserer Meinung nach in der Nähe von Monsul im Irak. Da ist der Touristenbus verunglückt, in dem das Ehepaar von Kuttler saß."

„Stimmt."

„Wollten Sie mich testen?"

HK Bertram grinst, holt sich am Cafétresen ein Mineralwasser, setzt sich wieder zu Wesemann. „In dem Bus ist nicht nur das Ehepaar von Kuttler tödlich verunglückt …"

„Ich weiß", sagt Wesemann, „es gab keine Überlebenden."

„Wenn wir vernünftig zusammenarbeiten wollen, sollten Sie mich zumindest ausreden lassen."

„Dann knüpfen Sie mal zügig an Ihre Vorrede an."

„In dem Bus saß auch ein Mann namens Peter Berger."

„Peter Berger? Peter Berger? Ist das nicht …"

„Was ist was?"

„Der Schriftführer in dem Hilfsverein von Laurena von Kuttler?"

„Ich will es kurz machen, unsere Recherchen lassen vermuten, dass es sich bei Peter Berger um das RAF-Mitglied Burkhard Gerling handelt. Soweit wir wissen, war er mit Rosvita Zettl im Vorderen Orient unterwegs, aber dann verliert sich seine Spur."

Wesemann schaut HK Bertram nachdenklich an. „Wenn sich die beiden in dem Verein WhW einbringen, muss es für sie einen Sinn machen, der über die reine Mildtätigkeit hinausgeht."

„Stimmt. Dazu hätten wir Peter Berger gern an seinem gemeldeten Wohnsitz in Unna befragt, allerdings verbirgt sich hinter der angegebenen Adresse kein Wohnhaus, sondern das Vereinsheim der Kleingartensiedlung *Kastanienhain*. Das Vereinsheim ist nur zu Familien- und Vereinsfesten sowie zur jährlichen Mitgliederversammlung bewirtschaftet."

„Also eine Luftnummer?"

„Genau. Wir werden nun versuchen, den Aufenthaltsort von Peter Berger über Interpol ausfindig zu machen, im Stift wird er wohl nicht wohnen."

„Wohl kaum."

„Was uns natürlich fehlt, sind Einblicke in die Arbeit vom WhW-Verein. Darüber gibt es rein gar nichts. Wer sind die Interessenten für eine Adoption, woher kommen die Kinder, wie läuft die Vermittlung ab."

„Der Tote vom Rosenrondell hat doch so ein Kinderheim in Petrich geleitet. Können Sie denn nicht Ihre bulgarischen Kollegen …"

„Da bekommen Sie leichter Auskünfte im Taubblindenheim in Fischbeck."

„Sie werden schon einen Weg finden."

„Sicher. Mit Ihrer Hilfe."

„Natürlich. Was kann ich tun?"

„Sie könnten zum Beispiel auf den Gedanken kommen, sich mit Ihrer zauberhaften Partnerin als adoptionswilliges Paar bei dem Verein zu melden."

„Ich? Mit wem?"

„Die nette Dame, die Sie mir in der Sana Klinik nicht vorgestellt haben."

„Sie waren doch so kurz angebunden. Außerdem ist das nicht meine Partnerin."

„Was ist sie denn?" HK Bertram grinst.

„Sie ist ... das würde jetzt zu weit führen."

„Wesemann, Wesemann, Sie sind ein richtiger Casanova!"

„Hätten Sie wohl gern. Dann könnten Sie mich in Ihren Bleikammern einbuchten und wären die kritischen Nachfragen der Öffentlichkeit los."

„Ich höre von Ihnen!" HK Bertram packt seinen Schnellhefter in die Aktentasche, geht zum Cafétresen, um zu bezahlen.

Jetzt hilft kein Zaudern mehr, jetzt heißt es Angriff. Er begibt sich zum Laden mit den exquisiten Marmeladen und Fruchtaufstrichen, der nebenher auch noch Blumen anbietet. Als er den Laden forsch betritt, will sich Karola in die hinteren Räumlichkeiten zurückziehen.

„Halt", sagt Wesemann, „ich muss mit dir sprechen. Jetzt, hier und jetzt!" Wenn er aufgeregt ist, neigt er zu Wiederholungen.

Karola kommt zurück an ihre kleine Verkaufstheke. „Jetzt erkenne ich Sie! Hat Ihnen mein Fruchtaufstrich nicht geschmeckt?"

„Lass den Blödsinn. Es geht um alles."

„Vielleicht für Sie, ich habe weitere Alternativen."

„Es geht nicht nur um uns, es geht um das Schicksal vieler, vieler unglücklicher Kinder."

Karola sieht ihn schweigend an, öffnet den Mund, um etwas zu sagen, schließt ihn wieder, schaut an die Decke, holt tief Luft und sieht Wesemann direkt an.

„Wenn das auch wieder eine deiner Luftnummern ist, brauchst du dich nie, nie wieder blicken zu lassen." Sie greift unter die Ladentheke, stellt ein Schild neben die Pyramiden mit roten, gelben und grünen Gläser.

Bin gleich zurück!

Ganz leicht zittern Wesemanns Hände, als sie zum Café am Brunnen hinübergehen. Bloß keinen Kaffee mehr! Er bestellt sich ein Mineralwasser. Und noch eins und ein Bitter Lemon. Er berichtet Karola von Felicitas Vogelsängers Beobachtungen, seinen eigenen Recherchen und HK Bertrams Informationen.

„HK Bertram ist zurück?"

„In Hannover sei es da immer zwei bis drei Grad kälter als in Hameln. Im Allgemeinen und besonders unter Kollegen."

„Aha, ein Alpinist, aber ich will dich nicht unterbrechen.

Wesemann berichtet weiter, und Karola hört aufmerksam zu. Plötzlich scheint ihr etwas einzufallen, sie greift in ihre Handtasche, zieht einen fliederfarbenen Briefumschlag heraus und legt ihn auf den Tisch. „Ich bekomme noch die Nachgebühr von dir, auf dem Umschlag fehlt die Briefmarke."

„Natürlich, klar. In bar oder als Überweisung?"

Zum ersten Mal huscht ein Lächeln über Karolas Gesicht. „Womit wir wieder da angelangt wären, wo wir vor Tagen aufgehört haben."

„Richtig!" Wesemann schmunzelt. Er bestellt zwei Gläser Prosecco. „Womit wir bei der entscheidenden Frage sind: Wollen wir HK Bertram helfen oder seine Anregung ins Leere trudeln lassen?"

„Wenn es um dich ginge, würde ich dir noch einen Tritt geben, aber die Kinder können wir nicht im Stich lassen."

„Also schleichen wir uns als Paar bei dem Wohltätigkeitsverein ein und geben vor, ein Kind adoptieren zu wollen?"

„Tolle Idee. Du bist doch schon aufgeflogen, bevor du noch aufgelegt hast. Ein bunter Hund kann nicht plötzlich zur grauen Maus werden."

„Damit ist die Sache also gestorben. Schade, ich hätte mir durchaus vorstellen können …"

„Wesemann, du bist ein Fantast!"

„Das hoffe ich doch!"

„Mich kennt niemand im Stift, fehlt nur noch der Mann an meiner Seite."

„Vielleicht ist das doch keine so gute Idee mit dem Einschleichen."

„Doch, das ist eine sehr gute Idee. Ich werde meinen Tangopartner fragen, ob er den Part übernimmt."

„Doch nicht diesen Pomadenheini?"

„Mein Tanzpartner heißt Augusto Hempel und ist ein sehr angenehmer Mensch."

„Augusto? Der Kerl heißt August und sein Nachname war vor der Umbenennung sicher Hampelmann."

„So viel zum Thema Vertrauen. Ich soll dir deine Berichte unbesehen abkaufen und du fremdelst schon, wenn du nur einen Namen hörst."

Wesemann schaut aus dem Fenster. So geht es nicht weiter, geht es ihm durch den Kopf. Weder in dem Fall mit der dunklen Wolke noch in seinem Privatleben. Er wird zurückstecken müssen. Immer noch besser als aufrüsten. „Vertrauen gegen Vertrauen!"

„Vertrauen gegen Vertrauen!", bestätigt Karola. „Ich werde ihn gleich mal anrufen, ob er bereit ist, für die angebliche Adoption den Lebenspartner zu spielen." Sie zieht ihr Handy aus der Tasche, schaltet es ein.

„Du hast seine Nummer sogar im Speicher?"

„Auswendig kann ich sie mir nicht merken." Karola öffnet ihre Handtasche, holt eine kleine schmale Brille hervor und setzt sie vorn auf die Nasenspitze.

Wesemann schaut sehr erstaunt. „Du brauchst eine Brille?"

„Glotz nicht so!"

„Ich liebe dich!" Wesemann springt auf, ist mit zwei Schritten bei Karola und gibt ihr einen ganz sanften Kuss – auf den Mund.

„Damit du klarsiehst: Den Tangokurs lasse ich mir nicht noch einmal ausreden."

„Vielleicht habe ich auch bald wieder Lust auf Tango?"

„Vielleicht." Karola steht auf. „Ich muss zurück in den Laden. Bessre dich!"

Wesemann setzt sich wieder, er lächelt, bestellt sich einen Wodka Lemon und als die Bedienung nachfragt, ohne Lemon. Jetzt wird er sein Schicksal in die Hand nehmen und nicht mehr loslassen.

Er trinkt einen Schluck und noch einen und schaut verträumt zum Fenster hinaus. Ein Junge hat in der Stadtgalerie eine Wasserpistole bekommen, eher einen Wasserwerfer, und füllt ihn am Brunnen mit der nötigen Munition. Im Eilschritt versucht eine ältere Frau, den Kleinen am absehbaren Einsatz des Wasserwerfers zu hindern, und gerät als Erste ins Fadenkreuz der Einsatzleitung. Der Kleine sprintet über den Platz und mäht alles nieder, was ihm in den Weg kommt.

Wesemanns Handy klingelt. Hanni meldet sich. Wie weit er mit dem Theaterstück sei? Ihre Theatergruppe will übernächste Woche mit den Proben beginnen. Ob er wenigstens schon eine erste Szene mailen könnte?

Kann er natürlich nicht.

Er habe es versprochen.

Daran kann er sich natürlich nicht erinnern.

Der Heiratsantrag sei ihm wohl auch entfallen?

„Ich hatte bestimmt fünf Promille."

„Und ich habe Ihren Heiratsantrag schriftlich."

„Kann nicht sein."

„Kann doch sein. Ich mache einen Scan und schicke ihn aufs Tablet."

„Lassen Sie mal", sagt Wesemann, die Ungereimtheiten des Internets könnten den Scan in falsche Kanäle geraten lassen. „Bestehen Sie auf einer offiziellen Annullierung?"

„Nicht unbedingt. Sobald Sie mir die erste Theaterszene schicken, werde ich Ihren Heiratsantrag vernichten. Obwohl ..."

„Damit bin ich einverstanden!" Bloß keinen Rückzieher hinnehmen.

„Dann ist ja alles klar, ciao, mein Wesemännchen."

Mit einem Schluck trinkt Wesemann seinen Wodka aus. Er steht auf, bezahlt, geht zur Tür und vergewissert sich, dass der Wasserwerfer außer Reichweite ist. Sein Handy klingelt schon wieder. Als Wesemann den Namen des Anrufers liest, glätten sich seine Wangen: *Meine Liebe.*

„Ich hab gleich angerufen." Karola klingt ein wenig gehetzt. „Mein Tanzpartner Augusto ziert sich, will sich nicht binden, sagt er. Hat wohl nicht begriffen, was ich von ihm wollte, aber tanzen kann er göttlich."

„Ich habe eine Idee ..."

„Wenn du eine Idee hast, bekomme ich immer weiche Knie."

„Du kennst doch Dieter?"

„Welchen?"

„Meinen Freund Dr. Dieter Try."

„Nein."
„Was, nein?"
„Kenne ich nicht."
„Waren wir nicht zusammen auf dem Sportfest in Hattendorf?"
„Nein, waren wir nicht."
„Dann war es wohl Arbeit und ich habe einen Bericht für den Sender gemacht. Jedenfalls war Dieter auch da und hat den zweiten Platz in seiner Altersklasse belegt."
„Beim Würstchenwettessen oder Biertrinken?"
„Was du immer denkst. Dieter ist ein sehr guter Tischtennisspieler mit einer gefürchteten Rückhand. Den ersten Platz hat er nur verpasst, weil er die falschen Sportschuhe angezogen hatte."
„Ach der ..."
„Mit ihm würde ich dich gerne verkuppeln - nur zum Wohl der Waisenkinder natürlich."
„Natürlich."
„Ich denke, ihr könntet euch über Skype absprechen, bevor du die Sache bei *WhW* ins Rollen bringst."
„Ich werde ihn mal fragen, ob er Salsa tanzen kann. In der Tanzschule wird gerade ein neuer Kurs angeboten."
„Wenn du mit Dieter ..."
„... oder hast du Lust auf Salsa?"
„Aber nur mit viel Gin und 'ner Scheibe Zitrone."
Eine spaßige Bemerkung kann auch durchaus unangenehme Folgen haben. Er hat den Wasserwerfer aus den Augen gelassen und mit nassem Jackett und Hose dafür bezahlt. Bengel! Trotzdem muss Wesemann lachen. Die Oma hat sich völlig außer Atem auf den Rand des Brunnens gesetzt.

Wesemann kann durchaus ohne Alkohol entspannen, einen Tee mit Karola trinken oder auch einen Saft. Doch zu Hause erwartet ihn niemand, und da hilft ein Gläschen durchaus. Kirschwasser. Hat Karola zum Backen gebraucht, aber Wesemann will nicht backen.

Er setzt sich in seinen Sessel, schaltet das Fernsehgerät an und aus und genießt das zweite und dritte Gläschen. Ihm fallen die Augen zu, von ganz weither ein Brausen und Rauschen. Bäume, Himmel, eine Straße. Er sitzt in einem Auto, nicht irgendeinem, seinem alten Corsa. Im Rückspiegel nähert sich der orangefarbene Suzuki. Sie erreichen das Weserufer, Wesemann flüchtet sich auf die Fähre Großenwieden, ein roter Suzuki hinterher, fährt viel zu schnell, rammt Wesemanns Corsa, das Auto durchbricht die vordere Schranke und fällt ins Wasser.

„Hilfe!" Wesemann kann nicht schwimmen. Wozu auch, er wollte nie zur See fahren, obwohl er passives Mitglied der Marinekameradschaft Hameln ist. Doch das hilft ihm jetzt auch nicht. Aber sein aufmerksames Lesen der Wochenendbeilage der Tageszeitung. *Verhalten bei Unfällen mit Wasserschaden.* Oder so ähnlich. *Ruhe bewahren!* Wenn das so leicht wäre, doch das Wasser steigt schneller als erwartet und als er nur noch mit schräg gelegtem Kopf unter dem Wagendach Luft schnappen kann, lässt sich die Tür endlich öffnen. Er kann das Auto verlassen, aber schwimmen kann er dadurch auch nicht. *Hilfe!* Nur gedacht, nicht ausgesprochen.

Da nähert sich eine Gestalt mit raumgreifenden Zügen. Engin, sein Freund! Er wird ihn retten, doch Engin hält Abstand und weist nur auf ein Blatt Papier in seiner Hand. Eine Rechnung über fünftausend Euro oder sind es türkische Lira? Bei welchem Wechselkurs steht die Lira und warum ist er nicht längst ertrunken? Engin verschwindet, weitere Gestalt taucht auf. Die Priorin im langen weißen Gewand, auf dem Kopf eine goldene Mitra, sie droht ihm mit ihrem weißen Handschuh: *Hubert Wesemann, wie hältst du's mit dem Zölibat?*

Wesemann kommt nicht zu einer Antwort. Eine Gestalt mit weit vorgestreckten Armen schwebt auf ihn zu. Nackt, mit leuchtend rot geschminktem Mund. Hanni! Sie wird ihn retten. Dafür wird er ihr zwei Hauptrollen auf den Leib schreiben. Doch Hanni wird von einem Dreizack gepiesackt, am anderen Ende Karola. Hanni entschwindet, Karola schickt ihr den Dreispieß hinterher, dann widmet sie sich Wesemann. Sie kommt ganz nah, sie drückt sich an ihn, fest, ganz fest, und beginnt mit der Mund-zu-Mund-Beatmung. Wesemann hält sie ganz fest und schwebt mit ihr der Wasseroberfläche entgegen. Der Bug der Fähre erscheint groß und dunkel über ihnen, schon ist die Alarmklingel von der Fähre zu hören, doch dann ist es das Sofakissen, dass ihm aufs Gesicht gerutscht ist, und die Klingel meldet einen Besucher vor der Haustür.

Wesemann rafft sich auf, schon grauer Vormittag, schlurft zur Tür, betätigt die Gegensprechanlage.

Felicitas Vogelsänger! Wesemann ist nicht auf Besuchsempfang eingestellt, doch Felicitas Vogelsänger behauptet, es sei wichtig, verlangt fünf Minuten und lässt sich nicht abwimmeln. Aber anbieten wird er ihr nichts. Höchstens einen Kaffee, könnte ihm auch guttun, aber kochen muss sie ihn selbst.

Felicitas Vogelsänger berichtet. Sie hat die Wohnung der Priorin für ihre Rückkehr vorbereitet, die Priorin wünscht ein Weihwasserbecken neben der Tür, hat der Amtmann natürlich nicht genehmigt. Aber der Außenspiegel ist zerstört, die Spiegelscheibe in tausend Scherben zerschlagen und der Arm an der Außenwand halb aus der Verankerung gerissen. Der Wind war bestimmt nicht der Übeltäter. Jetzt ist Laurena von Kuttler völlig unbeobachtet und kann tun und lassen, was sie will.

Wesemann bietet an, sich den Schaden anzusehen, aber frühestens am Nachmittag. Einen kleinen Werkzeugkoffer wird er auch mitbringen.

Als Felicitas Vogelsänger gegangen ist, kocht er sich doch noch einen Kaffee, gleich für zwei Tassen. Er startet sein Tablet, Karola hat ihm eine Mail geschickt. *Material für einen L'Ondit – damit du wieder zu Geld kommst. Die Informationen habe ich von meiner Freundin Agata, ihre Schwiegermutter arbeitet … ist wohl besser, wenn ich es dir nicht verrate, aber du wirst es dir dann schon denken können.*

Wie üblich also auf dem Marktplatz in L'Ondit. Doch diesmal versucht niemand, etwas unter den unendlich großen Teppich zu kehren, diesmal wird dringend etwas darunter gesucht. Buchungsbelege, die eigentlich nicht verschwinden können. Peinlich. Dabei hatte alles so vielversprechend, hoch motiviert und voller Vertrauen begonnen. Es ist schon einige Zeit her, da hatten gutwillige Bürger von L'Ondit großherzig gespendet, um ihr renovierungsbedürftiges Hochzeitshaus zu einem repräsentativen Gebäude für alle Bürger werden zu lassen. Es kamen noch viele Gelder hinzu, nachdem engagierte Lokalpolitiker und die engagierte Oberbürgermeisterin die Aktion Bausteine ins Leben gerufen hatte. Auch ein Arbeitskreis Hochzeitshaus schloss sich dieser Aktion an.

Selbst der Präsident des Vereins für Grenzbeziehung und Heimatpflege brachte sich ein und spendete mehr als tausend Mark aus der Vereinskasse. Hinzu kamen noch zahlreiche Kleinspenden. Auch die Stadt schloss sich mit mehreren Bausparverträgen in Höhe von jeweils fünf Millionen Mark dem Umbau des Hochzeitshauses für kulturelle Zwecke an.

Ein Licht sollte angezündet werden in L'Ondit, doch dann wurde es dunkel, sehr dunkel ... und ein großes Vergessen legte sich über die Stadt. Der ehemalige Stadtkämmerer kann sich an fast nichts mehr erinnern. Er weiß zwar noch sehr vage was von Verträgen, aber Genaueres ... die Akten über den Vorgang sind verschwunden, existieren einfach nicht mehr. Sie wurden in einem Kellerraum gelagert, der völlig verschimmelt war. Im Zusammenhang mit der Sanierung der Kellerräume muss wohl auch das verrottete Papier entsorgt worden sein. Wer hätte denn auch ahnen können ... Klammheimlich wurde die Ansparsumme bei den Bausparverträgen innerhalb der Ansparphase wieder gelöscht, was den Bürgern von L'Ondit natürlich verborgen blieb. Ebenso wenig konnte geklärt werden, wie lang die Ansparphase und wie hoch die Sparraten waren. Auch hier sind alle Unterlagen urplötzlich verschollen.

Was mit dem Geld aus den Verträgen und den gestifteten Geldern geworden ist, kann nicht mehr nachvollzogen werden. Alles einfach verschwunden. Doch um des lieben Friedens willen wurde angegeben, das Geld wäre ordnungsgemäß dem städtischen Etat zugeflossen. Jedoch: Keine Buchungen ohne Belege ... aber auch diese sind verschwunden.

Moment! Mit wenigen Klicks wird Wesemann in seinen eigenen Dateien fündig. Eine erhellende Ergänzung zu Karolas Bericht.

Klammheimlich gesellt sich der Vertreter einer benachbarten Gemeinde zu dem Suchenden unter dem Teppich. Vor zwei Jahren ist daheim das Freibad abgebrannt, denkt man immer nicht, aber außer Schwimmbecken gibt es auch Umkleidekabinen, Toiletten und einen Kiosk. Den Wiederaufbau sollte die Versicherung finanzieren, doch das Geld reichte nicht aus. Da sprang spontan die ortsansässige Maschinenfabrik ein und spendete dreißigtausend Euro für den Wiederaufbau. Ist aber nach zwei Jahren noch immer nichts geschehen und der Bürgermeister denkt jetzt darüber nach, das Freibad den Bachstelzen, Krähen und Enten zu überlassen. Von den gespendeten Dreißigtausend ist nicht mehr die Rede. Sind wohl einfach so zu ihren Brüdern unter den Teppich gekrochen.

Haben sich wohl irgendwo versteckt, einfach so, oder haben sich irgendwie aufgelöst.

Sollte irgendjemand irgendwo irgendwelches herrenlose Geld entdecken – wenden Sie sich bitte an Benno Bonifaz, er wird das Geld den rechtmäßigen Besitzern zukommen lassen.

Natürlich schwört er mal wieder dem Alkohol und anderen Unglücksbringern ab. Nur ein gelegentliches Gläschen Wein mit Karola oder Freunden, zumindest guten Bekannten …

Das Telefon mal wieder. Schweres Atmen auf der anderen Seite, Wesemann denkt schon an einen Stalker oder den Tangotänzer, dann meldet sich Baxmann. Der L'Ondit-Bericht hat ihm gut gefallen. Ob er damit wieder an Bord wär. Er hätte da so einige Themen, die seine Praktikanten nicht bewältigen könnten. Dabei ginge es um den inneren Zusammenhalt der Gesellschaft und die Wahrung der Grundwerte. Grundsätzlich. Im Augenblick wäre das Thema *Hunde im Bürger-*

park aktuell und das Parken an der Deisterstraße. Aber damit wolle er ihn gar nicht erst behelligen, ob es Neuigkeiten im Mord an dem Galeristen vom Pferdemarkt gebe.

Wesemann vertröstet Baxmann, noch wäre nicht alles aufgeklärt, aber eine große Sache bahne sich da an, und wenn die Öffentlichkeit eingeweiht werden könne, würde es *radioTOTAL* als Erstes erfahren. „Übrigens wäre ich auch an kleineren Aufträgen interessiert, der Adler frisst auch Regenwürmer, wenn es kein Wildbret gibt."

„Großartiger Vergleich, Wesemann, einfach großartig. Sie sind und bleiben mein bester Mann, aber die jungen Wilden sind billiger. Wir bleiben natürlich ..." Wesemann legt einfach auf. Nicht Baxmann – Blödmann!

Mit einem Anruf bereitet er den Besuch bei seinem Freund Dr. Try vor. Dann trinkt er seinen Kaffee aus und fährt nach Afferde. Dr. Try wohnt in einem verklinkerten Reihenhaus mit auffällig silbernem Schornstein für den Kamin im Wohnzimmer. Der Garten nicht einzusehen von einem der Hochhäuser. Man setzt sich auf die Terrasse, Dr. Try bietet Wesemann einen gerade aufgebrühten Rotbuschtee an. Wesemann wählt das alternative Mineralwasser. Rotbuschtee ist was für Mädchen. Dr. Try auch, ein richtiger Frauen-Mann.

Wesemann bereut schon, ihn als Partner für Karola vorgeschlagen zu haben, will nicht rausrücken mit dem Grund seines Besuchs. Aber hat er nicht mit Karola zum Neustart gegenseitiges Vertrauen vereinbart? Hat er, und so unterrichtet er Dr. Try von der Aktion, als Schein-Paar mit Karola beim Verein WhW vorstellig zu werden. Er hat auch schon eine Legende vorbereitet.

Dr. Try ziert sich. Auch wenn der Kuppelei-Paragraf längst gestrichen sei, wäre eine solche Vorgehensweise moralisch nicht zu rechtfertigen.

Jetzt hätte Wesemann doch gern einen Rotbuschtee, außerdem brauche Dr. Try nicht um seinen Ruf zu fürchten, die ganze Aktion laufe unter dem Deckmantel der Verschwiegenheit ab, an dem der Verein selber mehr als interessiert sei. Außerdem stecke er mitten in den Hochzeitsvorbereitungen mit Karola, damit da erst gar kein falscher Verdacht aufkomme.

Es dauert noch geraume Zeit, bis Wesemann seinen Freund überzeugt hat. Schließlich verspüren beide einen ausgeprägten Appetit und Wesemann lädt seinen Freund zu einer Pizza von Lieferando ein. Vierjahreszeiten und Margherita. Und eine große Flasche Mezzo Mix. Nach dem gemeinsamen Essen ist Dr. Try einverstanden.

ACHTZEHN

Mit gemischten Gefühlen macht sich Wesemann auf den Heimweg und dann steht auch noch ein Polizeiwagen vor seiner Haustür, natürlich im völlig unauffälligen Dunkelblau, aber mit einem verräterischen Doppelspiegel über dem Armaturenbrett.

Wesemann würdigt den Wagen keines Blicks, sucht geraume Zeit nach seinen Schlüssel, findet ihn schließlich, steckt ihn ins Schloss und spürt ein deutliches Klopfen auf seiner Schulter. HK Bertram. „Wir müssen reden."

„Gern", sagt Wesemann, „geben Sie einen aus?"

„Jetzt ist nicht die Zeit zu scherzen."

„Dann gehen wir rauf in meine Wohnung und schließen von innen ab."

„Wesemann", HK Bertram seufzt, „ich glaube, Sie können nicht anders."

Wesemann zuckt mit den Schultern und geht die Treppe hinauf. Vor der Wohnungstür verliert er seinen Schlüssel aus der Hand, bevor er sich bücken kann, hat ihn HK Bertram aufgehoben und schließt die Tür auf.

„Ist das nicht Hausfriedensbruch?"

„Ich lasse Ihnen den Vortritt."

Sie setzen sich an den Küchentisch, HK Bertram will nichts trinken. Vielleicht stören ihn die Geschirrstapel im Spülbecken. „Die Adoption schon eingeleitet?" HK Bertram malt auf der Tischplatte aus den Kaffeerändern einen Schneemann.

„Wir stehen vor der ersten Kontaktaufnahme."

„Lassen Sie sich aber nicht allzu viel Zeit."

„Es geht, wie es kommt."

„Wesemann, Sie haben mein geballtes Wohlwollen für die Aktion, aber eins muss klar sein: Rückendeckung kann ich Ihnen nicht geben."

„Habe ich auch nicht erwartet."

„Dafür aber vertrauliche Informationen."

„Wofür?"

„Kann ich Ihnen statt Feuerschutz geben."

„Haben Sie überhaupt schon mal mit Ihrer Pistole geschossen."

„Selbstverständliche. Bei den anstehenden Übungen."

„Aha. Und was ist mit den Informationen?"

„Wenn Sie noch eine saubere Tasse haben, hätte ich jetzt doch gerne einen Kaffee."

Wesemann steht auf, füllt Wasser und ein Kaffeepad in die Maschine, startet den Brühvorgang.

„Da sind Informationen über den Toten am Rosenrondell eingegangen."

Wesemann startet sein Tablet. „Vladislav Terziev?", entnimmt er einer Datei.

„Genau. Der Mann hat in Petrich ein Hostel geleitet. Offiziell. In Wirklichkeit handelt es sich wohl um ein Kinderheim. Nähere Informationen sind schwer zu erhalten. Selbst die bulgarische Polizei kann nicht einschreiten, weil nichts gegen die Leitung des Heims vorliegt. Allerdings schauen die bulgarischen Kollegen auch nicht so genau hin, wenn ein paar Euro ihre Sicht trüben. Man müsste sich das mal im Original ansehen, aber dafür fehlen mir die Spesen und außerdem ist der Mann tot."

„Nehmen wir doch mal an …"

„Dafür ist es noch zu früh. Besorgen Sie Informationen über diesen überaus diskreten Adoptionsverein."

„Wir tun, was wir können."

„Ach, noch etwas zu Bulgarien. Eine Spur führt bei Peter Berger alias Burkhard Gerling nach Varna. Er soll sich dort in einem Hotel aufhalten. Ein Kollege aus Hannover macht Urlaub am Goldstrand und hat nach meiner telefonischen Kontaktaufnahme ein paar Informationen gesammelt. Natürlich gegen den Willen seiner Frau. Aber Polizist ist Polizist. Er denkt, dass er in den nächsten Tagen noch mehr erfahren wird. Es wird spannend."

„Das hoffe ich doch sehr, soll doch eine richtig große Story werden."

„Wesemann, Wesemann, irgendwie fehlt Ihnen der Respekt vor der kriminalistischen Arbeit." HK Bertram steht auf und geht, ohne von dem Kaffee getrunken zu haben.

Wesemann öffnet seinen Laptop und schreibt das erste Kapitel seines ersten Theaterstücks. *Gertrudtis Höllenritt.* Immer noch die bessere Alternative als seinem Heiratsantrag die Ausführung folgen zu lassen. Es wird ein langer Abend, der sich locker bis nach Mitternacht hinzieht.

Am nächsten Tag opfert Karola ihre Mittagspause, um mit Wesemann den genauen Ablauf der Kontaktaufnahme mit dem Verein WhW abzusprechen. Aber zuerst brauchen sie anderthalb Stunden, um Wesemanns Wohnung in eine Wohnung nach Karolas Vorstellung zu verwandeln. Dann wird die Rufnummer am Telefon unterdrückt, ein Kaffee aus frisch gespülten Tassen getrunken, dabei ein Plan über die Vorgehensweise abgestimmt und aufgeschrieben. Schließlich atmet Karola tief durch, überfliegt noch einmal die Aufzeichnungen und greift zum Telefon.

Es dauert eine ganze Weile, bis der Anruf angenommen wird.

„Wie helfen Waisen, Sie sprechen mit Laurena von Kuttler. Was kann ich für Sie tun?"

„Mein Name ist Karola Weber, ich wünsche mir mit meinem Lebenspartner schon lange …"

Die Tonhöhe in Karolas Stimme hat sich ganz leicht geändert, stellt Wesemann fest. Sie ist aufgeregt, doch hoch konzentriert. Punkt für Punkt arbeitet sie den abgesprochenen Plan ab.

„… schon seit Jahren sind wir auf der Suche nach einem Adoptivkind, weil es mit einem eigenen Kind leider nicht klappt."

„Es gibt viele Stellen, an die man sich zwecks der Adoption wenden kann", sagt Laurena von Kuttler. „Ich würde Ihnen eine kirchliche Organisation empfehlen, da sind Sie bei der Abwicklung in besten Händen."

„Nun ja", druckst Karola herum, „wir haben es schon bei verschiedenen Organisationen versucht, aber leider kein Glück gehabt."

„Die Voraussetzungen müssen natürlich stimmen."

„Stimmt", Karola seufzt, „da gibt es bei uns einen kleinen Haken. Mein Partner hat, sagen wir es einmal so, keine blütenweiße Weste."

„Dann ist es wohl aussichtslos."

„Nicht, dass Sie etwas Falsches denken. Er ist kein Krimineller. Er hat sich vor Jahren für ein paar Wirtschaftsdelikte ungerechte Strafen eingehandelt, die leider noch aktenkundig sind."

„Es gibt Vorschriften."

„Wo es Vorschriften gibt, gibt es auch einen Weg."

„Sicher, unsere Waisenkinder sind nicht sehr anspruchsvoll. Sie suchen nach schlimmen Erlebnissen Geborgenheit in einem zuverlässigen Zuhause."

„Sie treiben mir die Tränen in die Augen. Bei uns würde ein adoptiertes Kind neben einem liebevollen Elternhaus auch die besten Grundlagen für seine Schulausbildung und finanziellen Rückhalt für eine Existenzgründung finden. Mein Mann ist Manager eines multinationalen Unternehmens, es ist so schade, so schade ..."

„Sicher wissen Sie, dass eine solche Adoption einiges kosten kann."

„Natürlich, aber Geld spielt keine Rolle!"

Wesemann zeigt Karola den Zustimmungsdaumen.

„Wenn es so ist, sollte man so einer armen Waisen auf ihrem Lebensweg keine Knüppel zwischen die Beine werfen."

„Uns wäre es auch völlig gleich, ob es ein Junge oder ein Mädchen ist."

„Ich denke, dass wir zusammenkommen könnten. Geben Sie mir bitte Ihre Telefonnummer. Ich lasse mir da verschiedene Konstellationen durch den Kopf gehen. Wenn ich etwas Passendes finde, melde ich mich wieder."

„Es wäre sehr schön, wenn Sie sich schon bald melden könnten. Mein Mann reist in sechs Wochen für einige Zeit nach ..." Karola fällt nicht ein, wohin. Wesemann deutet an, ihr einen Ball zuzukicken. „... nach Brasilien. Wäre mir beinah nicht eingefallen, er ist so häufig unterwegs. Aber vielleicht fliegt er diesmal mit einer besonders guten Nachricht in das ferne Land und freut sich umso mehr auf seine Rückkehr."

Die Vorsitzende antwortet nicht, nur ihr Atem ist zu hören.

„Sind Sie noch da?", fragt Karola.

„Ich denke mal, ich kann Ihnen vorerst vertrauen."

„Aber natürlich. Wir werden Ihnen selbstverständlich vor einem Adoptionsvertrag eine Bankauskunft übergeben."

„Es würden Kosten im hohen fünfstelligen Bereich auf Sie zukommen."

„Kein Problem. Gibt es denn aktuell Waisenkinder, die vermittelt werden sollen?"

Wesemann verzieht das Gesicht, die Frage war wohl ein bisschen direkt.

Laurena von Kuttler antwortet nach kurzem Zögern. „Einige. Aber bevor wir in weitere Beratungen einsteigen, würde ich Sie und Ihren Mann gern persönlich kennenlernen."

„Selbstverständlich."

„Wir könnten uns an einem neutralen Ort treffen, vielleicht in Berlin?"

Wesemann schüttelt abwehrend den Kopf.

„Eine gute Idee. Hätten Sie, wenn es nicht unverschämt von mir ist, vielleicht einige Bilder, die Sie mir schicken können? Wissen Sie, ich bin Anhängerin der Liebe auf den ersten Blick. Das war bei meinem Partner so und sollte auch bei unserem gemeinsamen Kind so sein. Vielleicht treffen wir uns dann schon mit einer konkreten Vorstellung in Berlin."

„Geben Sie mir Ihre E-Mail-Adresse. Ich schicke Ihnen einige Dateien. Aber natürlich völlig unverbindlich."

Damit ist das Gespräch beendet. „Unverbindlich, unverbindlich", motzt Wesemann, „ich bin gegen ein Treffen in Berlin. Was da alles passieren kann, außerdem hat dein Phantomehemann bestimmt keine Zeit."

„Wir sollten ihn einfach fragen."

„Jetzt gleich?"

„Warten wir erst einmal ab, was die nette Dame von der Kindervermittlung schickt."

„Magst du ein Gläschen Wein?"

„Warum nicht, aber erst hilfst du mir, meinen Laptop und die Bettwäsche aus dem Auto zu holen. Du glaubst gar nicht, wie das Schlafen auf einem Feldbett aufs Kreuz geht. Aber bilde dir keinen Blödsinn ein. Kein Sex in der Probezeit."

„Ne, ist klar."

„Höchstens Rücken an Rücken, zum Eingewöhnen."

Es wird ein schöner Abend. Laurena von Kuttler schickt keine E-Mail. Man geht mit guten Vorsätzen ins Bett, liest noch ein bisschen, macht das Licht aus und die guten Vorsätze sind nach dem ersten Aneinanderkuscheln schnell vergessen.

Zum Frühstücken lädt Wesemann seine große Liebe in die Kaffeestuben in die Wendenstraße. Mit viel Glück ergattern sie noch einen Tisch mit zwei Stühlen in dem kleinen Raum gleich rechts. Wesemann wählt das Frühstücksgedeck drei mit zwei Brötchen, einem Croissant, Butter, einem Ei, hausgemachter Marmelade und einer Aufschnittplatte mit Käse, Mettwurst, rohem und gekochtem Schinken. Karola belässt es beim Frühstücksgedeck eins mit einem Brötchen, einem Croissant, Butter und hausgemachter Marmelade, den Rest wird sie sich von Wesemanns Aufschnittplatte stibitzen.

Eigentlich sollte eine lockere, fröhliche Stimmung nach der Wiedervereinigungsnacht herrschen. Doch im ungezwungenen Miteinander ist gleichzeitig eine gewisse Zurückhaltung zu erahnen. Wesemann schiebt es auf die Anspannung im Adoptionsfall, Karola wartet ab. Irgendetwas fehlt noch.

Nach dem Frühstück bummeln sie durch die Fußgängerzone. Mit unauffälligem Nachdruck dirigiert Karola ihren Wesemann vorbei am Hochzeitshaus und dem Museumscafé in Richtung Garnisonskirche. Wie zufällig schlendert man am Studio Fee vorbei, anmutige Brautmode grüßt aus den raumhohen Schaufenstern.

Wesemann zögert, Karola passt sich seinem Schritt an, Wesemann bleibt stehen. „Hast du dich ...", Wesemann räuspert sich, „... dich schon für den Kopfschmuck zu unserer Hochzeitsfeier entschieden?"

„Noch nicht ganz."

„Dann sollten wir uns beraten lassen!" Wesemann fasst Karola am Ellbogen und schiebt sie ganz leicht über den roten Teppich hinein ins Geschäft.

Es wird dann ein Haargesteck mit Maiglöckchen, künstlichen, um allen eventuellen Komplikationen aus dem Weg zu gehen.

„Unser Hochzeitstermin steht noch?", fragt Wesemann, als sie das Geschäft schließlich verlassen.

„Ich habe nichts daran geändert."

Auf dem Heimweg kaufen sie noch ein paar Leckereien fürs Abendessen, Lachs und französischen Camembert für Karola, Bismarckhering und Toastbrot für Wesemann.

Wesemann schließt die Haustüre auf, geht vor Carola die Treppe hinauf, steckt den Schlüssel in die Wohnungstür und überlässt Karola dann das Aufschließen. „Ich hätte dann auch gern meine Schlüssel zurück", sagt Karola, „die du mir abgenommen hast."

„*Ich* habe dir die Schlüssel …"

„Fängst du schon wieder an", Karola gibt ihrem Wesemann einen Kuss, „du kleiner Besserwisser?"

Wesemann bekommt dann auch etwas vom Lachs beim Abendessen auf dem Balkon.

„Nun schau schon ..."

„Schöne Aussicht", sagt Karola und blickt über das Balkongeländer.

„... du kannst deine Neugier doch kaum noch zügeln."

„Ich, ich bin die Ruhe selbst." Karola trinkt noch einen Schluck Wein.

Wesemann steht auf und holt Karolas Tablet.

Karola trinkt noch einen Schluck, tupft sich den Mund mit einer Weihnachtsserviette ab und schaltet das Tablet ein.

„Eine E-Mail mit Anlagen, damit hätte ich nicht so schnell gerechnet."

„Möchtest du vielleicht vorher noch ein Häppchen von meinem Hering?"

„Lenk nicht ab, Wesemann!" Karola schaut gespannt auf den Bildschirm. „Sie hat geschrieben." Karola liest halblaut mit. „Sehr geehrte Frau ... und so weiter ... wir bedanken uns im Interesse unserer Adoptionskinder für Ihre Anfrage ... und so weiter ... im Anhang können Sie einige Dateien von vermittelten Kindern öffnen ... zum Schutz der Identität sind die personenbezogenen Angaben geschwärzt."

Wesemann kniet sich neben Karolas Stuhl.

„Sechs Dateien", berichtet Karola, was Wesemann nun selber sehen kann.

Nach und nach ruft Karola die Dateien auf. Nach der sechsten Datei fängt sie noch einmal von vorn an.

„Komisch", murmelt Karola mehr vor sich hin als zu Wesemann, „irgendetwas stimmt da nicht."

„Na klar, das Geburtsland ist für alle Kinder mit Griechenland angegeben."

„Versessene Adoptionseltern sind viel zu fixiert, um das zu bemerken."

„Vielleicht."

Wesemann stützt sich auf Karolas Stuhl ab und erhebt sich.

„Hast du eine weiterführende Idee?" Karola sieht Wesemann fragend an.

„Nun, ja. Vladislav Terziev besorgt die Kinder aus Bulgarien und Rumänien oder wer weiß aus welchem Balkanland. Er sammelt sie in dem Kinderheim in Petrich, lässt sie bei signalisiertem Adoptionswillen über die Grenze bringen und in Griechenland mit einer neuen Identität ausstatten. Dann wird ein Treffpunkt vereinbart und Vladislav Terziev bringt das Kind problemlos nach Westeuropa. Bei der letzten Übergabe könnte er über ein Detail der Ausführung oder seine finanzielle Beteiligung an dem Deal mit Laurena von Kuttler in Streit geraten sein, und irgendwer hat ihn dann im Auftrag der Geschäftsleitung im Kreuzgang des Stifts niedergestreckt."

„Wer?"

„Weiß ich noch nicht. Eventuell hat auch das Kind etwas damit zu tun, das tagelang bei Laurena von Kuttler zu Besuch war."

Karola schaut wieder auf ihr Tablet. Klickt die Bilddateien erneut durch.

„Das sind keine Kinder vom Balkan. Ich würde ihr Herkunftsland weiter südlich vermuten. Vielleicht Syrien, Libanon oder Irak."

„Wie kommst du denn darauf? Ich könnte nicht unterscheiden, ob eins der Kinder aus Bulgarien oder dem Libanon kommt."

„Du bist ein Mann für den Hörfunk, schwache Augen, aber ein großes Mundwerk."

„Und schon überlege ich mir, ob es richtig war, dir die Wohnungsschlüssel auszuhändigen."

„Schau mal genau hin!" Karola dreht das Tablet in Wesemanns Richtung.

„Nun, sag schon!"

„Siehst du das weiße Tuch, auf dem das Baby liegt?"

„Weiter!"

„Oben rechts in der Ecke siehst du einen roten Fleck."

„Es könnte etwas Aufgesticktes sein."

„Ist es auch." Karola vergrößert das Bild auf dem Display. „Ein rotes Kreuz und der rote Halbmond."

„Du könntest wirklich recht haben", sagt Wesemann. „Der Rote Halbmond, das islamische Pendant zum Roten Kreuz. Also könnten die Kinder wirklich aus Vorderasien stammen. Da sind im Augenblick wohl viele Kinder elternlos." Wesemann reckt die Arme Richtung Rücken und streckt sich. „Gehen wir mal davon aus, dass Laurena von Kuttler ihre RAF-Identität im Vorderen Orient gewechselt hat, dann könnte sie durchaus noch Verbindungen in diese Länder haben."

„Aber du nicht, und deshalb setzt du dich morgen mit deinem Hauptkommissar in Verbindung, berichtest ihm von meinem Gespräch, dazu autorisiere ich dich ausdrücklich, zeigst ihm die Bilder, zu diesem Zweck kannst du mein Tablet benutzen, berichtest ihm von deinem Verdacht und damit Schluss."

„Schluss? Wieso Schluss?"

„Weil das alles viel zu gefährlich ist. Ein Toter, hohe Geldsummen für die Adoptionsvermittlungen, du wirst verfolgt und fast in den Tod getrieben, das alles ist jetzt Sache der Polizei. Als Witwe macht unser Heiratstermin keinen richtigen Sinn für mich."

„Ich liebe dich!" Wesemann gibt Karola einen Kuss. Eine Taube landet auf dem Balkongitter, hebt aber sofort wieder ab.

Wesemann ist frisch rasiert, ein weites Hemd kaschiert den leichten Bauchansatz.

„Schick", sagt Karola, „so kann ich mich mit dir sehen lassen."

„Gehst du mit?"

„Die Zeiten, da sich Frauen um Kinder, Kirche und Küche kümmern sollten, sind doch wohl vorbei."

„Immer noch besser als Klamotten, Kohle und Karriere", brummelt Wesemann.

„Obwohl mein Kinderwunsch eventuell doch noch in Erfüllung geht", überhört Karola Wesemanns Einwand. „Jedenfalls werde ich dich in die Polizeiinspektion begleiten. Wenn ich schon drinstecke, dann richtig."

HK Bertram zeigt sich überrascht, steht zur Begrüßung sogar auf, bietet Kaffee aus der Thermoskanne an und rückt sogar eine angebrochene Dose mit Keksen heraus.

Fast unmerklich schüttelt Wesemann den Kopf, auch Karola lässt ihre Finger von Kaffee und Keksen.

„Wie ist es gelaufen?" HK Bertram schenkt sich die Einleitungsfloskeln, er steht wohl mächtig unter Druck.

Wesemann berichtet von der Kontaktaufnahme zum WhW. Karola ergänzt Einzelheiten, wo Wesemann mehr die globalen Zusammenhänge sieht. HK Bertram hört aufmerksam zu, nickt gelegentlich oder legt demonstrativ die Stirn in Falten.

„Und jetzt ...", Wesemann beugt sich über den Schreibtisch, „... sollten wir ..."

„Die Angelegenheit der Polizei übergeben", sagt Karola, „sie wird uns einfach zu heiß und außerdem haben wir auch noch ein Privatleben."

„Natürlich, natürlich!" HK Bertram erhebt sich und stellt sich hinter seinen Stuhl. „Versuchen Sie, den Adoptionsverein hinzuhalten, wenn er sich noch mal meldet."

„Wird er", sagt Wesemann, „schließlich geht es um viel, viel Geld."

„Die Sache entwickelt sich", sagt HK Bertram. Mit eindringlichem Blick betrachtet er das gerahmte Seestück mit Birken und Segelbooten an der gegenüberliegenden Wand. „Ich kann Ihnen natürlich nicht alle Ermittlungsergebnisse offenlegen, aber die Sache entwickelt sich ..."

„Das sagten Sie schon", murrt Wesemann, „gibt es auch etwas Neues?"

„Gibt es, durchaus, durchaus. - Wir haben in Peter Bergers Wohnung in Unna Fingerabdrücke und DNA-Spuren sicherstellen können. Bei Peter Berger handelt es sich eindeutig um den ehemaligen RAF-Terroristen Burkhard Gerling."

„Hab ich's doch gewusst!", sagt Wesemann.

„Du weißt doch immer alles", stichelt Karola.

HK Bertram setzt sich wieder. „Aber das ist noch nicht alles. Unser Mann in Varna hat herausgefunden, dass Peter Berger kein Hotelgast, sondern der Besitzer des Hotels ist. Da war es für unseren Kollegen natürlich nicht allzu schwer, an eine DNA-Probe des Direktors zu kommen. Außerdem hat er auch genug Zeit, seine Frau ist abgereist."

Für einen Moment sehen sich Wesemann und Karola an. „Wozu der Aufwand", sagt Wesemann, „wenn Peter Berger bereits eindeutig als Burkhard Gerling identifiziert wurde?"

Jetzt beugt sich HK Bertram über den Schreibtisch, nimmt sich einen Keks, schaut Wesemann an, legt den Keks wieder zurück. „Ich habe da noch einen Mordfall auf dem Schreibtisch, Sie erinnern sich? Galerie am Pferdemarkt, Ferdinand zu Falkenborn?"

„Natürlich. Eine offene Wunde in meinem Notizbuch", sagt Wesemann. Karola verdreht die Augen.

„Eines Nachts, ich hatte Zahnschmerzen, ist mir die Idee gekommen, die DNA von Peter Berger mit den DNA-Spuren am Tatort am Pferdemarkt vergleichen zu lassen. Und ... Treffer! Peter Berger war zur Tatzeit zumindest in der Galerie. Ob er auch geschossen hat, wird sich herausstellen, wenn wir die Tatwaffe sichergestellt haben."

„Wahnsinn!"

„Damit erscheint der gesamte Fall in einem ganz neuen Licht."

„Zumal Ferdinand zu Falkenborn mit Laurena von Kuttler bekannt war, wie eine Stiftsdame glaubhaft versicherte."

„Warum rücken Sie erst jetzt damit heraus? Hätten Sie mich sofort ..."

„Jetzt ist doch wohl keine Zeit für interne Auseinandersetzungen", geht Karola dazwischen, „nehmen Sie sich einen Keks und dann sehen wir weiter."

HK Bertram sieht Karola erstaunt an, fasst sich aber schnell. „Unserem Kollegen in Varna ist ein Schnappschuss vom Hoteldirektor des Goldstrand-Ressorts gelungen." HK Bertram drückt demonstrativ auf eine Taste seines Computer Keyboards. Auf dem fahrbaren Regal unter dem Seestück rattert der Drucker los und lässt Zeile für Zeile ein Farbfoto entstehen.

HK Bertram nimmt das Foto aus dem Drucker und legt es vor Wesemann und Karola auf den Schreibtisch.

„Kennen Sie den Mann? Haben Sie ihn vielleicht irgendwo schon einmal gesehen?"

Nach kurzer Bedenkzeit schüttelt Wesemann den Kopf, Karola schließt sich an.

„Können wir das Foto mitnehmen?"

HK Bertram überlegt nur kurz. „Wenn Sie damit keinen Unfug machen. - Sollte ein Scherz sein. Aber alle Informationen bitte streng vertraulich behandeln, sonst kriege ich Sie dran wegen Behinderung der Polizeiarbeit. Oder so."

„Oder so", sagt Karola. Irgendwie ist ihr der kriminalistische Humor wohl nicht ganz geheuer.

NEUNZEHN

„Was machen wir jetzt?", fragt Wesemann auf dem Rückweg zur Wohnung.

„Wir machen gar nichts, der Fall liegt in der Hand der Polizei und wenn alles ausermittelt ist, darfst du sicher einen Exklusivbericht für alle großen Sender nördlich und südlich des Weißwurstäquators machen."

„Ich bin nicht gerne Zuschauer."

„Dem Akteur ist nichts zu schwör?"

„Zumindest möchte ich Felicitas Vogelsänger das Foto zeigen. Sie könnte sich auch unter den Stiftsdamen umhören, ob jemand den Mann gesehen hat."

„Tu das."

„Ich wusste doch, dass du Verständnis für mich hast."

„Dann werde ich meinen Adoptivpartner anrufen, ob er mich auf ein Eis einlädt."

„Die Sache mit dem Foto hat auch noch Zeit bis morgen."

Es wird dann ein Eisbecher für Karola und drei Kugeln für Wesemann, zwei Stracciatella, eine Zitrone. Als Wesemann dann noch einen Espresso bestellen will, lehnt Karola ab. „Ich lade dich auf einen Kaffee ein, einen ganz besonderen."

Als sie bezahlt haben, hakt sich Karola in Wesemanns Arm ein und dirigiert in leicht, aber bestimmt in eine Richtung. Wesemann ahnt, ein wenig enttäuscht, wohin es geht. „Zu Hause ist es doch immer noch am schönsten!"

„Wart's ab!“

Unversehens landen sie auf der Deisterstraße, und zwei Schritte, bevor Wesemann etwas fragen kann, zieht ihn Karola schon in Engins Laden.

„Welche Freude, mein bester Freund mit Frau, Ostern und Pfingsten an ein Tag!“

„Kannst du uns zwei Kaffee machen?“

„Aber gerne, bestes Mokka von Welt für meine Freunde!“ Engin verschwindet in den hinteren Räumlichkeiten. Wesemann schaut Karola an. „Du hast doch etwas vor?“ Karola lächelt. „Du könntest uns heute Köfteli Erişte Çorbası kochen und die Zutaten nehmen wir von Engin mit.“

„Was soll das sein?“

„Bandnudelsuppe mit Hackfleisch.“

„Ah, kocht meine Frau nächste Woche!“ Engin kommt mit köstlich duftendem Mokka zurück. „Ihr seid natürlich eingeladen! Wenn schönes Wetter, wir können sitzen draußen im Hof.“

Man schlürft den Mokka, redet über dies und das, lächelt sich zu, und Engin fragt nach Auto, wie fährt. Wesemann treibt es die Röte ins Gesicht. Karola schaut noch immer ihren Wesemann an.

„Na ja“, sagt Wesemann.

„Das Auto läuft bestens“, greift Karola ein, „vielen Dank!“ Sie zieht einen Briefumschlag aus ihrer Handtasche und legt ihn neben Engin auf die Verkaufstheke. „Du bist wirklich ein guter Freund.“

„Nicht von Rede wert!“

Plötzlich begreift Wesemann, was in dem Umschlag ist und die Röte zieht sich in seinem Gesicht hinauf bis zu den Ohren. „So war das aber nicht ...“ Wesemann wird immer verlegener. „Hab ich dich überrascht, mein Schatz?“ Sie gibt ihm einen Kuss. „Und dich“, sie wendet sich an Engin, „möchte ich fragen, ob du mein Trauzeuge werden möchtest."

„Es würde uns eine Ehre sein." Engin strahlt mit seinen polierten Äpfeln um die Wette.

„Aber … Engin ist doch …"

„Na, mein Herr Drückeberger, welche Bedenken hast du denn diesmal anzumelden?"

„Engin ist doch sicher …"

„Kein Problem", sagt Engin, „ich habe deutschen Pass …

„… und kirchlich willst du doch bestimmt nicht heiraten. Oder?" Karola sieht Wesemann herausfordernd an.

„Wenn sein muss, wir besorgen auch noch evangelischen Pass." Engin lächelt verschmitzt und dann lachen alle drei, schließlich sogar vier, weil Engins Frau Nilay aus den hinteren Räumen neugierig hinzugekommen ist.

„Jetzt", sagt Karola, „jetzt kannst du in deinem eigenen Auto nach Hollenbusch fahren. Der Rest wird im Ehevertrag festgehalten."

Als sie schließlich zu Hause sind, macht es sich Karola auf dem Balkon gemütlich. Morgen wird sie wieder zur Arbeit gehen. Aber heute möchte sie einfach nur lesen und ein Gläschen Weißwein dazu trinken.

Wesemann ruft Felicitas Vogelsänger an. Er erreicht sie nicht direkt, es springt nur der Anrufbeantworter an. Er öffnet seinen Laptop, Akkulaufzeit noch über zwei Stunden, er wird sich zu Karola auf den Balkon setzen.

Vierzehn Spams, neun Junks und eine Nachricht. Von Hanni. Er wird sich nichts anmerken lassen. Eine Nachricht mit einem angehängten Foto.

Alex hat mich beleidigt, da habe ich ihn rausgeschmissen. Weil er nicht gehen wollte, habe ich ihm Ihren Heiratsantrag gezeigt. Das Ergebnis sehen Sie auf dem Foto, ich bin total fertig.

Wesemann öffnet den Dateianhang und schrickt zusammen. „Oh Gott!"

„Was ist?", fragt Karola.

„Da ... da ... da kommen schwere Unwetter auf uns zu!"

„Wer sagt das?"

„Wetter online."

„Abwarten!", meint Karola, sie hat nicht einmal richtig hingehört.

Wesemann konzentriert sich auf das Foto. Hannis Porträt, ein wenig anders, als er es kennt. Die Haare zerzaust, eine gerötete Nase, verkrustetes Blut am linken Nasenloch, ein dunkel umrandetes Auge und die Lippe aufgeplatzt. Er muss sich etwas einfallen lassen, belügen will er Karola nicht, das Unwetter war schon hart an der Grenze. „Wollen wir uns auch so eine Kaffeemaschine mit Pads zulegen? Da kann man sich jede Menge unterschiedlichster Kaffees zubereiten. Manche Maschinen brühen sogar Kakao oder Tee auf."

„Das schmeckt doch gar nicht zusammen in einer Tasse."

Sie hat nicht zugehört und damit ist das Thema auch beendet. Wesemann leitet auf seinem Laptop eine Weiterleitung von Hannis Foto an HK Bertram ein. *Helfen Sie bitte, der Frau darf nicht noch mehr passieren!* Das Telefon klingelt, Wesemann klappt den Laptop zu und geht ins Wohnzimmer. Felicitas Vogelsänger meldet sich, wie immer freundlich und aufgeräumt. Sie hätte gerade Wäsche im Garten aufgehängt, das Wetter werde sich hoffentlich halten.

„Bestimmt", sagt Wesemann. Dann berichtet er von seinem Plan, die Stiftsdamen indirekt nach Peter Berger zu befragen.

„Was heißt hier indirekt, und wer ist Peter Berger."

„Indirekt heißt: über dich, und Peter Berger ist der Schriftführer des Adoptionsvereins."

„Warum fragst du ihn nicht selber?"

„Er ist nicht greifbar."

„Ich bin morgen in Hameln, muss in nächster Zeit bei Nanu-Nana in der Stadtgalerie ein Krümelmonsterkissen für eine Stiftsdame kaufen. Sie hat einen recht eigenwilligen Geschmack. Wir könnten uns im Eiscafé treffen."

Als er zurück auf den Balkon kommt, sitzt Karola vor Wesemanns Laptop. „Ich hab nur mal kurz meine Mails gecheckt. Die nette Dame von der Adoption möchte mich sprechen. Da wäre noch eine Unklarheit."

„Dann ruf sie doch an."

„Ob sie nicht stutzig wird, dass sie nur immer mit mir spricht!"

„Moment, das haben wir gleich, gib mir mal bitte die Telefonnummer." Er ruft an. Nach mehrmaligem Klingelzeichen wird abgehoben. „Moment", sagt Wesemann sofort und dann in den Raum hinein, „Liebling, jetzt ist jemand zu erreichen."

„Danke, Schatz", reagiert Karola blitzschnell und übernimmt das Telefon.

Nach einigem Vorgeplänkel kommt Laurena von Kuttler schließlich zum Grund ihres Anrufs. Wie sich die werdenden Adoptiveltern denn die Bezahlung vorgestellt hätten.

Ein Kind auf Rechnung findet Karola peinlich, sie würden das Geld gern als Aufwandsentschädigung sehen und bar unter Freunden begleichen.

„Wie fast alle Adoptiveltern. Das ist dann nicht so förmlich. Damit sind dann wohl die Formalien besprochen und wir können uns dem eigentlichen Adoptionsvorgang zuwenden. Ich werde eine passende Auswahl an Kindern vorbereiten, und dann verabreden wir uns zu einem konstruktiven Treffen in Berlin."

„So soll es sein!"

Kaum hat Karola aufgelegt, klingelt erneut das Telefon. Karola meldet sich, gibt den Hörer an Wesemann weiter.

„Wie meinen Sie das, ich soll der Dame helfen?"

„Die Polizei, dein Freund und Helfer."

„In diesem Fall könnte ihre Partnerin der drolligen Dame sicher bessere Tipps geben."

„Meine Lebenspart ..., ach, meine Frau versteht etwas vom Marmeladekochen, aber weniger vom Personenschutz."

„Um es kurz zu machen, die Dame ist nicht brutal verletzt, sondern brutal geschminkt worden. Das erkennt man beim genaueren Hinsehen. Vielleicht könnte sie damit beim Theater was werden."

„In Hameln?"

„Es muss doch nicht gleich Berlin, München oder Hamburg sein."

„Wie immer im Leben. Was ich noch fragen wollte."

„Tun Sie sich keinen Zwang an, Wesemann."

„Sind eigentlich mal die Konten von Laurena von Kuttler überprüft worden? Sie hat so einen Hang, dem Stift größere Beträge zukommen zu lassen."

„Keine außergewöhnlichen Bewegungen, auch kein besonders hoher Bestand. Aber mehr kann und will ich Ihnen nicht verraten, ich bin schließlich meinem Beamteneid verpflichtet."

„Natürlich." Das Gespräch ist beendet, Wesemann starrt auf den Hörer in seiner Hand, nachdenklich, dann schaut er Karola an. „Vielleicht liegen wir bei Laurena von Kuttler völlig falsch und sie vermittelt die Adoptionen wirklich aus reiner Nächstenliebe."

„Am Telefon klang sie allerdings so, als wüsste sie ihre finanziellen Forderungen durchaus zu vertreten."

„Gehen wir mal davon aus, dass sie durch die Adoptionen hohe Summen einnimmt. Aber wo bleibt das Geld, wenn es nicht auf ihrem Konto landet."

„Mit Wirtschaftsfragen kenn ich mich einfach nicht aus."

„Seit unserem Gespräch mit HK Bertram sind wir doch kriminalistisch bestens geschult." Wesemann schaltet sein Laptop aus und holt sich Kugelschreiber und ein Stück Papier. „Ich nehme also viel Geld ein, von dem niemand etwas wissen soll. Was mache ich damit?"

„Waschen?"

„Richtig, ich muss das Schwarzgeld waschen, und wie wäscht man Schwarzgeld?"

„Ruf doch mal Felicitas Vogelsänger an, ich habe viel zu wenig kriminalistische Fantasie."

„Keine Ausreden." Wesemann schenkt sich auch ein Glas Wein ein. „Nehmen wir mal alle, die in unserem Fall auffällig geworden sind. Also Laurena von Kuttler, Vladislav Terziev, der Tote vom Rosenrondell, Ferdinand zu Falkenborn – auch tot, und der Hotelbesitzer in Varna, Peter Berger alias Burkhard Gerling."

„Hm", Karola nimmt Wesemann das Papier ab und schreibt die Namen auf. „Laurena von Kuttler nimmt also eine Menge Bargeld ein und muss es so schnell wie möglich wieder loswerden."

„Dann braucht sie im Stift vorübergehend ein geeignetes Versteck und ein unauffälliges Reinigungsunternehmen."

„Für die Geldwäsche."

„Genau. Da bietet sich Ferdinand zu Falkenborn doch geradezu an."

„Warum nicht Peter Berger?"

„Als Schriftführer des Adoptionsvereins säße er für die Kripo doch mitten auf dem Präsentierteller, wenn es um finanzielle Transaktionen des Vereins geht."

„Stimmt."

„Nehmen wir mal Ferdinand zu Falkenborn. Er fliegt mit einem gecharterten Privatjet zu Kunstauktionen, Galeriebesuchen und privaten Anbietern durch die Gegend, zum Beispiel nach Luxemburg, Monaco, Malta oder in die Schweiz."

„Sind die Schlupflöcher für eine Schwarzgeldwäsche nicht längst gestopft? Unser Finanzminister war doch sehr stolz auf seine bilateralen Vereinbarungen, die solche Transaktionen unterbinden sollten."

„Ich hab da was in meinem Archiv." Wesemann sucht eine Eintragung auf seinem Tablet. „In einem geordneten Haushalt …"

Die Bargeldeinzahlung in den verschwiegenen Ländern ist nicht einfach – für Bargeldsummen über 5.000 Euro muss ein Herkunftsnachweis, z. B. in Form eines relativ neuen Kontoauszugs, aus dem die Abhebung ersichtlich ist, bei der Einzahlung aufgrund der Anti-Geldwäsche-Gesetze vorgelegt werden. Trickreiche Steuersünder legen einfach die glei-

che Auszugskopie mehrmals innerhalb kurzer Zeit vor, um so das legale, abgehobene Geld bei einer Bank und das Schwarzgeld bei einer anderen Bank einzuzahlen.

„Das hieße, Laurena von Kuttler übergibt ihre Bargeldeinnahmen an Ferdinand zu Falkenborn. Ferdinand zu Falkenborn zahlt einen Bruchteil davon auf eins seiner Bankkonten ein, und bringt zur gegebenen Zeit den Gesamtbetrag ins verschwiegene Ausland und legt es mit dem beschriebenen Trick auf verschiedene Konten an."

„Ich staune, was du alles weißt", Karola grinst, „zur gegebenen Zeit werde ich auf dein Wissen zurückgreifen."

„Wann?"

„Wenn ich mit den Fruchtaufstrichen Millionen mache, zumindest Hunderttausende."

„Von den Schwarzgeldkontern wird das Geld dann auf verschiedene Konten in den Steuerparadiesen transferiert und gewinnbringend angelegt. Zum Beispiel in Kunstwerke, Antiquitäten, Oldtimer oder Weine."

„Oldtimer und Weine?"

„Ist gerade hochpreisig in Mode."

„Was für ein Schwachsinn."

„Schwarzgeld schaut man sich an und hofft auf weiteren Wertzuwachs."

„Hört sich ziemlich beknackt an."

„Der Schwachpunkt in meiner Theorie ist der Mord von Ferdinand zu Falkenborn. Traurig für alle, die ihn kannten, sollte meine Theorie stimmen, aber geradezu katastrophal für Laurena von Kuttler. Sie nimmt Geld mit ihren illegalen Adoptionsvermittlungen ein, aber das Geld staut sich irgendwo, weil es nicht weitergeleitet werden kann."

„Sehr gut kombiniert!"

„Aber leider nicht gut genug. Es gibt keine Beweise, weder für die Geldeinnahmen noch für die Weiterleitungen. Sollten meine Annahmen stimmen, wird Laurena von Kuttler nichts dazu sagen wollen und HK Bertram kann nichts unternehmen. Der Staatsanwalt würde ihn auslachen, wenn er mit so einer Beweiskette käme, die allein auf Vermutungen basiert."

„Ausgangspunkt sind und bleiben der Adoptionsverein und das Stift."

„Wir wissen, dass Ferdinand zu Falkenborn mit Laurena von Kuttler gesehen wurde. Was immer das auch heißen mag. Menschen treffen sich und verlieren sich wieder aus den Augen."

„Geh doch mal davon aus, dass sich Laurena von Kuttler und Peter Berger aus gemeinsamen RAF-Tagen kennen und eventuell mehr als kennen. Dann würde Peter Berger doch über das gesamte Insiderwissen verfügen."

„Er ist laut HK Bertram wie vom Erdboden verschluckt."

„Es würde mich nicht wundern, wenn er im Stift aufkreuzen sollte. Die ganze Organisation ist doch durcheinandergeraten, man wird sich neu aufstellen wollen. Die Kernmannschaft des Unternehmens muss eine Strategie finden, um nicht unterzugehen, und zur Kernmannschaft gehören nun mal Laurena von Kuttler und Peter Berger."

„Die beiden Toten werden sicherlich nichts mehr zur Aufklärung des Falls beisteuern können."

„Bleibt nur eins: Finde heraus, ob Peter Berger in letzter Zeit Kontakt zu Laurena von Kuttler aufgenommen hat."

„Es bleiben nicht viele Alternativen."

„Deine Cabriofahrerin könnte sich unter den Stiftsdamen unauffällig umhören. Stiftsdamen sind sehr aufmerksam und haben eine Menge Zeit."

„Jetzt gleich?"

„Warum nicht?"

„Morgen ist auch noch ein Tag, heute will ich dich in meinen Armen festhalten, damit du mir nicht wieder wegläufst."

Die Sonne geht auf über Hameln, Nebelschleier liegen über dem Wesertal, im Bürgergarten blühen Dahlien, Astern und Chrysanthemen. Es wird Herbst. Nur noch ein paar Wochen bis zum Schritt vor den Standesbeamten, doch Wesemann ist ganz entspannt. Teilentspannt. Da ist noch die Nervensäge mit dem verdrängten Heiratsantrag. Er hätte Karola gleich davon berichten sollen, je mehr Zeit vergeht, umso komplizierter wird die Erklärung. Vielleicht heute Abend. Oder soll er das Theaterstück wirklich schreiben? Zumindest einen Anfang, damit würde er allen Komplikationen aus dem Weg gehen. Oder auch nicht? Vielleicht besteht ein Zusammenleben immer aus bewältigten Komplikationen? Wesemann ist konfliktscheu und will seine Ruhe haben. Irgendwann wird er mit Karola auch über die fünfhundert Euro für den Twingo sprechen müssen.

Doch jetzt sitzt er hier im Eiscafé der Stadtgalerie, vor sich ein großes Kuvert, daneben eine Tasse Kaffee, und um dem Morgen ein Sahnehäubchen aufzusetzen, kommt Felicitas Vogelsänger mit einem strahlenden Lächeln auf ihn zu.

„Du siehst gut aus", sagt Wesemann. Links Küsschen, rechts Küsschen. „So frisch wie der junge Tag." Ging doch, eigentlich hat es Wesemann nicht so mit den Komplimenten.

„Man wird auch älter“, sagt Felicitas Vogelsänger. Was sollte das auch? Felicitas Vogelsänger setzt sich. Sie würde gern wieder Tennis spielen, aber ihr lädiertes Knie ist dagegen. Muss ihr Wesemann jetzt ein Kompliment zu ihren wohlgeformten Beinen machen? Sie trägt ein pastellfarbenes Kleid und die Beine ... Wesemann schielt unter den Tisch.

„Bemüh dich nicht!“ Sie bestellt bei der Bedienung einen Milchkaffee und ein Butterhörnchen.

Wesemann zieht einen Computerausdruck aus dem großen Briefumschlag, legt ihn vor Felicitas auf den Tisch. „Kennst du den Mann?“

Felicitas nimmt den Ausdruck in die Hand, sucht den besten Lichteinfall und betrachtet den Mann genauer. „Unscharf!“

„Es ist ein Handyfoto ohne größeres Fotoshooting.“

„Sieht nicht schlecht aus.“ Eine solche Antwort kann Wesemann nicht mehr erschüttern, Frauen formulieren gestellte Fragen um, bis sie zu ihren Antworten passen.

„Scheint ein ziemlich rücksichtloser Typ zu sein. Peter Berger alias Burkhard Gerling. Schriftführer des Adoptionsvereins und ehemaliger RAF-Terrorist.“

„Daher weht der Wind.“ Felicitas betrachtet noch immer das Bild, Abwehr oder Verachtung kann Wesemann nicht in ihren Gesichtszügen lesen.

„Nein, kenn ich nicht. Habe ich bewusst auch noch nicht gesehen. Aber wenn er mir begegnet wäre, hätte ich ihn sicher nicht übersehen.“

Die Bedienung bringt den Milchkaffee, streift mit ihrem Blick das Foto, tritt näher, sieht Wesemann an: „Der war mal hier, ist aber bestimmt schon ein Vierteljahr her.“

„Allein?“

„Allein. Musste ziemlich lang auf das bestellte Taxi warten. Trotz des Ärgers war sein Trinkgeld nicht schlecht."

„Ein Anfang", sagt Wesemann, nachdem die Bedienung gegangen ist. „Für den Rest musst du sorgen. Hör dich unter den Stiftsdamen um, vielleicht gibt es noch weitere Hinweise."

„Aber klar, Wesemännchen, für dich tue ich doch alles." Das klang allerdings recht ironisch, und so lächelt Felicitas auch.

Wesemann sitzt kaum in seinem Twingo mit geöffnetem Faltverdeck, schon klingelt das Handy.

„Na, wie war ich?", Hannis Stimme klingt amüsiert. „Geben Sie es zu, Sie haben es für echt gehalten. Wenn das mit der Schauspielerei nicht klappt, könnte ich doch bestimmt als Maskenbildnerin einsteigen."

„Beinah hätte ich Ihnen die Kripo auf den Hals gehetzt."

„Wenn's ein schicker junger Beamter wäre – am besten in Uniform. Ist auch ein bisschen Verkleidung und Theater. Stimmt's?"

„Dazu sage ich nichts ohne meinen Anwalt."

„Aber, hallo, Sie sind heute aber nicht besonders gut aufgelegt. Kommen Sie nicht weiter mit dem Theaterstück?"

„Mit welchem Theaterstück?"

„Wesemann!"

„Mir fehlen Motivation und Inspiration."

„Denken Sie an den Heiratsantrag. Ich glaube nicht, dass Ihr Haustyrann davon begeistert wäre."

„Hanni, geben Sie's doch zu: Diesen Heiratsantrag gibt es überhaupt nicht."

„Das darf doch nicht wahr sein. Sie unterstellen mir, Sie belogen zu haben? Dabei haben wir uns einmal geduzt. *Sie* haben mich hintergangen. Ich habe an Sie und unsere Zukunft geglaubt, aber Sie haben unser Glück verraten."

Wesemann schweigt, versucht aus dem Hörer eine Reaktion herauszuhören, kichert Hanni vielleicht, versucht sie, ein Lachen zu unterdrücken? – Nichts! – Sie wird es doch nicht ernst meinen? „Hanni?"

„Moment, ich schicke Ihnen gerade ein Foto auf Ihr Handy."

Das Handy meldet den Eingang, Wesemann ruft es auf. Ein kariertes Blatt Papier, unordentlich aus einem Block gerissen, dahinter die strammen Hüften von Hanni unscharf zu erahnen. Auf dem Papier ein paar dahingekritzelte Wörter:

Alllerliebte Hanni, isch liebe dir. Willst du mein Frau werken. Dein Wesemannn.

Mindestens fünf Promille, geht es Wesemann durch den Kopf, aber die Schrift ist von seiner Hand, das ist nicht zu leugnen.

„Ich will Sie wirklich nicht drängen", sagt Hanni, „und heiraten schon gar nicht. Aber aus dem angekündigten Theaterstück komme ich bei meiner Theatergruppe nicht mehr heraus."

„Ich stecke gerade mittendrin in aufwendigen Recherchen."

„Wir haben sogar schon eine Anfrage aus Rosenheim."

„Lassen Sie mir doch noch etwas Zeit. Eine erste Szene, und der angebliche Heiratsantrag ist erledigt?"

„Abgemacht. Ich werde ihn verbrennen und ein Video davon machen."

„Und wenn nicht?"

„Wird Alex den Vertrag direkt vorbeibringen, und er ist sehr eifersüchtig, wie ich Ihnen auf dem letzten Foto von mir demonstriert habe."

„Aber das war doch alles Schminke."

„Die werden Sie auch brauchen, wenn Alex mit Ihnen fertig ist."

Wesemann nimmt sich vor ein, eine Magen-Darm-Grippe zu bekommen. Er hat recherchiert, dass ihm dabei nicht allzu viel passieren kann. Zu den typischen Symptomen eines solchen Infektes zählen Übelkeit, Erbrechen und Durchfall. Zudem können Bauch-, Kopf- und Gliederschmerzen auftreten. – Alles leicht zu bewerkstelligen. – Bei gesunden Erwachsenen ist eine ärztliche Behandlung nur selten nötig, meist klingt die Magen-Darm-Grippe nach einigen Tagen von selbst wieder ab. – Also wird ihn Karola auch nicht in der Notaufnahme der Sana Klinik einliefern. Wärmeflasche auf den Bauch, leidendes Gesicht gemacht, gelegentlich Krämpfe angedeutet und den unumgänglichen Kamillentee getrunken. Vielleicht kann er statt Kamille Pfefferminz aushandeln.

Auf alle Fälle muss er übers Wochenende im Bett bleiben und kann endlich das Theaterstück beginnen.

Der Ablaufplan lässt sich problemlos durchsetzen. Nur der Kamillentee ist nicht wegzudiskutieren, der bleibt.

Wesemann steht schon mit einem Bein im Pyjama, als ihn HK Bertrams Anruf erreicht. Staatsanwalt Dr. Seiffert scharrt mit den Hufen, er will Resultate sehen. Die Medien fordern Informationen zu dem Mord in der Galerie.

„Medien? Den Reporter der Dewezet könnte man doch auch mit neuen Informationen aus dem Tierreich ablenken."

„Es ist eine Reporterin. Sie will Karriere machen und ruft jeden Morgen um zehn vor elf bei mir im Büro an."

„Wenn ich etwas bei der Dewezet zu sagen hätte, wären jetzt die Dachse dran, die wurden bisher sträflich vernachlässigt."

„Wir müssen uns austauschen. Ich würde gern Ihre Informationen in meine Vorlage einfließen lassen."

„Also einfließen ..."

„Es bleibt auch bei den Exklusivinformationen für Ihren Sender. Aber das muss selbstverständlich vertraulich bleiben. Wenn der Staatsanwalt davon erfährt, sitze ich in Bückeburg und Ihr Sender ist *out of range.*"

„Was heißt das denn?"

„Sagt man so in Hannover. Es gibt keine Informationen mehr. Die Pressekonferenz ist am Dienstag, wir könnten uns am Montag treffen. Neun Uhr bei mir?"

„Nur wenn's sein muss."

„Damit habe ich gerechnet. Um elf Uhr im Centro direkt um die Ecke?"

„Wessen Ecke?"

„Meine natürlich. Getrennte Bestellung und getrennte Bezahlung, damit das von vornherein klar ist."

„Ich kann mich nicht konzentrieren, wenn ich daran denken muss, wie teuer das Gespräch mit Ihnen wird."

„Wesemann, Sie haben gewonnen!"

Jetzt aber ab auf die Couch, Wärmeflasche auf den Bauch, zweimal deutlich gestöhnt und den Laptop hochfahren.

Gertrudtis Höllenfahrt

Ein historisches Spectacel in sechs Bildern

Graf Wolfhard kehrt nach einer anstrengenden Jagd nach Hause zurück und verlangt nach einem erfrischenden Bad und einem stärkenden Trunk. Die Dienerin Elße gießt den Wein für Graf Wolfhard und seine Frau ein, verfeinert Gertrudtis' Becher aber mit einem tödlichen Zusatz aus der Phiole des Satans. In seiner Gier greift Graf Wolfhard nach dem Becher mit dem vergifteten Wein und schon hängt er tot über dem Bottichrand. Sehr zum Leidwesen seiner Frau Gertrudtis, denn sie ist nun Witwe und wird auch noch des Mordes an ihrem Mann bezichtigt.

(…)

PERSONEN

Satan	*der Verführer*
Graf Wolfhard	*Graf Wolfhard*
Gertrudtis	*seine Gemahlin*
Elße	*die Magd*
Bote	
Jagdgesellen	

Die Geschichte geht Wesemann flott von der Hand, er steigert sich mit einem Lächeln in das Geschehen hinein. Nach dem dritten Kamillentee hat sogar Karola ein Einsehen. Sie serviert ihm einen Darjeeling und lächelt dabei so süffisant, dass Wesemann auf die Wärmeflasche verzichtet und sich am nächsten Morgen zu einem ordentlichen Frühstück zu Karola an den Küchentisch setzt.

„Ich will die Sache vom Tisch haben."

„Du brauchst dich vor mir nicht zu rechtfertigen. Ich vertraue dir und hoffe, dass du mich nicht enttäuschst."

„Bestimmt …" Weiter kommt Wesemann nicht. Sein Smartphone meldet sich, Wesemann liest den Namen auf dem Display, schaut Karola an und frühstückt mit ihr bis zum abschließenden Nutoka-Brötchen. Er putzt sich den Mund an einer Veilchen-Serviette ab und ruft zurück.

Felicitas Vogelsänger hat eine aufregende Neuigkeit. Die Priorin ist seit gestern zurück im Stift und Felicitas hat ihr mit einem Sträußchen bunter Sommerblumen ihre Aufwartung gemacht. Ganz beiläufig habe sie das Foto von Peter Berger auf den Tisch gelegt und die Priorin sei sofort aufmerksam geworden.

Ich hoffe, Sie haben nichts mit ihm zu tun?, habe sie gefragt. Der Mann hätte einen trüben Charakter.

„Dann passt er doch prima zur dunklen Wolke."

„Besser als du denkst! Unsere Priorin schläft schlecht und wenn sie nicht einschlafen kann, wandelt sie durch die Gänge, bevorzugt durch den Verbindungsflur von ihrer Wohnung zur Stiftskirche. Dabei kann sie von mehreren Fenstern aus in den Innenhof des Kreuzgangs hinuntersehen."

„... und den Engeln beim Ringelreigen im Vollmond zusehen?"

„Es ist nicht die Zeit zu spotten, Wesemann."

„Das ist kein Spott, sondern Kirchenlatein."

„Kirchenlatein?"

„Wie Jägerlatein, nur ..."

„Also weiter. Irgendwann hat die Priorin mitbekommen, dass die nächtliche Ruhe des Kreuzgangs durch fahrige Schatten gestört wurde. Sie hat sich einen Hocker geholt und ans Fenster gesetzt. Sie meint, es wäre spannender als jeder Krimi gewesen, schließlich habe sie zwei Personen ausmachen können, einen Mann und eine Frau, die aber viel zu schnell wieder verschwunden seien, um sie identifizieren zu können."

„Und bin so klug als wie zuvor."

„Unsere Priorin ist hartnäckiger als Goethe. Bei ihrem nächtlichen Umherstreifen ist ihr aufgefallen, dass die Treffen der beiden Schatten immer am Sonntagabend um Viertel vor zwölf stattfanden. Sie hat sich überlegt, woher die Schatten kommen könnten. Einer natürlich aus einer der Stiftswohnungen, aber der zweite? Sie vermutete, dass es ein Mann war. Und im Stift gibt es nur den einzigen menschlichen Fehler, nämlich ein Mann zu sein. Es gibt nicht viele Möglichkeiten, von außen in den Kreuzgang zu gelangen, eigentlich nur drei. Als sie herausgefunden hatte, durch welchen Eingang der nächtliche Schatten ins Stift eindrang, hat sie allen Mut zusammengefasst und sich abends hinter dem uralten Ginkgobaum verborgen."

Wesemann schaltet den Lautsprecher seines Handys an und legt es neben den Eierbecher.

„Ich will es kurz machen. Die Priorin schwört bei allen katholischen Heiligen, dass es genau der Mann vom Foto gewesen ist, den sie beobachtet hat. Er stand eine Weile unter der Laterne und hat wohl die Nachrichten auf seinem Smartphone gelesen."

„Also: Peter Berger trifft sonntagabends im Kreuzgang - wen?"

„Die Priorin will wissen, worum es geht. Sonst werde sie die Schlaflosigkeit in Zukunft im intensiven geistigen Dialog mit dem Heiligen Vater überwinden."

„Ist sie wirklich konvertiert?"

„Ich glaube, sie will bloß die anderen Stiftsdamen irritieren. Ihre Augen blitzen so verschmitzt, wenn sie davon erzählt. Aber ein bisschen Narrenfreiheit macht vieles möglich."

„Ich mag sie", sagt Wesemann und Karola hebt eine Augenbraue.

„Kann ich ihr berichten, was ich von dem Fall weiß?", fragt Felicitas Vogelsänger.

„Natürlich, aber mehr auch nicht."

„Wesemann!"

„Ich leg schon auf!"

Wesemann informiert HK Bertram. HK Bertram nimmt sich einen Augenblick zum Nachdenken, im Hintergrund hört Wesemann Erik Satie – wieder etwas, was sie verbindet.

„Dann werde ich mal ein paar Mann zusammentrommeln und mich Sonntagabend auf die Lauer legen."

„Peter Berger scheint aber nicht jeden Sonntag aufzutauchen, dazwischen gibt es wohl größere Lücken der Abwesenheit, wenn ich die Angaben der Priorin richtig interpretiere."

„Wesemann, wir haben schwerwiegende Indizien, dass Peter Berger Ferdinand zu Falkenborn erschossen und Vladislav Terziev mit einem Pflasterstein erschlagen hat."

„Mit einem Pflasterstein erschlagen?"

„Habe ich Ihnen das noch nicht gesagt? Im Rosenrondell haben wir einen Stein aus dem Kreuzgang gefunden, mit dem Vladislav Terziev erschlagen wurde. Am Stein haben wir Ferdinand zu Falkenborns DNA nachweisen können. Hat ein bisschen gedauert, hat uns aber auch nicht viel weitergebracht."

„So viel zur Kooperation."

„Immerhin reicht es für eine Festnahme, alle weiteren Unklarheiten werden sich in den Vernehmungen hoffentlich klären lassen. Sobald wir Peter Berger zu fassen bekommen. Da bietet das Stift an diesem Sonntag doch die beste Möglichkeit, sagt mir mein Bauchgefühl. Der Mann ist untergetaucht, sucht den Kontakt zu Laurena von Kuttler und wird zu seinem Sonntagstermin heute auftauchen."

„Da will ich dabei sein."

„Wesemann, Sie wissen doch, dass Polizeiaktionen für Laien *out of …*"

„Dann wünsche ich viel Glück beim Zugriff.“ Wesemann ist sauer und legt auf.

Sonntagnacht im Stift. Die Priorin hat Wesemann und Felicitas Vogelsänger durch ihre Wohnung in den Gang zur Stiftskirche geschleust. Unten im Kreuzgang verbergen sich dunkle Gestalten so auffällig, dass sie von der Polizei sein müssen. Sicher junge Beamte, direkt von der Polizeischule, wen kriegt man auch sonst Sonntagnacht für eine Festnahme, wobei nicht einmal feststeht, dass sie überhaupt zugreifen können. Raucht da jemand? Wesemann schnüffelt. Wie kann man …

„Jeder hat so seine kleinen Laster“, flüstert die Priorin. Wesemann kann ihr Gesicht nicht sehen, ist aber sicher, dass sie lächelt.

Irgendwo schlägt eine alte Uhr Viertel nach elf. Es dauert und dauert. Halb zwölf, Viertel vor … ein erster Schatten taucht auf, dann noch einer, der erste Schatten tritt aus dem Gang auf den Rasen des Innenhofs. Ein Mann! Jetzt tritt auch der zweite Schatten hinzu. Kleiner und verhuschter, es könnte eine Frau sein.

Sie scheinen sich umzusehen, die Lage zu sondieren, drehen sich um die eigene Achse und treten dann wieder in den Schatten des Kreuzgangs. Da erschallt ein Ruf aus der Dunkelheit des gegenüberliegenden Teils des Kreuzgangs: „Zugriff!“

Ein Scharren, Schleifen, Kreischen ist zu hören, Taschenlampen flammen auf, dann HK Bertrams Stimme: „Peter Berger alias Burkhard Gerling, ich verhafte Sie wegen des Verdachts, Vladislav Terziev und Ferdinand zu Falkenborn …“

„Den Alias hätte er sich sparen können“, flüstert Wesemann. „Die beiden Haftbefehle wegen Mitgliedschaft in einer terroristischen Vereinigung sind längst aufgehoben."

„Und was ist mit der dunklen Wolke?"

„Das wird sich noch in den weiteren Vernehmungen herausstellen."

„Oder auch nicht", flüstert die Priorin. „Kommen Sie!"

Es geht den dunklen Gang zurück und dann eine finstere Steintreppe hinunter. Vorsichtig öffnet die Priorin eine Tür, dahinter liegt der Kreuzgang. Wesemann hätte jetzt viel lieber einen anderen Ausgang genommen, um mit HK Bertram zu sprechen.

Die Priorin zieht Wesemann nach links, Wesemann greift nach Felicitas' Hand, schon nach den ersten Schritten läuft ihnen eine Person in die Arme. Laurena von Kuttler. Beide Seiten stocken in ihrem Vorwärtsdrang, Wesemann fängt sich als Erster. „Wie schön", er stellt sich direkt vor Laurena von Kuttler, „Sie zu treffen. Für meinen Radiobericht fehlt mir noch ein ganz wichtiges Detail. Was ist mit dem Kind geschehen, das Sie auf Bulgarisch Tante genannt hat." Die Frage quält Wesemann schon seit Langem.

„Lassen Sie mich vorbei." Laurena von Kuttler will Wesemann aus dem Weg drücken. „Machen Sie es nicht noch schlimmer als es ist. Wenn Ihr Freund und Partner erst einmal ausgepackt hat, wird die Polizei auch einige Fragen an Sie haben. Ich könnte ein gutes Wort für Sie einlegen."

„Sie und ein gutes Wort. Sie sind eine Zecke, ein Schleimer. Aber was soll's. Ylva wurde von ihren ursprünglichen Adoptionseltern abgelehnt, weil sich bei einer ärztlichen Untersuchung eine leichte Fehlstellung des linken Beins herausstellte."

„Und wo ist das Mädchen jetzt?

„Wir haben es an sehr liebevolle Eltern in Finnland vermitteln können."

„Ihnen ist doch klar, dass Sie Ihren Laden jetzt schließen müssen?"

„Wir haben nichts zu schließen. Wir vermitteln auf ehrenamtlicher Basis Waisenkinder an ausgewählte Adoptionseltern. Ohne jeglichen finanziellen Gewinn."

„Wie ehrenwert", sagt die Priorin. Aus ihrer Jackentasche zieht sie eine Taschenlampe und leuchtet die Wand des Kreuzgangs hinter Laurena von Kuttler ab. „Das kommt dabei heraus, wenn man mit achtundachtzig nachts nicht mehr schlafen kann." An einer alten Grabplatte bleibt der Lichtstrahl hängen. Die Priorin folgt dem Lichtstrahl, tastet die linke Seite der Grabplatte von oben nach unten ab. Im unteren Drittel wird das Tasten intensiver, dann verschwindet die Hand hinter der Grabplatte, kommt wieder hervor und zieht einen Plastikbeutel ins Licht der Taschenlampe. Die Priorin greift erneut hinter die Grabplatte, um den nächsten Beutel hervorzuholen. Insgesamt kommen so acht Beutel ans Licht.

„Du bist doch verrückt", sagt Laurena von Kuttler, „das wissen doch alle."

„Ein bisschen verrückt ist immer noch besser als gewissenlos gierig zu sein."

Wesemann hat bereits einen Beutel geöffnet, Euro-Geldbündel in Plastikfolie verpackt. „So viel zur Vermittlung ohne Gewinn. Ich werde sofort HK Bertram informieren."

„Wir sollten nichts überstürzen", mischt sich die Priorin ein, „einer angehenden Stiftsdame kann man vertrauen."

„Eben", meint Laurena von Kuttler ein wenig überheblich.

„Das ist herrenloses Geld. Wenn kein Anspruch darauf erhoben wird, kann der ehrliche Finder über die Vergabe frei verfügen, hab ich mir von unserem Amtmann erklären lassen. Ich bin doch unwidersprochen die Finderin und werde das Geld einem Kinderheim in Petrich zukommen lassen."

„Sie sind doch …"

„Wenn Sie Ihren Widerstand nicht aufgeben, lasse ich die gespendete Glocke der Stiftskirche einschmelzen und das Geld fließt ebenfalls nach Bulgarien."

„Sie können mich mal …"

„Sie nicht", murmelt Wesemann, „aber Ferdinand zu Falkenborn. Er wird es gewesen sein, der mich durch die Berge verfolgt und gegen die Feldsteinmauer getrieben hat. Da könnte er doch zumindest den Preis für den Twingo übernehmen."

„Machen Sie doch, was Sie wollen!" Laurena von Kuttler öffnet die seitliche Holztüre, doch hindurchgehen kann Sie nicht. HK Bertram versperrt ihr den Weg.

Laurena von Kuttler wirft sich gegen seinen ausgestreckten Arm, aber HK Bertram weicht nicht. „Was nicht ist, kann ja noch werden. Laurena von Kuttler alias Rosvita Zettl, ich verhafte Sie wegen Beihilfe zum Mord, Unterschlagung, Betrug und so weiter und so weiter. Einzelheiten dann schriftlich auf der Inspektion." Damit führt er Laurena von Kuttler ab.

Und nun? Irgendwie stehen die drei unschlüssig herum. „Es ist so eine schöne Nacht", sagt die Priorin, „hat noch jemand Lust auf ein Gläschen Sekt?"

„Hier?", fragt Felicitas Volgelsänger überrascht. „Im Kreuzgang des Stifts?

„Ich darf das, ich bin doch verwirrt."

Wesemann kommt nach Hause. Karola ist noch wach oder schon wieder, sitzt im Bett und liest Wesemanns Theaterszene. Er holt zwei Gläser Weißwein und setzt sich zu ihr.

Gertrudtis Höllenfahrt
Ein historisches Spectacel in sechs Bildern

PERSONEN

Satan	der Verführer
Graf Wolfhard	Graf Wolfhard
Gertrudtis	seine Gemahlin
Elße	die Magd
Bote	
Jagdgesellen	

BÜHNENBILD

Wenige Requisiten …

1. Bild
1. Szene

(Satan, ganz in Rot, zwei kleine, angedeutete Hörner; Elße wäscht Laken in einem Bottich)

Satan: *(kommt auf einem Tretroller herein, umrundet Elße)* Was für ein herrlicher Tag und welch ein reizender Anblick.

Elße: *(richtet sich auf)* Scher Er sich zum Teufel!

Satan: *(spöttisch)* Damit könnte es durchaus ein Problem geben.

Elße: Seine Probleme sind nicht meine Probleme.

Satan: Warum gleich so garstig. Ich will Ihr doch nur helfen, genauer gesagt – Ihr Leben retten.

Elße: *(seufzt; wäscht weiter)* Das ist ja wirklich mal was ganz Neues. Und ich soll Ihm dafür meine Seele versprechen?

Satan: Ich bin doch kein Untier. Ich verlange nicht viel. *(stellt den Roller ab, nähert sich Elße mit gespitzten Lippen)* Nur einen einzigen Kuss.

Elße: *(klatscht ein Wäschestück nach ihm)* Wenn Er nicht sofort verschwindet, rufe ich um Hilfe.

Satan: Richtig erkannt! Ihr braucht Hilfe. Aber aus erster Hand. Von jemandem, der sich damit auskennt.

Elße: *(richtet sich auf)* Nur einmal so für die Spinnstube: Wer trachtet mir denn angeblich nach dem Leben?

Satan: *(noch immer mit gespitztem Mund)* Ihre Herrin, die Hochwohlgeborene Gräfin Gertrudtis.

Elße: Und warum sollte sie? Ich arbeite den ganzen Tag und koste fast nichts.

Satan: *(mit normaler Mundstellung)* Ich hab einen Blick in ihr Tagebuch werfen können.

Elße: Er ist ein Schelm. Keine Zeile wird in dem hochherrschaftlichen Büchlein über mich verzeichnet sein.

Satan: Die Frau Gräfin ist nicht blind. Sie hat so einiges gesehen und ihrem Tagebuch anvertraut.

Elße: Ich habe nichts zu verbergen.

Satan: Da ist die Frau Gräfin aber entschieden anderer Ansicht. Die heimlichen Treffen mit dem Herrn Grafen sind ihr nicht verborgen geblieben.

Elße: Ich habe mich mit dem Grafen getroffen? Wo soll das denn gewesen sein?

Satan: Nach den Aufzeichnungen von Frau Gräfin *(Aufzählung an den Fingern)* mehrmals im Heu, gelegentlich auf der Tenne, ein paarmal im Pferdestall ...

Elße: Ich schwöre bei meiner leibhaftigen Mutter ...

Satan: *(leise zu sich)* Sie macht Fortschritte. Beim Leibhaftigen sind wir schon mal angekommen. *(normal)* Folgenlos geblieben sind die Treffen jedenfalls nicht, wie man munkelt. Sicher, in den ersten Wochen lässt sich noch alles verbergen, aber nach neun Monaten erfährt es die ganze Welt. Das kleine Biest schreit sich die Seele aus dem Leib, und jeder fragt, woher es kommt und zu wem es gehört.

Elße: *(weinerlich)* Was soll ich denn machen, es ist nun mal geschehen.

Satan: Frau Gräfin will das Problem aus der Welt schaffen, ein für alle Mal.

Elße: *(erfreut)* Sie will mir verzeihen? Wie schön. – Aber dafür bekommt Er noch lange keinen Kuss von mir. So eine bin ich nicht!

Satan: Ich sagte: ein für alle Mal. Radikal. Ein paar Tropfen vom hochwirksamen Tollkirschsaft in Ihren Wasserkrug und schon …

(reitender Bote auf Pferd herein)

Bote: Blast die Fahnen, hisst die Trompeten, wascht euch die Füße, Graf Wolfhard ist im Anmarsch. *(ab)*

Elße: Frau Gräfin trachtet mir nach dem Leben? Mir? Wie kann sie so gemein sein. Alles, alles habe ich für sie getan. Von morgens bis abends. Einmal habe ich ihr sogar eine Gräte aus dem Hals gefischt, an der sie beinahe erstickt wäre. Und bei ihren Kopfschmerzen mache ich ihr immer kalte Umschläge. Dafür will sie mich jetzt … *(fängt an zu plärren)*

Satan: Nun beruhigen Sie sich. Der Tollkirschsaft ist zwar angesetzt, aber Entscheidendes ist noch nicht geschehen. Wenn Sie es geschickt anstellt, könnte Sie die Situation sogar zum eigenen Vorteil nutzen.

Elße: *(heult weiter)* Oh, ich Arme. Ich bin nur eine einfache Magd und mutterseelenallein auf dieser Welt.

Satan: Nun ja, wenn Sie mich so herzergreifend bittet, könnte ich Mutterstelle an Euch vertreten.

Elße: *(beruhigt sich allmählich)* Nichts ist umsonst, und ich kann Ihm doch nichts dafür bieten.

Satan: *(mehr zu sich)* Heute back' ich, morgen brau' ich und übermorgen … wird man sehen ... *(zu Elße)* Gebe Sie mir einen Kuss, und unser Bund ist besiegelt. *(spitzt wieder die Lippen)*

Elße: Eher würde ich …

Satan: Schön, schön, ich geh meiner Wege und Sie die ihrigen! *(wendet sich ab)*

Elße: Aber nur einen ganz kleinen!

(Elße bietet Satan ihre Lippen, erst haucht er ihr einen Kuss auf den Mund, dann reißt er sie in seine Arme)

1. Bild
2. Szene

(Graf Wolfhard trifft mit Jagdgesellen auf ihren Pferden herein; sie haben ein Wildschwein erlegt; Satan und Elße fahren auseinander, verstecken sich in entgegengesetzten Ecken hinter Buschwerk)

Jagdgesellen: Mit dem ersten Schuss erlegt! Hoch lebe Graf Wolfhard, unser glorreicher Schütze! Hoch, hoch, hoch!

Wolfhard: Heute Abend wird gefeiert. Teilt den Schwarzkittel unter euch, aber kümmert euch vorher um die Pferde. *(wischt sich den Schweiß von der Stirn, zieht sein Wams aus)* Ich muss mich ein wenig erholen.

(Jagdgesellen ab; Gertrudtis herein)

Gertrudtis: Endlich seid Ihr zurück, ich habe mir solche Sorgen gemacht. Lasst mich nicht mehr so lange allein! *(fliegt auf ihn zu, wirft sich in seine Arme)*

Wolfhard: Meine Teuerste, kein Atemzug, bei dem ich nicht an Sie gedacht hätte. Und was hat Sie so den lieben langen Tag getrieben?

Gertrudtis: Soll ich's Ihm verraten? - Soll ich es Ihm wirklich verraten?

Wolfhard: Der Rittersaal bleibt ein Rittersaal und wird in keinen Tanzsaal verwandelt!

Gertrudtis: Geschenkt! Ich entwerfe einen Wandteppich, einen riesigen Wandteppich, der noch in tausend Jahren die Menschen mit unserer Geschichte erfreuen wird.

Wolfhard: Da bin ich aber beruhigt.

Gertrudtis: Komm Er, ich zeige Ihm die ersten Entwürfe. Er wird hocherfreut sein.

Wolfhard: Ihr Entwurf geht uns nicht laufen. Erst werde ich mich ein wenig erfrischen und dann ab in die Federn!

Gertrudtis: Am helllichten Tag in die Federn?

Wolfhard: Bis zur Nacht kann ich nicht warten! *(geht zum Waschbottich, fühlt mit einer Hand das Wasser)* Noch ist das Wasser warm. Ruf Elße, sie soll mich einseifen.

Gertrudtis: *(sehr spitz)* Elße?

Wolfhard: Elße! Oder will Sie sich selber die Hände nass machen? Das wäre sicher nicht gut für Ihre zarten Fingerspitzen. *(steigt in den Bottich)*

Gertrudtis: Pöhhh! *(wirft den Kopf in den Nacken)* Elße! *(abgehend)* Eeeeße!!!

Elße: *(tritt hinter dem Busch hervor)* Der Herr wünscht mich zu sehen?

Wolfhard: Wasche Sie mich von Kopf bis Fuß, *(fast geflüstert)* aber lasse Sie nichts aus.

Elße: *(spitzbübisch)* Wie der Herr befiehlt! *(schrubbt ihn mit einer Bürste und Seife ab)*

Wolfhard: Im Wald hat mich jedes Reh an Ihren wiegenden Gang erinnert, jedes Eichhörnchen an Ihr feines Haar und jedes Mufflon an Ihren prächtigen Hintern.

Elße: Pfui – Er ist lüstern! *(schrubbt heftiger)*

Wolfhard: *(stöhnt)* Ich denke, nach dem Festmahl sollten Ihre sanften Finger die Arbeit der garstigen Bürste übernehmen. *(greift nach ihr, will sie an sich ziehen)*

Elße: *(wehrt sich)* Nichts werden meine Finger übernehmen. Ich muss Ihm etwas Ernstes mitteilen …

Gertrudtis: *(von der anderen Seite herein)* Elße drückt sich mal wieder vor der Arbeit, ich kann sie nirgendwo … ach, hier steckt Sie. *(Elße richtet sich auf, trocknet sich die Hände)*

Wolfhard: Reiche Sie mir noch einen Becher Wein, dann verlasse ich den Trog wie neu geboren.

Gertrudtis: *(an Elße)* Hol Sie eine Kanne Wein und zwei Becher …

Wolfhard: … drei Becher, wir wollen alle miteinander auf meine Rückkehr anstoßen.

Gertrudtis: *(pikiert)* Zu dritt? Ich stoße mit keiner Dienstmagd an und schon gar nicht mit so einer!

Wolfhard: Heute kann Sie ruhig ein wenig großzügiger sein.

Gertrudtis: Über Seine Großzügigkeit spricht schon die ganze Burg.

Wolfhard: Dann eben nur zwei Becher. *(macht eine Grimasse hinter Gertrudtis' Rücken)*

(Elfße ab; streckt Gertrudtis hinter ihrem Rücken die Zunge heraus)

Gertrudtis: *(nähert sich dem Bottich)* Ich finde, dass Er in letzter Zeit ein wenig zu vertraulich mit den Bediensteten verkehrt.

Wolfhard: Wir müssen ihr das Leben nicht unnötig schwer machen. Sie hat nichts als ihre Arbeit ...

Gertrudtis: ... und ihre kleinen herrschaftlichen Vergünstigungen?

Wolfhard: Vergünstigungen?

Elfße: *(mit Kanne und den Bechern herein)* Da bin ich! *(Satan fängt sie unbemerkt ab, steckt ihr eine Phiole zu)*

Gertrudtis: *(spitz)* Sie ist wohl geflogen, so schnell war Sie zurück. *(Elfße stellt Krug und Becher auf den Rand des Bottichs)* Schenk Sie endlich die Becher ein, ich möchte mit dem Herrn Grafen auf seine wohlbehaltene Rückkehr anstoßen. Noch heute!

Bote: *(herein; zu sich selbst)* Mir ist, als wäre ich schon einmal gewesen? *(hebt die Stimme)* Anlässlich seines Festmahls lädt Graf Wolfhard alle Untertanen zu seinem Jagderfolg ... also ein. *(ab)* Oder so, ihr wisst schon.

(zwischenzeitlich hat Elfße die Phiole in den Becher geleert, der Gertrudtis am Nächsten steht.)

Wolfhard: Auf den Trottel mit der lauten Stimme! *(er greift nach dem Becher mit dem Gift und stürzt den Wein hinunter)*

Elße: *(schreit)* Neiiiiiiiiiiin!

Wolfhard: *(rülpst)* Wieso Nein!

Elße: Weil, weil …

(Satan macht sich für Elße bemerkbar, zeigt eindringlich auf Gertrudtis)

… weil sie unsern geliebten Herrn vergiftet hat! *(laut)* Oh weh, oh weh, sie hat unseren gnädigen Herrn vergiftet!

Wolfhard: Was hat sie? *(er fällt dahingerafft über den Rand des Bottichs)*

Elße: Wachen, Knappen, Mannsleute herbei! Ergreift die Frau Gräfin und sperrt sie in den Kerker. Sie hat ihren Mann auf dem Gewissen!

Gertrudtis: *(ratlos)* Wer? Ich?

„Wesemann, Wesemann“, sagt Karola, „das ist wirklich genial. Man sieht das Stück auf dem Stiftsplatz geradezu vor sich. Ich hätte richtig Lust, die Hauptrolle zu übernehmen, du hast doch nichts dagegen?“

Im Verlag CW Niemeyer bereits erschienen ...

Im Emmertal soll unterhalb der Hämelschenburg eine Windkraftanlage errichtet werden. Schon die Planung weckt kriminelle Energie von Hameln bis Bad Pyrmont. Der Initiator des Projekts wird tot in Bad Pyrmonts Dunsthöhle gefunden. Dann wird auch noch der Eigentümer von Grund und Boden, auf dem die Anlage errichtet werden soll, tot aus dem Graben an der Hämelschenburg gezogen. Jetzt sind Wesemanns Spürsinn und Beharrungsvermögen gefordert.

Günter v. Lonski. Tödlicher Wind
295 Seiten. Paperback. ISBN 978-3-8271-9402-2
E-Book 978-3-8271-9602-6 (Pdf)
978-3-8271-9802-0 (Epub)

www.niemeyer-buch.de